井底飞天

孔庆东 著

孔庆东文集

重庆出版集团
重庆出版社

图书在版编目（CIP）数据

井底飞天 / 孔庆东 著.– 重庆：重庆出版社，2008.10

（孔庆东文集系列）

ISBN 978-7-229-00228-2

Ⅰ.井… Ⅱ.孔… Ⅲ.散文 – 作品集 – 中国 – 当代

Ⅳ.I267

中国版本图书馆 CIP 数据核字（2008）第 158711 号

井底飞天

JING DI FEI TIAN

孔庆东 著

出 版 人：罗小卫

策　　划：华章同人

责任编辑：陈建军　刘玉浦

特约编辑：罗亚晴

封面设计：灵动视线 + 严潇

重庆出版集团 重庆出版社 出版

（重庆长江二路 205 号）

三河市汇鑫印务有限公司　印刷

重庆出版集团图书发行公司 发行

邮购电话：010–85869375/76/77 转 810

E-MAIL：sales@alphabooks.com

全国新华书店经销

开本：787mm × 1092mm　1/16　印张：15.5　字数：150千

2008年11月第1版　2008年11月第1次印刷

定价：24.00元

如有印装质量问题，请致电023–68706683

目　录

井底飞天

第一辑

井底乾坤大

我看语文第一课

说到第一课的问题，我倒与一般人有些不同的看法。我是把整个教学过程当作一个系统来看的，从这个系统论来看，第一课讲的是什么并不太重要。就好像下棋，第一步可以有多种走法。

任何人上小学的时候已经不是一张白纸了，大多数孩子在上小学之前，都已经有了学前教育，已经识了许多字。不是说不应该注意第一课的难易程度，但要和别的方面的因素一起考虑，比如说和时代风气结合起来考虑。一个7岁左右的孩子，他从意识上实际已经进入社会了，要想把他单独排除在成人社会之外有一套教育是不可能的。因为教育的过程就是要把他们纳入成人社会，任何一个时代的教育不可避免地带有这个时代的痕迹。比如第一课学“人、口、手、马、牛、羊”，这就没有政治倾向吗？它一样有政治倾向。它表明要跟政治的东西远离，这本身就是一种政治态度。所以从“人之初，性本善”到“打日本，救中国”，都要肯定它在那个历史情况下的选择，肯定它的合理性。关键是你不能天天都是这个。现在回想起来，我小学语文第一课不合理的地方是，那些课文内容形成了一套体制，这套体制蔓延致使整个教材变得单一化。不仅语文课是这样，数学课也是这样。这种东西到今天仍然没有排除。过去政治挂帅的时代，它很明确地说就是政治挂帅，各个领域、中小学都是政治挂帅，上下是统一的，是个社会默契，你可以理解。我们今天主要的不是批判过去，过去已经过去了，关键是要救我们自己，救我们的孩子。我们现在的教育和我们这个时代的主流是矛盾的。国家说的是科教兴国。这是我们的时代主流，可我们的教材却停留在过去那个时代。不是说我们一点进步没有，有很大进步了，但是很不够，使我们感到好像还是改革开放初期。已经到了 1999 年，但是很像是 1979 年的样子。你看这些教材，知道肯定是打倒“四人帮”之后才能编出来的，但总觉得不像 90 年代的东西，所以说它落后。它和这个时代对不上号，明显是和这个社会大气候不协调的。从这个意义上说，现在的教育、教材和以往的任何一个时代比，都是有缺点的。因为以前不管第一课是什么，它跟那个时代是一致的。

第一课的目的是吸引学生的学习注意力，这是最重要的。一开头打个让他们爱学习的底儿挺重要的，要让他们觉得学习这玩意儿挺好玩儿，另外就是对他们有用。老舍的小说《牛天赐传》里有个老师给小孩讲“人之初，性本善”，讲了多少遍孩子也记不住。一天老师错说成“人之初，狗咬猪”，结果这孩子一下子就记住了，而且还不改了，因为他觉得非常有意思，跟他的生活联系起来了，他就有了一个形象感。我觉得我们的第一课应该有这个原则——有趣和有用的原则。不仅小学第一课，每一个阶段的第一课都特别重要。

高考体制、语文教学体制，作为一个教学体系是联系在一起的。教育说到底是培养人的。它有两个目标必须并重：一个是把人当成一个人、一个全面的人来培养，这也是我们中国古代育人的方针，中国古代就是要把人都培养成圣贤，这是教育的一个宗旨，我们可以把它叫做战略宗旨；其次是近期的，就是把人当成一个工具或者说人才来培养，让他有实际的工作能力，能在社会上用他的劳动和别人的劳动进行交换。一个人这两个方面应该是结合起来的。我们中国古代的教育是没有重视第二个教育，即没有重视使一个人成为有用的人，只是书生空谈，大道理懂得特别多，不能做实事。蔡元培改革北大的时候，他特别重视实用教育，也就是技能教育。一切教育或者偏于前者或者偏于后者，总要占一头，最好是二者平衡。从这个想法来看当前的教育体制，它就在于两头都不着边儿。我这学期是给大一上课，讲现代文学史，这跟中学有非常密切的联系，经常涉及他们中学学过的内容，但一讲起鲁迅他们目瞪口呆，说鲁迅原来是这么了不起的一个人吗？我说你以为鲁迅是什么人呢？他们切身感到中学学的东西给他们带来的负担，可是你想想中学那么长的时间，是人生最好的年华，却学了这么多没用的东西，就是为了考试。所以这个教育体制已经到了悬崖边上了。

我觉得最关键的问题是体制的问题。有人说是课文选得不好，我觉得这不是第一位的，这个体制指挥着老师怎么讲这个课。据我看很多课文是好课文。不好的课文也可以讲好，或者讲出它为什么不好。我当过三年中学老师，很艰难，我要两条腿走路。我不能专门讲真话，那样学生考试就通不过。我得告诉学生真理是什么，然后告诉他们怎么应付考试，这等于增加了我一份工作。但我觉得应该这样。这套体制决定了它的考试方法是个指挥棒，它把所有的东西都弄成四个答案，选一个对的，其实通常四个都对。几次下来学生对文学语言一点兴趣都没有了，学习热情完全被挫伤了。教参由一个参谋成了主人，跃居于教科书之上。你把形式改了，教参自然就不权威了。不打破这个统一考试的模式，一切改革都无从谈起。如果还这样考试的话，换什么篇目都无济于事。我们现代化程度这么高了，还需要一个活人在课堂上讲，就是需要他现场发挥，面对面地把东西灌输给学生。高考体制在 20 世纪 80 年代还是利大于弊的，它是在大学多年没有招生的情况下，恢复起这样一套体制，这个体制和平反昭雪等政治背景是挂钩的，这个体制恢复起来就有了一个公正的、民主的选拔人才的途径，使很多人凭着分数改变了社会地位。很多偏远山区的聪明青年凭一纸试卷就进了大学，但那时的题目、体制没有现在这么机械、刻板，没有说出一个作文题、给一个材料，只能有一种理解方法，还没到这种程度。但到了 20 世纪 90 年代，我感到弊大于利了，而且越来越向这个方向发展。

片面·深刻·片面

——现代西方文论琐思

文艺理论界的吊桥徐徐放下了，一片尘雾之中，五花八门的西方文论比肩接踵，蜂拥而入。——看一看目前翻译界、出版界、评论界以及高校的文艺理论课程的概貌，就可知道此言不谬。

中国的文人们表现出传统的旺盛食欲，来者不拒，并蓄兼收。当横的扫描与纵的探照渐渐达到一个周期之后，我们不难得出这个总体上的印象：片面。

自从克罗齐[①]的直觉主义拉开了当代西方文论的帷幕，不论弗洛伊德的原欲还是荣格[②]的原型，不论俄国的彼得堡

① 克罗齐（1866—1952），意大利哲学家、历史学家。其美学思想主要体现在《美学原理》一书中。——编者注

② 荣格（1875—1961），瑞士心理学家，分析心理学的创立者。——编者注

学派[①]还是美国的耶鲁集团[②]，不论阐释学的召唤结构还是接受美学的期待视野，各路旗手无不把自己的理论高高标举，目之为文学研究的真谛，同时不遗余力地否定传统。他们的结论也往往是偏激的，绝对的。如弗洛伊德就把自己的精神分析论变成了打开一切艺术迷宫的金钥匙，他说："虽然精神分析学很少谈'美'，但美导源于性感的范围看来是完全确实的。对美的爱也就是一种带有强烈抑制性的情感的典型例子，'美'和'吸引力'首先要归因于性的对象的原因。"[③]他甚至更为明确地说过："美的观念植根于性刺激的土壤之中。"[④]很显然，弗洛伊德把性的作用夸大到了极点，以此来解决博大精深的美的问题，必然会捉襟见肘。英美新批评派第三代的干将韦勒克和沃伦一致坚持"文学研究应该是绝对'文学的'"[⑤]，"文学研究的合情合理的出发点是解释和分析作品本身"。[⑥]他们反对进行作品之外的作家生平、性格、创作过程以及社会环境等等"外部研究"，这样就忽视了作品"内系统"与"外系统"的种种联系，走向形式主义。而美国的感受派文体学则认为文学仅仅是阅读过程的体验，这就更易导致本末倒置，视创作如儿戏。

无一例外，所有的学派都走向某种极端，极端得难以全盘接受。如果我们以一种宏观的眼光去俯视文学园林的全貌，可以看到，文学围绕着作品存在着一个环环相连的"生态平衡系统"。其基本要素可分为作品、作者、生活、读者。这四个要素可以用互逆箭头构成一个四边形。其中生活可包括作者眼中的生活、读者眼中的生活及作品反映的生活；读者

---

① 彼得堡学派：指20世纪初俄国以罗森堡、彻尔巴斯基等人为代表的佛学研究派别。——编者注

② 耶鲁集团：通常称为耶鲁学派，指20世纪70—80年代在耶鲁大学任教并活跃于文学批评领域的几个有影响的教授，以堡尔·德曼、哈洛德·布洛姆、杰夫里·哈特曼、希利斯·米勒四人为代表。——编者注

③ 《文明与它的不满意》，转引自朱狄《当代西方美学》，第25页。

④ 《关于性理论的三篇论文》，转引自同上书，第23页。

⑤ 三联书店《文学理论》，第19页。

⑥ 同上书，第145页。

可分为理论工作者、积极读者与消极读者。由此可知，四要素中核心是作品与作者，而生活与读者则是两个沉重庞大的团状物。孤立地强调某一个极端，势必造成片面的结论，因此，蜂拥而至的各路旗号，没有一家能被和盘接受到一统文坛的地步。

但是，片面到如此露骨地步，却何从能畅销于这个千古以来中庸至上的东方文学王国呢？答曰：深刻。

20 世纪之前的文学研究，基本上是笼而统之的一元化。从古希腊及罗马的古典主义、中世纪的神学王国，直到法国的新古典主义以及康德、黑格尔，都是将文学置于广阔的社会历史的坐标系内，以内容为中心，探索其综合的艺术特色。这种传统的理论方法达到了顶峰之后就面临着突破。随着自然科学的日益飞跃，经济垄断的加深，社会的动荡和思潮的混乱，文学研究的大军开始分化成一支支兵种不同的突击队，向着各自认定的目标深掘猛进。虽然他们不同程度地存在着唯心主义的主观推断、形式主义的烦琐论证等不良倾向[①]，但他们在各自的征途上拔除了一个个依靠传统方法所不能攻克的堡垒。

如弗洛伊德开创的心理分析学派就从生物学的意义上打开了一个前人未至的艺术之源的宝库。弗氏理论的五大支柱：无意识、婴儿性欲、恋母情结、抑制和转移，尽管存在很大的偏颇和漏洞，但对美学和其他艺术门类产生了不可磨灭的影响。尤其是“无意识”的概念，今天已经成为文学研究的普遍术语。虽然弗氏在 70 诞辰庆祝会上谢绝“潜意识的发现者”这一头衔时说:“在我以前的诗人和哲学家早就发现了潜意识。我不过发现了研究潜意识的科学方法罢了。”[②]但是人们仍由于这一伟大发现把他的名字与哥白尼、达尔文、哥伦布、柏拉图以至爱因斯坦、马克思列在同一水平线上。这可以充分说明其理论的深刻程度。

再如发轫于法国的结构主义，在作品的内部分析上细入毫发。他们

① 参见安徽大学中文系《现代西方文艺理论批评文选》前言。

② 英国莱昂内尔·特里林《弗洛伊德与文学》，《美国文学丛刊》1981 年第 1 期。

把作品分解成一个个母系统、子系统，直到最后一个“基本粒子”，然后放在“描述级”的显微镜下，阐发出许多令人耳目一新的意义。英国的J．库勒说：“解释的过程是把作品本文放进逻辑推论中去的一种努力，这一点是通过使作品本文成为某一种意义的表现方式来达到的。”“这样，文学的价值就和它默认文学符号的人为性联系起来。”[①]结构主义挖掘到作品的深层，运用自然科学武器，取得了文学研究“现代化”的硕果。

再看看久兴未艾的读者反映理论，对读者这一广大领域进行了“牧歌西进”式的开发。这是中国文人目前学得最快最好的一种理论。当然与中国文学的功利性传统有关。吴亮在《什么是文学读者？》中讲道：“躺在书架上无人翻阅的文学著作称不上是一本真正的文学著作。”“所以双向度的、有终点的和有回收的文学才是实现了自己价值与使命的文学。”[②]这两句话可以算是对西方种种接受理论消化后的概括，其深度自毋庸赘述。

形形色色的西方当代文论，确实各自强调到不适当的地位，但他们的功勋是巨大的，这些纷至沓来的理论建树，有如新元素的合成，新矿床的探明，使得文学的发展比起其他任何一门科学来都毫无愧色。

可见，涌到我们面前的就是这样一群片面而又深刻的玩意儿，如何对待呢？

它们在近几十年的理论实践中发挥了极大的效用。但在今天，在21世纪的今天，用一种发展的、全面的眼光来看，我们还应再说一次：片面。

因为世界正在走向综合，地球上已经无处不留下人的踪迹。每一颗自我意识较强的头脑都感觉到天幕是那么低、地平线是那么近。英美正在研制的超音速飞机，环球一周用不到两小时。东西双方在握手，南北半球在会谈，语言和民俗已经隔不住种族的交往，科学正在第三、

---

① 《文学中的结构主义》，《国外社会科学》1982年第6期。

② 见《文学的选择》，浙江文艺出版社。

第四次浪潮的推动下走向更大的综合。天网恢恢，文学也逃不掉。20世纪有人称为分析的世纪，那么21世纪很可能将是综合的世纪。“天下大势，合久必分，分久必合。”[1]孤立地研究作者、作品或是读者都不能满足全人类文学水平提高的需要。作为中国，要跟上世界步伐，就尤其不能亦步亦趋，而应敏捷地站到同一条起跑线上。

我们传统的从社会生活出发的理论并没有错。问题在于如何理解“生活”。以编写文学史为例，当然要与社会时代背景相连，但也要注意读者的时代性、历史发展性及其反馈作用。对作品本身应更注重内在的艺术价值。这不等于说把文学研究弄成一个大杂烩，而是说应以文学本体为核心，广泛吸取各种理论之长。这当然有待于我们文论工作者哲学思辨水平的大幅度提高了。

片面往往是深刻必不可少的前提，但深刻的成果不能掩盖了片面的弊端。分路出击是历史的必然，走过了这一段，则应当是诸兵种联合协调作战的时候了。

这不仅仅是对西方当代文论的态度。

① 见《三国演义》第一回。

独幕三场抒情性叙事诗体讽刺剧式哲理小说

邂　逅

A

1995年的这一天，她遇见了他，驮着一箱啤酒。

你是……怎么？不敢认了？对，正是。算了别握了，你瞧！

你这是……哦，上坟。没错儿，上坟。上坟——嗯？不是我什么人，找乐儿，上着玩儿呗。这么好的天儿，中国人民也没嘛玩儿的……

你现在……现在？上坟去呀。噢？你不知道？真的假的？这不上个月出来的吗？妈的死活非让我出来，说是满了。咱也不能老因为一个理由进去呀，是这么个理儿不是？这不正琢磨着呢，兴许有个上坟管理实业有限公司。您可离我远点儿，指不定几双明察秋毫的眼睛盯着我呢，你瞧那位大姐直往这儿看，我怕得有理。

你这儿……过得挺棒，就跟当年出生之后从医院跑回家一样。怎么？连我的消息都不敢打听了？啊，对不起，兴许我认错人了。狗娘养的们说得对，没错儿，洒家是这么回事儿。你听他们的没错儿，瞧你现在，事实胜于雄辩嘛。哈哈？哎，小心蹭上，印上了就不大好办了，是吧？

我是想问……啊，我明白。没有。咱要那玩意儿干吗！闹得慌。再说我又改装不了，这玩意儿又不能复印，哪个乐意让一个疯子敲来焊去的？您是有学问的人，这话不孙子吧？

那你将来……咳，共产党饿不死人。四化眼瞅着就要实现了，咱也放明白点儿，功成身退，颐养天年。前三门有个卖啤酒的丫头，企图白嫁给我，目前正进行建设性磋商。这不我急着给她上坟去？哎呀他娘的一点半了！不赶趟了，咱回见吧。哎，对了你叫……啊，回见回见，有空闲着没空来。

B

1995年的这一天，她遇见了他，戴着一副眼镜。

你是……噢，是你，你好。

你……我……

你这是……哦，上班。睡完午觉，一看还早着呢，先到这儿溜达溜达。这么好的天儿，这歌儿唱得也挺……

你现在……现在？上班去呀。嗯？啊，挺好的。不太忙，但也没空儿。嗯？刚提的，上个月死活非提，说是够了。没什么意思。那还得了！就是这么回事儿，反正都一样。都是卖力气。哼……这歌儿还挺有意思的，“摆不开那些回忆”，这些小年轻儿，“为什么我们会做出这样的决定，到今天还是个谜”，还有点儿味儿啊？是啊，想起来又何必呢……

你这儿……那么回事儿呗。就跟朱光潜在澡堂里偷床单一样。也没什么可说的，你大概也都听说过。我……也都听说过。老朋友们说得对，我们不过是一步一步地去把它变成现实，然后看着就舒心了，以为自己不是阿Q。实际上究竟成功了还是失败了，天知道，鬼知道，你心里也知道。哎，对不起，靠这边儿一点。

我是想问……噢，没什么，就那样。谁也逃脱不了，完全是按既定方针办，当初不就想到这种最大、最容易的可能了吗？也好。一个人总要有点责任感，还要给社会一点安分感。别这样问我，非要问的话，那回答就是肯定的了，明白吗？

那你将来……将来？过去就是将来。现在就是将来。我知道你……我已经。所以我希望……也就是说我已经不希望。但是你知道它睡在什么地方，别为了好奇去弄醒它了，眼瞅着四化就实现了。嗯？怎么不大对劲儿？你的表……妈的又把我的表乱拨着玩，已经一点半了！再见吧……多保重，再见。

C

1995年的这一天，她遇见了他，夹着一个皮包。

你是……喔唷，是××同志啊，你好你好。啧，真漂亮。

你这是……哦，上朝，哈哈，此乃本衙门的专业术语，一律唤做上朝。这么好的天儿，真令老夫也想发发少年狂喽，哈哈……

你现在……现在？上朝去呀。噢？喔哈哈哈，瞧我这反应，好汉难提当年勇哦！一天到晚无事忙，食君俸禄，为民请命，虽说闪不了什么大亮儿，可螺丝钉精神毕竟还是需要的嘛。文明礼貌月，“九五”计划，唐古拉山前线，比利亚姆海林，什么音乐安眠丸等等等等，到处都需要嘛。难得像你如此清闲……啊对不起，革命分工不同嘛，两条道……

你这儿……感谢马恩列斯毛在天之灵，没病没灾。我遗嘱里预测的那些意外故障哪个也没有光顾，看来真是“有备无患”。该杀死的臭虫都杀了，可是无处去领奖金，机构太不健全啦，改革的路正长，夜也正长，夜长确实梦多啊……夏时制实行得是时候……啊没有，我这是职业习惯，与个人情感无……别介意，你请。

我是想问……啊，哈哈哈，那是自然喽。中华民族的传统美德嘛，领导的督促，同志们的期望，工作的需要……啊？当然……喽。你以为我是在故意地宽慰……自己，哈哈，唉——

那你将来……一派大好嘛。当然，我们已经不是八九点钟的太阳。但老夫还喜作黄昏颂嘛，何况我们小夫呢！要向前看。是呀是呀，过去值得……好像，不过也……忘了也就忘了吧，改革要求我们胸怀宽广嘛，死去的人就先别让他活了，住房这么紧张……哎唷，新居分配会必须去，这都一点半了！少陪少陪，后会有期。

（本文系为北大学生刊物而作）

还是“谁主沉浮”

在《百年中国文学总系》里，我担任的是1921年这一卷。

当谢冕先生向我面授了这套书系的战略构想后，我脱口就选择了1921这个年份。

“脱口而出”的背后，实际上必然隐含着一个人的文学观。1921年拥有一长串公认的文学史重要事件：文研会①、创造社②成立，《沉沦》③、《女神》④出版，《阿Q正传》⑤发

① 文学研究会：1921年1月4日成立于北京。——编者注

② 创造社：1921年7月成立。——编者注

③ 《沉沦》：1921年10月上海泰东书局出版，短篇小说集。——编者注

④ 《女神》：1921年8月出版。——编者注

⑤ 《阿Q正传》：从1921年12月开始于晨报副刊连载，直至1922年2月才全部发表完。——编者注

表……我认为这些事件是百年文学史不可回避的议题，因为任何一部文学史都是与以往文学史的对话，只有在不回避、不转移重大话题的对话中，才能真正传达出文学史写作的时代性。而我脑海中一瞬闪过的那些重要议题，扩展开来已足可构成小半本 1921 年的文学史。

我是一个注重审美的人，但我的审美观是内外兼顾的。我不喜欢新批评派否定文学作品外部研究的主张，而他们值得肯定的对文学作品“细读”的做法，我认为远不如古代的经学，近不如当代的“四人帮”。我始终坚持认为，不会欣赏生活，也就不会欣赏文学。文学史的写作，尤其需要给出特定时代的文学所处的时代生活坐标。它是把文学放在一个与其他文化现象互动的体系中进行观察体认，这与传统的从时代背景的社会学概括推出作为个别现象的文学是截然不同的。比如经过对 1921 年的社会全景扫描，最后定格到文学这片园林。1921 与其他年份的选择，都是出于对百年文学做“切片观察”的目的，但切片观察首先应该清楚描述这一片是从何处切下来的。

“百年文学总系”在“战略”上受到勃兰克斯《十九世纪文学主潮》影响，在“战术”上则受到黄仁宇《万历十五年》影响。但我认为黄仁宇对具体年份的选择未必是最佳的。如果切片观察的结果对切片本身语焉不详，那么这种写作方式就形成了自我消解。因此我采用了全景式的框架，尽量照顾到 1921 年文学史实的全貌，以重点史实来带动起前后若干年份的纵剖面。谢冕先生为总系提出了“拼盘式”和“手风琴式”的写作原则。我体会“拼盘”是应该在共时性上拼得全，“手风琴”则是在历时性上拉得开。但拉得开的前提应是在具体文学史实中选定一块块“禁拉又禁拽”的好面。否则，总系中各个年份的选择就会受到质疑。

根据现代阐释学的观点，局部与整体是循环阐释的。对 1921 年文学的认识必然关联到对整个百年文学的认识。我认为百年以来的中国文学是客观上呼应民族国家的现代化吁求，逐渐走向组织化、效率化的文学。这个过程从 19 世纪中叶开始在传统文学体内着胎，到 20 世纪中叶瓜熟蒂落，中国文学到了共和国时代已完全是一个自组织、自清洗“先锋系统”。而1921年，我认为是“计划文学”的萌芽期。所以，我在书中贯穿了一条对“现代性”的思考线索，尤其突出了革命、计划、组织、战斗、忧患等问题。在许多地方发挥了一下我对“文学与革命”这一课题的思考。谢冕先生曾问我为何要用“谁主沉浮”这个书名，我深深理解他老人家的感情。我要说明的是，对象的选择不一定意味着倾向性。从个人性情上说，我不喜欢革命、领袖、战斗、集体等现代词汇，我最喜欢做王维、陶潜那样的人。但当我面对我所身处的现实，我认为逃避革命、否定革命都有些太个人化了，甚至对我这一代人来说，有些忘恩负义的味道。

现实的中国不是革命好不好的问题，正如对于病人来说不是动手术好不好的问题。当我带儿子去医院打针，儿子在疼痛之下大声哭骂，并对那慈善的白衣天使产生了切齿的仇恨时，我能说些什么呢？我只能设想，在我们给人们打针时，尽量打得轻柔些。世上想做王维、陶潜的人一定很多，我不一定非要早早加入这座精神养老院。在后记中，我说过想生活在1921年做任何一种人，只是没提到学者。因为我正在“学者”的路上走着。不能把自己的生命与自己的职业区分开来是不幸的，我认为越是“学者”，就越应保持对“学者”的警惕和批判。

一般认为这一百年的文学，功利性比较强，所以必然损害“审美”。我不这样看。我认为审美价值的高低与功利性的大小没有必然关联。我是从一个百年文学审美价值的热爱者变成一个百年文学史的研究者的。直到今天，《女神》、《雷雨》仍令我百读不厌，《红岩》和《青春之歌》仍令我热泪滚滚。抛开文学作品的社会学判断，回答它们为何能感人肺腑，我认为也是文学史研究的任务之一。尤其是切片观察，只写一年，我觉得是有可能做到的。所以我在书中适当注重了具体作品的艺术分析，并把这分析与全书的思想线索做了适度的缝合。

然而，无论对自己写的这一本，还是整个总系，我都觉得还有许多不尽如人意处。这不尽如人意处，我觉得也是现阶段无法克服的。因为说到底，无论文学也罢，社会也罢，我认为当今的最大问题，还是“谁主沉浮”？

通俗小说的概念误区

我们每天接触的东西，每天说出的名词，往往是我们最不会解释的。我们可以解释非常复杂的术语、专名，比如遗传基因、洲际导弹、上层建筑以及英特纳雄耐尔。但是我们解释不了什么是桌子，什么是天，什么是红，什么是酸，什么是梦，什么是圆。好在大多数我们解释不了的东西，并不因为我们不能解释就不被我们掌握。正因为掌握是关键的，解释是次要的，所以我们日常生活中并不十分在意是否能够解释一个具体事物。比如我们虽然说不好什么是桌子，但我们起码知道什么不是桌子。在否定性的排除中，我们自信有掌握事物的实践能力，因此在实践过程中才不会走入误区。

但是正因为每个事物除了客观存在的“本身”之外，还有一个“名字”，这个“名字”在现代语言学中又被分为“能指”和“所指”，而人类又恰恰是语言的动物，他的最大本事就是依靠掌握语言来掌握世界，所以人类最容易犯的错误就是搞乱了语言和世界的关系，用术语说是搞乱了能指和所指的关系，发生了“编码错误”和“程序误读”。所以人与人之间才会有那么多的误解、隔膜、争吵、辩论。而可笑的是，大多数的辩论争吵是没有实际价值的，他们所争所吵的只是“能指”，与“所指”无关；只是语言，与世界无关。就像鲁迅在《理水》中讽刺的，学者们用渊博的学识证明大禹只是一条虫，而大禹的“所指”正在领导民众疏浚江河，三过家门而不入……如此看来，“名不正”虽然“言不顺”，但并不妨碍“事必成”。说到通俗小说，学者们尽管可以列出八百六十二种概念，但并不能使实际存在的通俗小说发生增减或质变。学者的“正名”只是为了学者的“言顺”而已，所谓“误区”也只是学者的滑铁卢，决不敢让作家作品削足适履，胶柱鼓瑟。故此，我们在探讨和划定我们的论说范围时，首先不必以其昏昏使人昭昭地宣布，通俗小说的概念应该是一二三四甲乙丙丁 ABC。我们不妨从探讨通俗小说不是什么开始，知道了不是什么之后，就算说不出概念，说不出定义，说不出“能指”，也不妨碍我们抓住“所指”，抓住“本身”。仿佛警察叫错了罪犯的名字，但捉的确实是案件的真凶。这样，我们所描述的“通俗小说”，就在“什么不是通俗小说”中概了它的念，定了它的义了。

首先，通俗小说不是“不严肃小说”。

中国著名小说家邓友梅在法国被问及最喜欢哪位法国作家时，答曰“巴尔扎克”，法国朋友说：“哦，那是我们法国的通俗小说作家。”邓友梅不禁吃了一惊。巴尔扎克在中国读者的心目中，是最为“严肃”的文学大师，而在法国却被视为“通俗小说作家”，难道说他的作品“不严肃”么？法国朋友毫无这个意思，法国人一样非常尊重和仰慕巴尔扎克，看一看罗丹那尊气韵沉雄的雕塑[①]，就可知道巴尔扎克在法国艺术界的分量。

---

① 罗丹巴尔扎克像：1891 年法国文学家协会委托罗丹为巴尔扎克雕像。1898 年雕像完成，有许多人认为该塑像“哲理太多，造型不足。”但罗丹认为这是他“毕生的心血，美学的支点”。现在该雕塑收藏于罗丹美术馆中。——编者注

但法国人仍然确切不疑地称之为“通俗小说作家”，这说明，在他们的概念里，通俗不通俗，与严肃不严肃，没有什么必然的关系。通俗小说可以是严肃小说，通俗小说家可以是严肃文学大师。

在我们中国，整个小说一开始就被视为不登大雅之堂的“小玩意儿”。最早出现“小说”一词的，是《庄子·外物篇》：“饰小说以干县令，其于大达亦远矣。”意思是“粉饰浅识小语以求高名，那和明达大智的距离就很远了。”[①]“小说”这个词一出现，就是指“不合大道的琐屑之谈”。班固的《汉书·艺文志》中说：“小说家者流，盖出于稗官，街谈巷语，道听途说者之所造也。”这段话一向是最为小说家恼恨和忌讳的，因为它把小说家描述成了无事生非的长舌妇。小说在中国一出生，就与“不正经”，“不严肃”毗邻而居，此后不论如何有出息，都很难光宗耀祖，永远与“不正经”，“不严肃”有瓜田李下之嫌。

在中国数千年的等级社会中，文字和人一样，是被划分为三六九等的。最高等的文字叫做“经”，经典的经，经世致用的经，经天纬地的经。那不是一般人所能写的。所谓四书五经，十三经，一般人只能仰慕学习，背诵体会，作为人生指南。那是圣人所写的精神法律，如果违背了其中的教义，叫做“离经叛道”。我们翻译外国的高等宗教著作时，也相应地称之为“经”，如佛经、《圣经》、《古兰经》。其中佛经又称藏经、三藏经、大藏经，分为金刚经、坛经、般若经、法华经、华严经等，它们本来也是凡人所撰写，但一戴上“经”的皇冠，就仿佛变成了仙人的遗墨。次于经的文字叫做“传”，还有“笺”、“注”，即注释经文、阐明经义的文字，如果说经是教科书的话，那么传、笺、注就相当于讲义和“教参”。后来又有解释这些讲义的文字，叫做“疏”或“正义”。总之它们都是附庸在经的周围的“圣贤文字”，拥有至高无上的“话语霸权”。从事这些活动的文人，都有希望成为圣贤。时至今日，干这种活的人仍然

① 采用陈鼓应译文，见陈鼓应：《庄子今注今译》，中华书局 1983 年版，第 708 页。

自以为是天下最有学问的人，因为他知道“回”字有四种写法以及“歹”就是“坏”的意思。不能进入“追经族”的，可以进入“追史族”。“史”也是一种具有神圣意义的文字，也不是一般人可以随便写的。司马迁为什么能够忍辱偷生？因为他要写一部“究天人之际，通古今之变，成一家之言”的皇皇大著《史记》，“藏之名山，传之其人，通邑大都”，因此才“就极刑而无愠色”。[①]文天祥为什么大义凛然，视死如归？因为他认识到“人生自古谁无死，留取丹心照汗青”。一旦与“史”发生了关系，就等于进入了永恒者的行列，因此“名垂青史”也成为中国人的至高理想之一。次于“史”的，是一般的文章，虽无神圣的光圈，却也高雅端庄，道貌岸然。文章可以用来写奏折，考科举，是“学而优则仕”的重要手段。“诗”的地位略逊于文，但也可以登大雅之堂，猎风雅之名，属于正人君子的雅好。诗以下是词，名声便有些不大好听了。所谓“诗庄词媚”，是含蓄的评价，说白了是“诗妻词妾”，词是不能登大雅之堂的东西，好写词的陛下都是亡国之君，柳永因为是词坛领袖，所以皇上就不许他做官，说道：“且去填词。”苏东坡、辛弃疾这样的大文豪，也是用词来发泄自己那些非正统的、自由化的情感的。比词更下的是曲，好比是妖冶无礼的婢女，正人君子对之是非礼勿视的，只有关汉卿之流的“浪荡文人”才乐此不疲。比曲更低级的，压在最底层的才是小说。如果说唐传奇、《聊斋志异》一类的文言小说还能够攀附一点风雅的话，那么宋元以后产生的白话小说，在正人君子看来，就完全是诲淫诲盗的文字垃圾。这种情况直到晚清才发生变化。

晚清的小说界革命，借助西洋的文学观念，打破了中国固有的文类金字塔，把小说从文类的最底层，骤然间捧上最高峰，凌驾于其他各类文字之上。五四文学革命后，小说更成为现代性的最重要载体，成为现代文学的核心体裁。然而也正是从此以后，新文学小说自命为严肃小说，将旧小说视为“不严肃小说”，这实际等于打破了一个旧的金字塔，又

---

① 司马迁：《报任安书》。

建立了一个新的金字塔。几十年的文学史教育，使人们误以为带有娱乐性的文学就是不严肃文学，畅销的小说就是不严肃小说，为大多数人喜闻乐见的书籍就是不严肃书籍。这个混乱的认识，其深入人心，已经到了百口莫辩的程度。

那么什么是所谓“严肃”呢？严肃事实上是一种对待现实的真诚态度，这种态度并不受其表现形式的左右和束缚，它可以表现为任意形式而不改其真诚。道貌岸然的大人并不一定真诚，而嬉皮笑脸的小孩却是真诚的。就对待世界的根本态度上讲，小孩永远是严肃的，而大人每每不严肃。有趣的是，小孩的严肃是以艺术的、娱乐的方式表现出来的，而大人的不严肃却是以“高等文类”的方式表现出来的。所以米兰·昆德拉说：“只有真正严肃的问题才是一个孩子能提出的问题，只有最孩子气的问题才是真正严肃的问题。”[①]然而昆德拉又说：“没有任何小说称得上严肃认真地看待这个世界。”[②]米兰·昆德拉的论述道出了问题的实质。如果从小说的形式上看，任何小说都是“不严肃”的，它们都是对这个世界的歪曲、臆造、篡改，在这个意义上，根本不存在所谓严肃小说和不严肃小说。因此区分严肃小说和不严肃小说就像区分严肃的人和不严肃的人一样，不能从外在的类别入手，而只能从具体的态度入手。这样我们就可以明白，为什么许多新文学小说让人觉得讨厌和鄙夷，而许多通俗小说让人肃然起敬。原因在于，通俗小说的态度只要是真诚的，它就放射出“真艺术”的光彩，而态度不真诚，则不论你写的是经史子集，一律属于鲁迅所说的“瞒和骗”。在严肃和不严肃的问题面前，通俗小说和“非通俗小说”是平等的，各类小说都有严肃的和不严肃的之分。当然，严肃的也未必就艺术性高，不严肃的也未必就艺术性低，艺术性的高低还要考虑其他因素。但起码的一点已可断定，通俗小说不是“不严肃小说”的代名词。

① 《生命中不能承受之轻》。

② 《小说的艺术》。

其次，通俗小说不是“不高雅小说”。

“雅”与“俗”的对立由来已久。“雅”原来是“夏”的同音假借字。西周的都城丰镐，是夏朝故地，所以周初人有时自称“夏人”。“雅”和“夏”互训，周王室所在地区的语言文化，便往往冠之以“雅”的名号。如雅言、雅诗、雅乐。本来这个“雅”也只是一个地域文化概念，不具有文化层次上的优越性。但是由于“雅地”是政权所在地，它的文化方式就逐渐成为标准和规范。雅言成为“普通话”，雅乐成为“国乐”。孔夫子本来是鲁人，应该讲鲁国的“山东话”，但是他在讲课等工作场合和会客等礼仪场合，却讲的是雅言——“陕西话”。《论语述而》曰：“子所雅言，《诗》，《书》，执礼，皆雅言也。”刘台拱在《论语骈枝》中说：“夫子生于鲁，不能不鲁语，惟诵《诗》、读《书》、执礼，必正言其音，所以重先王之训典，谨末学之流失。”在正式场合以“雅”为标准，“雅”便取得了“正”的身份，《毛诗序》曰：“雅者，正也。”“言天下之事，形四方之风，谓之《雅》。”

至于“俗”字，一开始与“雅”无关。根据目前学术界的研究，中国人产生“俗”这个概念，大约也是在西周时代。殷商的甲骨文和铜器铭文中均未见有“俗”字，似乎表明那个时候尚无“俗”的观念。到西周恭王（前922—前900在位）时所作卫鼎和永盂的铭文中已有“俗”字，用于人名；宣王（前827—前782在位）时所作驹父盨盖铭文中有“堇（谨）尸（夷）俗”句，意指南淮夷的礼法，已具“风俗”的意思；同时代的毛公鼎铭文中的“俗”则当作“欲”解。西周铜器铭文并不常见“俗”字，现知仅数例，用法大体如此。从传世古籍来看，《易》、《诗》、《书》、《左传》和《论语》等重要典籍中均未见“俗”字。[①]但文献中没有“俗”字不等于当时没有“俗”的观念。上古文献虽不见“猪”字，但上古是有猪的，不过叫做“豕”罢了。文字符号能指与所指的关系永远是变动的。西周以前虽未见“俗”字，但人类只要进入了阶级社会，就必然产生文化分

① 张赣生：《民国通俗小说论稿》，重庆出版社1991年版。

野。精神境界上的高下、尊卑、雅俗、精粗之分，是肯定存在的。韩愈所说的“周诰殷盘，佶屈聱牙”的尚书，其中同时引录了“时日曷丧？予及汝偕亡”这样的民谣，这已可说明雅与俗分别有了各自的“话语”。《史记·周本纪》记载周武王声讨商纣王“断弃其先祖之乐，乃为淫声，用变乱正声”，这里“淫声”与“正声”的对置，实际就如今日所言“通俗音乐”与“严肃音乐”的对立，雅俗的观念表现得已很分明了。至于《诗经》三百篇中风、雅、颂的区分，更说明当时之人已经能将艺术的功利目的与审美作用结合起来看待雅俗文化的实际存在。

“俗”的概念产生后，一开始还具有中性的甚至被尊重的意思。《礼记》云：“入境而问禁，入国而问俗。”《周礼》云：“以俗教安，则民不愉。”《尚书·毕命》曰：“道有升降，政由俗革。”这里的“俗”指的都是普遍的日常的生活风习，也即风俗。到了战国以后，“俗”在这个意义上仍被人们经常使用。如《孟子》云：“其故家遗俗，流风善政，犹有存者”；《庄子》云：“差其时，逆其俗者，谓之篡夫；当其时，顺其俗者，谓之义之徒”；《管子》云：“渐也，顺也，靡也，久也，服也，习也，谓之化，……不明于化，而欲变俗易教，犹朝揉轮而夕欲乘车。”如此等等指的都是风俗或民俗，即某一民族或地区由习惯形成的特定生活方式。风俗之“俗”本无所谓褒贬之意，故《荀子》云：“无国而不有美俗，无国而不有恶俗。”风俗作为一种人类社会文化现象，它不是个人有意或无意的创作，而是社会的、集体的现象，是一种非个性的、类型的、模式的现象，它体现在一般人的生活中。由此又引申出“俗”的另一层含义——“世俗”，在“俗”字前加上“世”字，是指“一般”情况，虽然含有“平凡”的意思，但并不一定就是“俗不可耐”，如《老子》云：“俗人昭昭，我独昏昏，俗人察察，我独闷闷”，《墨子》云：“世俗之君子，皆知小物而不知大物”，都是指“一般的见识不高明而已。”[①]

然而实际上，当“俗”由“风俗”引申出“世俗”一义时，一种褒

① 张赣生：《民国通俗小说论稿》，重庆出版社 1991 年版。

贬已然不知不觉间暗含于其中了，“世俗”已经作为“不世俗”的对立面而存在了（“风俗”倒的确是中性的，因为不能说“不风俗”），即以上文所举的《老子》、《墨子》两句为例，都不难看出其中的贬斥世俗之人、反褒不世俗之人的意味。“平凡”也好，“一般”也好，都可以作为“不高雅”的婉词。《商君书·更法》云：“论至德者不和于俗”，《荀子·儒效》云：“不学问，无正义，以富利为隆，是俗人者也。”价值判断一清二楚，可以肯定，后世雅俗对立的观念已在此时萌芽了。如果翻翻《庄子》和《离骚》，更能发现大量对“俗”的贬斥。如《庄子》中有：

彼又恶能愦愦然为世俗之礼，以观众人之耳目哉！（《大宗师》）

俗惑于辩。（《胠箧》）

世俗之人，皆喜人之同乎己而恶人之异于己也。（《在宥》）

高言不止于众人之心，至言不出，俗言胜也。（《天地》）

缮性于俗学，以求复其初；滑欲于俗思，以求致其明；谓之蔽蒙之民。（《缮性》）

故不为轩冕肆志，不为穷约趋俗。（《缮性》）

丧己于物，失性于学者，谓之倒置之民。（《缮性》）

吾愿君去国捐俗，与道相辅而行。（《山水》）

故天下大器也，而不以易生，此有道者之所以异乎俗者也。（《让王》）

礼者，世俗之所为也；真者，所以受于天也，自然不可易也。故圣人法天贵真，不拘于俗。愚者反此。不能法天而恤于人，不知贵真，禄禄而受变于俗，故不足。（《渔父》）

这些“俗”，都是作为庄子自我精神世界的对立面而存在的。在“俗”的映衬下，以庄子为代表的知识分子显示出自己的高雅尊贵。这是知识分子自我意识的觉醒，他们开始有意将自己从大众中区分出来。由此，雅俗问题便逐渐具有了一种美学的性质。以屈原为代表的楚辞，将世界截然划分成高洁和卑污两个部分，发明了大量相互对立的辞藻进行罗列比较，一方是香草美人骐骥圣贤所代表的“雅”，一方是恶花嫫母蹇驴闒茸所代表的“俗”。在这样的尖锐对比中，“俗”成了对“雅”构成严重伤害的愚昧而邪恶的反面形象。于是，“俗”就开始成为具有高尚追求的人士所必须反对、逃离、摆脱、警惕和批判、打击、教化、改造的对象。在《荀子》中，“雅”和“俗”被作为一对明确对立的范畴并举。儒者被划分为“大儒”、“雅儒”和“俗儒”。从此，“雅”与“俗”就越来越代表着精致与粗鄙，高深与浅陋，文明与野蛮。汉代以后，“雅”与“俗”又进一步代表了精神与物质，意志与欲望，士人与大众，独特与寻常，超越与拘囿等范畴的对立。不过，对“俗”的论述要比对“雅”的论述为多，“雅”是在对“俗”的大量否定中确立自己的形象和地位的。总之，汉语文化中褒雅贬俗的倾向，与知识分子在中国的特殊身份具有极其密切的关系。他们对于自己在统治者眼中的工具性价值既敏感，又讳言，因此他们建立起一个名字叫做“雅”的独特的精神世界，以与那个叫做“俗”的现实世界抗衡。他们采用一切可能的方式，排斥和打击令他们讨厌的“俗世”，然而俗世的力量却不是雅人的文字所能摧折和压抑的，“俗”不但一直对“雅”进行着抗拒，嘲弄，反击，而且到宋元以后，进一步侵入“雅”的领地，直接对“雅”进行瓦解、颠覆。其中通俗小说就是对“雅文化”构成最大威胁的一种“俗文化”力量。

至此可以看出，“雅”和“俗”实际上都具有双重含义。一是美学境界、价值判断上的高下；二是文人与大众、个体与社会在文化方式上的选择性区别。这两重含义有时可以是一致的，即文人的选择恰好是高雅的、精美的，代表文化前进的方向，具有时代的先锋性。但也可以是不一致的，即文人的选择不一定高雅、精美，不一定代表文化前进的方向，不一定具有时代的先锋性。由于文字几千年来垄断在知识分子手中，知识分子总是自觉不自觉地把自己的选择规定为“雅”，因此“雅”和“俗”的双重含义在大部分时间里都处于被混淆的状态。于是，追古、追新、追奇、追怪，追逐少数文人情趣，就成为一种“雅”或“求雅”的标志，而实际上，这样的文化选择和文化产品，并不具有原创性的或者是深刻性的美学价值，它们用目标的“雅”遮蔽了行为的“俗”。所以，在各种文类里，实际上都存在着高雅和低俗的作品，美学境界上的雅俗与文类是没有必然联系的。诗词歌赋都有“雅”有“俗”，大量炮制的“先锋诗歌”、“先锋小说”，本身正是媚俗的产物和证明。米兰·昆德拉说：“今日之现代主义（通俗的用法称为“新潮”）已经融会于大众传媒的洪流之中。所谓‘新潮’就得竭力地赶时髦，比任何人更卖力地迎合既定的思维模式。现代主义套上了‘媚俗’的外衣……”[①]老子说：“天下皆知美之为美，斯恶已；皆知善之为善，斯不善已。”[②]真正的“雅”，并不格外在意自身是雅是俗。孔子说：“不患人之不己知，患不知人也。”[③]格外注重雅俗之别，刻意去追雅离俗，这恰恰是缺乏独立的人生理念、缺乏独立的操守意志、缺乏独立的生活情趣的表现，这本身就不能说是“雅”的，而是以“媚雅”的形态表现出来的“媚俗”。当然，“俗”和“媚俗”都是无可非议的，米兰·昆德拉指出：“我们中间没有一个超人，强大得足以完全逃避媚俗。无论我们如何鄙视它，媚俗都是人类境况的一个组成部分。”[④]“俗”和“媚俗”都可以是健康的，正常的。不健康、不正常的是那种竭力以俗为雅、刻意求雅反而落俗的扭曲心态。也就是说，不真诚的、伪饰的心态，才是真“俗”。气象弥漫，心无挂碍，则不论以什么形式出现，都不为“俗”。

这样，我们就可以明白，为什么许多“通俗小说”能够唤起读者的“高雅”情趣，而一些所谓“高雅小说”却令人反感、难受甚至产生生理上的厌恶。其根本原因在于，通俗小说不是美学意义上的“低俗小说”，它可能低俗，也可能高雅，正如农民的儿子可能成为艺术家，也可能成为土豪劣绅，这与它的出身没有本质上的必然联系。文学类别上的“血

---

① 米兰·昆德拉在诺贝尔文学奖颁奖典礼上的演讲。

② 《老子》第二章。

③ 《论语·学而》。

④ 《生命中不能承受之轻》。

统论”是毫无道理的。如今有些学者对这一点已经不能不勉强承认，但他们仍然坚持说通俗小说中的“次品”还是要多于“高雅小说”和“高雅文学”。我认为，这是缺乏数学统计上的依据的。假如以七言绝句为例，古往今来所产生的全部作品中有多少是精品、是艺术品，有多少是平庸的习作和顺口溜呢？显然，在任何一种艺术体裁和类别中，精美高雅之作总是少的，平庸低俗之作总是多的。所以，通俗小说只是小说的一种类别，它决不是“不高雅小说”的代名词。

再次，通俗小说不是“不纯的小说”。

不知从何时起，产生了一个叫做“纯文学”的概念。“我是搞纯文学的”，成为一句骄人之语，那神情仿佛是在说：“我是搞纯处女的。”一时间，“纯文学”、“纯艺术”、“纯学术”满天飞，最近又有了“纯天然”、“纯净水”等等。这里的关键词是“纯”。“纯”的本意是“无疵点的素丝”，引申为纯一不杂，精美无瑕。屈原《离骚》中云：“昔三后之纯粹兮，固众芳之所在。”所以，“纯”就意味着品质单一，不含其他因素。那么，“纯文学”、“纯小说”是什么意思呢？从字面上看，它们的意思应该是“只有文学的文学”和“只有小说的小说”。我们要问，这样的文学和小说存在吗？剥除了其他一切因素的文学，只剩下“文学”的文学，是个什么样子，有人见过吗？设想一部文学作品，里面没有政治，没有经济，没有阶级斗争，没有民族矛盾，没有宣传，没有娱乐，没有历史哲学心理社会音乐美术科学民主，没有打斗爱情神秘探险战争间谍生存死亡，从头到尾只有文学文学文学……这显然是绝不可能的。文学与数学的根本不同就在于，它天生就是“不纯”的，文学必须与其他人生因素共生才能存在，就像火不能自己烧自己，它或者烧木柴，或者烧油气，不存在脱离了可燃物的“纯火”。因此从理论上讲，脱离了文学之外所有因素的“纯文学”是不存在的。

如此可知，日常人们所讲的“纯文学”、“纯小说”，并非是理直气壮的学术概念，而是模模糊糊自欺欺人企图诱导人们思维混乱的“捣鬼概念”。它们实际是想说通俗小说是有功利目的的，而那些小说没有功利目的；通俗小说通过刺激情感来赚钱，而那些小说不刺激情感不赚钱。这是一种似是而非的见解。事实上，被称为“纯文学”的那些作品，恰恰是具有强烈的功利目的的。它们或者“为人生”，“为社会”，或者为某种艺术主张，某种生命哲理，更不用说有的还为了迎合政治需要或领导意图，总之是为了“纯文学”之外的一些东西。相比之下，通俗小说没有明确而执著的人生追求和艺术主张，它们只是为娱乐而娱乐，为写作而写作，实际上是“为艺术而艺术”但又并不标榜这句口号，这样说来，通俗小说岂不成了“纯文学”？说到刺激情感或赚钱，那些“纯文学”一点也不逊于通俗小说，只不过它们不事声张，做得很虚伪，都遮着很高尚的名目，许多“纯文学”作家高官得做，骏马任骑，稿酬不比别人少，特权要比别人多。许多“纯文学”作品打着艺术探索、人性追寻等等旗号，大肆描写露骨的性行为、变态的情欲和畸形的心理，有相当一部分“纯文学”读者是戴着有色眼镜去到那些作品中寻求情感刺激的。在这方面，倒是有些通俗小说表现得过于道貌岸然了。即便从“单纯”、“清纯”的意义上考虑，所谓“纯文学”，在整体上也要远远比通俗文学“思想复杂”。就如同标榜清纯的女大学生，实际上在身心两方面，都不能说比普通市井姑娘更“清”、更“纯”。因此，把“纯文学”作为通俗小说的对立面，在学理上是不能成立的。

最后，通俗小说不是“缺乏艺术性的小说”。

认为通俗小说是“不严肃的小说”，“不高雅的小说”，“不纯的小说”，其实背后还有一个共同的意思，即认为通俗小说是“缺乏艺术性的小说”。所谓“严肃”、“高雅”、“纯”，都是在为“艺术”张本，仿佛艺术的本质就是“严肃”、“高雅”、“纯”。通过前面的梳理，我们已经可以明白，文学艺术不一定要“严肃”、要“高雅”、要“纯”，即使一定要“严肃”、要“高雅”、要“纯”，通俗小说也并不逊于“非通俗小说”。而问题的关键在于，“艺术性”究竟意味着什么。

也许我们不能在此全面而详细地探讨美学上的“艺术性”问题。那么“小说的艺术性”或许是我们可以粗略地感受出来的。米兰·昆德拉在《小说的艺术》中把小说比喻为梦境：

> 梦的叙述，不妨这样说，它是想象从理性的控制、从对真实性的关注中解放出来，大胆地进入理性思考所不能进入的风景。梦只是这种想象的模特，我认为这种想象是现代艺术最伟大的发现。

不论认为艺术是对现实的模仿，是对心灵的表现，是对存在的反抗，还是对生命的宣泄，小说的艺术性都离不开这样一个标准，即“梦得够不够好”。在这方面，通俗小说与“非通俗小说”是站在同一起跑线上的。而且，由于通俗小说做起梦来比较专心致志，往往更能引人入胜，“非通俗小说”经常不能保持一份平常心，为了显示“雅”，常处于半梦半醒之间，所以“非通俗小说”的作者和读者对待小说的态度在一定程度上都是“别有用心”的，也即心在艺术之外。通俗小说中的劣品次品，不是因为不好好做梦，而是因为梦做得太荒唐或者太普通，属于技术问题，而“非通俗小说”中的劣品次品，则是属于“立场问题”了。

小说的艺术性还可以用小说的基本要素来分别衡量，比如人物、情节、主题、语言等。在人物和情节上，通俗小说明显更占优势，通俗小说中那些栩栩如生的人物在艺术史上构成了最庞大的画廊，它们那些精彩的情节，更是通俗小说的魅力核心。在主题和语言方面，通俗小说或许被认为略逊一筹，但主题的大小深浅，与艺术水准没有根本性的关联，通俗小说的主题可以被理解为落后、陈腐，但也可以被理解为更接近存在，更接近永恒。至于语言，通俗小说也并非缺乏独特性和创造性，在由文学语言转化而来的日常语言中，来自通俗小说者为数更多。此外，关于文化蕴含，关于美学境界，我们都找不出通俗小说低人一等的确凿证据，三国水浒红楼西游所代表的古代通俗小说的艺术性是有目共睹的，从张恨水到金庸所代表的现当代通俗小说的艺术性也正得到越来越公允的评价。如果说从某种特定的时代精神出发，认为通俗小说缺乏某种“思想性”，还是事实的话，那么无论如何，认为通俗小说“缺乏艺术性”，是非常不公的，那样理解的“艺术性”，一定是狭隘的和片面的。

以上我们论述了通俗小说不是“不严肃的小说”，不是“不高雅的小说”，不是“不纯的小说”，不是“缺乏艺术性的小说”，那么，通俗小说与“非通俗小说”就没有区别了吗？当然有，但区别不在形容词上，而在名词上，它们之间是类别的不同，而没有美学价值上的尊卑，就如同小说与诗歌、散文、戏剧的区别一样。出于习惯，人们经常都把“非通俗小说”称为“严肃小说”、“高雅小说”、“纯小说”、“艺术小说”，这些名目虽然并不正确，但也有其一定的针对性。由于强调的方面不同，通俗小说产生了不同的对立面。当强调它的娱乐消遣功能时，与“严肃小说”相对；当强调它的大众化品位时，与“高雅小说”相对；当强调它的形式技巧的模式化与稳定性时，与“艺术小说”乃至“先锋小说”、“探索小说”相对；当强调它的商品性、功利性时，与“纯小说”相对；当强调它的传统性、民族性时，又与“新文学小说”、“新文艺体小说”相对……因此，对于那些林林总总的名目，也似乎没有必要过于计较，只要我们知悉了通俗小说的概念误区是在什么具体方位，又何必非要给那些误区“正名”呢？

屈辱与尊严

——老舍创作与精神世界的主旋律

一个大作家，一个把写作视为自己的第二生命甚至是第一生命的大作家，一个靠作品来滋补和慰藉自己的灵魂而不是肚子的大作家，他的作品，必定是一道伴随他生命之波缓缓向前的意识之河，是一支永远回响着他精神世界主旋律的人生之歌。

揣着这样的信念，我去读鲁迅，读茅盾，读沈从文，读老舍……我努力去分辨、去摸索这些大师们的主旋律、次主旋律。有时觉得把握住了，但苦于表达上的艰涩；有时表达出来了，但却在心里摇摇头：不对，不对，走调了。

老舍就曾经这样三番五次折磨过我。我认定，老舍的全部作品，自始至终有一根或几根红线贯穿着，但要想一下子把它抽出来，实在有力不从心之感。于是我想，先试着抽它一根看看吧。选了个老掉牙的角度：人。

老舍努力写了一辈子人，他自己也努力做了一辈子人。谈起老舍，不是谈他笔下的人，就是谈他如何做人。从这一虚一实两个国度里，我似乎听出了立体的、真正老舍的声音。

说到老舍的为人，曾有人用“面面俱到，不得罪人”来概括。[①]的确，老舍给人的第一印象是太谦虚了。他永远说自己这不好，那不行，永远扬人抑己，从不顶撞别人的批评甚至嘲讽。在你想给他提两条意见之前，他自己早已提了四条，真是“宁肯天下人负我，我心不负天下人”。但是这么“好”的一个人，为什么“文革”一开场就给那些他“从不得罪”的人拉到孔夫子庙前打得皮开肉绽呢？又为什么仅仅挨了无知暴徒们的一顿毒打，就举身赴清池，诀别了那一张张亲朋好友的笑脸呢？

老舍之死在文学史上是一个世界级的叹号和问号。老舍之死让我觉出，老舍并没有那么“好”。我面前晃动出两个老舍：一个，谦恭和顺，恬退隐忍，谈笑风生，仁至义尽；另一个，则默默地斜倚在幕后，用一双饱含泪水的眼，注视着台前的那个自己。他有时想操纵和约束一下前者，但又仿佛觉得手里这只放出去多年的风筝，早已断了线。这一个，才是真正的老舍。以前我们所谈论和研究的，大多只是台前的那一个。他幽默，他耍贫嘴，他有时笑得让你喷饭，有时又笑得让你掉泪。但他既不是东方朔，也不是侯宝林，他为什么要这样？他到底是谁？我们不知道。

根据目下时髦的哲学观点，本质都是不可把握的，能够捕捉的都是现象。那么我们也就不必费力去工笔描绘所谓真正的老舍形象。我们只需看一看真理的影子就足够了。这影子，就是作品。

老舍的第一部作品《老张的哲学》，本来是“感觉寂寞”、“写着玩玩”的，从开篇第一句就能看出是“立志要幽默”，不笑破你肚皮不算本事的。可扒去幽默这层皮，你才知道，老舍一出手就写了个悲剧。故事的核心

---

① 以群：《我所知道的老舍先生》。

是老张的“钱本位”战胜了“人本位”，坏人拿好人随便耍着玩，故事的结尾并不是坏人遭报应、好人大团圆，而是没人性的升官发财，有人性的祸不单行。在老舍的第一部作品里，人，就是低下的，人，是没有尊严的。坏人天生没有尊严，好人的尊严是专门为坏人糟蹋取乐而准备的。老舍说这叫“一半恨一半笑地去看世界”。实际上，笑是假的，是抚慰伤口的麻醉剂，是招揽观众的锣鼓点；而失去尊严的恨是真的，是老舍留给自己、留给观众里可能存在的知音的。

再看老舍最后一部作品《正红旗下》。乍一看，似乎是写人的尊严的。旗人们不论穷富贵贱，一举一动都十分“讲究”，“连笑声的高低，与请安的深浅，都要恰到好处，有板眼，有分寸”，日常生活充满了艺术气息。人人都有面子，有身份。但是在这背后，旗人为了硬撑起这张尊严的脸皮，穷人每天喝豆汁度日，被讨债的小贩们在门前画满了丢人现眼的“鸡爪子”；殷实一些的旗籍宦官，也“寅吃卯粮”，“几十套服饰循环出入当铺”，遭人白眼和耻笑，甚至为了过个有吃有喝的“肥年”，把房契抵押出去。整个八旗社会都到了“残灯破庙”阶段，它的哪一个成员还能谈得上真正的尊严呢？

我们不必一部一部地去硬说老舍的所有作品都是写有关人的尊严的。从这一首一尾两部，可见老舍在他创作生涯的一始一终，都自觉或不自觉地关注着这个问题。下面再浪费一点篇幅，看看一般被人们视为代表作的《骆驼祥子》。

《骆驼祥子》有两个外部特征应该引起我们思考。第一，它不幽默；第二，它是悲剧。而它居然是老舍的代表作。这就说明，没有幽默，老舍依然是老舍；没有悲剧，老舍就失去了老舍。幽默只是他的脸谱，而悲剧才是他的魂魄。那么他的悲剧，悲在哪里呢？

先说祥子。祥子的奋斗，究竟为了什么？是为了能过上一份舒适安闲的正儿八经的北京市民的生活么？那他就应该听虎姑娘的话，买几辆车租出去，每天吃车份儿，再也犯不上在烈日和暴雨下去出那身臭汗。可是他不。是为了有朝一日能爬高一点，也可以对一伙子人吆三喝四地作威作福么？那他就更应该利用虎妞来巴结刘四爷，人和车厂的下一任交椅早晚是他的。可他更没有这样做。祥子三起三落，一心要买辆车，买辆自己的车。但车本身并不是他的理想，车不过是一个象征。祥子嘴笨，否则他一定脱口而出说："我要的不是辆车，我要的是人的那份尊严！"然而那份尊严，老天是不肯赐予祥子这样的动物的。关于祥子的形象，有人说不够真实，有人说有点类型化。其实老舍是把祥子当做一个"人"来写的。正像阿 Q 是不是农民无关紧要，祥子是不是车夫也不成问题。他可以是个一心想买车的车夫，也可以是个一心想从良的妓女，一心想当"职业写家"的文人……总之，他是个渴望"是其所是"的存在，他沿着自己选定的方向去铸造自己，他的价值和尊严同时就定型在其中。

理解了这一点，我们就会明白，老舍为什么把祥子的外号取成"骆驼"，这决不是因为祥子偷过几匹骆驼，而是"骆驼"的形象天生就给人一种尊严与屈辱相混合的直觉。高大巍峨，龙骧虎步，昂然不可欺凌，这是尊严的一面；忍饥耐渴，沉默无语，任人宰割，这是屈辱的一面。至于祥子偷骆驼的情节，不过是为了给这个外号找个来由，作家耍个小把戏而已，它与故事的主干没多大关系。因此，老舍所强调的，是一个"骆驼"式的祥子，他要写一个"尊与辱"的祥子。

小说一开始就描写祥子那种高大洒脱的"车夫美"，字里行间洋溢着一股"崇高"和"自尊"的气息。这是祥子作为一个独立的、有自我意识的"人"，初入北京这个吸引人、吞没人的"世界"时的梦幻般的第一乐章。老舍好像在说："人之初，性本尊。"但从此往后，祥子的梦幻被一口口地撕咬成碎片，他得到的不是与日俱增的尊严，而是每况愈下的耻辱。这屈辱的第一个层面是经济上的，也就是几次买车的失败。祥子最终还是只能拉人家的车，在人家的白眼下讨剩饭、捡烟头。温饱问题逼着人向金钱低头，所谓"人穷志不短"的豪言正从反面证明人在穷的时候有面临"灭志"的危险。祥子终于给钱跪下了。当初他慷慨解囊为老车夫祖孙俩买肉包子，后来他连一分钱也不肯借给同行。"钱本位"终于战胜了"人本位"。

屈辱的第二个层面可以说是性爱上的。祥子在这个问题上本是十分严肃的，他立志要娶一个“干净”的乡下姑娘，而且要“凭自己的本事”娶上老婆，“这才正大光明！”在他眼里，虎妞“算是个什么东西！”但就是这位虎妞，张罗布网，“预备着细细地收拾他”，而且一举成功。他们的第一次结合，简直就是虎妞对祥子的“诱奸”，是黑暗龌龊的现实世界对祥子纯洁美好的心灵世界的“诱奸”。从此后，祥子变成了老婆的一件玩物。不管虎妞对祥子究竟有没有几分真挚的感情，祥子在潜意识里，是根本不爱虎妞的，甚至恨不能掐死这个“凶恶的走兽”。即使在虎妞难产临死的那一夜，祥子也没从心底往外流一滴泪。继虎妞之后，夏太太又玩弄了祥子，而且使他染上了脏病。祥子最后终于堕落到出入“白房子”的行列中。在性爱这个问题上，祥子从来就没有作为一个男子汉的形象出现过，他先是一件被有钱的女人肆意凌辱和玩弄的淫具，后来则是一只猪狗一样发泄本能的动物。祥子这个人在人的又一重大欲求面前跪下了。

屈辱的第三个层面可以叫做人格上的，这是前两个层面的自然延伸。一个买不起车的车夫，一个不是男子汉的男人，他的人格就如受潮的糖塔，转瞬即化，只留下甜蜜的回忆。祥子说：“当初咱倒要强过呢。”他体面、自尊、不甘人后，可这些撑不起人格。孙侦探的一支手枪就把个高大粗壮的祥子变成了“一只臭虫”。虎姑娘情愿白嫁给他，而在老丈人刘四眼里，他不过是个“臭拉车的”。原先，他的信念是“穷死，不偷”，曹先生遭了难，他分文不取。末了，他为了六十块钱，出卖了一条人命，同时也出卖了他灵魂中最后那点尊贵的人性。

祥子的悲剧，是一个“人”在尊严与屈辱上下两块磁石之间奋力挣扎，而终于堕入屈辱的悲剧。老舍似乎是告诉你，人天生是该抓住自己的那份尊严的，有了那份尊严，人才像个“人”。但人的外部有个世界，世界的存在却要以人的屈辱为前提，人要在世界中获得正常的生存，就得把尊严抵押出去，这样，人的本性就将一点点泯灭，像出卖了灵魂的浮士德一样，最后变成“堕落的、自私的、不幸的、社会病胎里的产儿，个人主义的末路鬼”！所以，人活着不论是执著于尊严，还是驯服于屈辱，他的命运总是悲苦的。欢乐在生活中只是几个短暂的瞬间，如同祥子刚拉上几天自己新买的车，就被黑洞洞的枪口给吞噬了去一样。

仅从一个祥子身上，就得出这样的结论，未免失之轻率，我们不妨大略浏览一下老舍的人物家族。

“由于幼年境遇的艰苦，情感上受了摧伤，他总拿冷眼把人们分成善恶两堆。”[①]老舍写人，不是按阶级、按职业去分门别类的。他的标准主要是道德、情感。他笔下最触目的是一类“坏蛋”形象：老张、欧阳天风、小赵、刘四、冠晓荷、庞太监……老舍是不把他们当成“人”来描写的，他们是一堆恶的符号，是随时随地来糟蹋善的蛆虫，尊与辱这一维在他们身上不存在。老舍笔下最不触目的是几个理想人物，如李景纯、马威、李子荣等，由于描写粗疏，形象模糊，虽然写出了他们为个人或民族的尊严而顽强抗争，但总不免让人有敬而远之的感觉。老舍最大量描写的是处于这至善至恶之间的一大批小人物，像赵子曰、老马、牛老者夫妇、张大哥、祥子、祁家、王利发等等，我姑且把他们叫做“可怜人”。

所有这些人都有一个共同的焦虑点：如何寻求或者是维护自己的尊严。面对这一问题，老舍设计了三种途径。第一种是忘却，在难得糊涂中无所谓尊与辱，过得舒服就是尊，受了委屈就是辱。牛天赐迷迷糊糊地就长到二十岁，二十年间受尽了屈辱和戏弄，而他仿佛一点没觉得，仿佛生下来就是个小老头儿。《离婚》中的张大哥，活着的意义就是维护各种老规矩，他的自我价值就实现在当媒人与反对离婚一类的“义举”上，你叫他“像毛驴似的戴上‘遮眼’，去转十年二十年的磨，他甘心去转；叫他在大路上痛痛快快地跑几步，他必定要落泪”。这些人已经麻木了，人性在他们心中仿佛吞吃了巨量的安眠片，极难再转醒过来了。老舍显然是否定这一途径的，虽然含着较多的善意。

第二种途径也很简便，那就是出卖尊严来换取尊严。赵子曰参加学

---

① 罗常培：《我与老舍》。

潮，捆校长，打教员，不过是“为博别人的一笑，叫别人一伸大拇指”。老马为了让外国人看得起，明明是鳏夫，却谎称有五六个妻子，并且在一部侮辱华人的影片中扮演中国富商。老舍认为这些是我们国民性中的糟粕，这些换回的是更大的耻辱，而卖掉的却是全民族的尊严。老舍对中国人的“面子问题”有非常深刻的研究，从这个角度也可做一篇专论，但尊与屈的辩证关系仍是其核心。

第三种途径，就是祥子的途径。为了一份尊严，与生活软磨硬泡，苦熬苦斗，而最后面对的一堵墙上仍然写着两个字：屈辱。《四世同堂》里小羊圈的良民们，一向温良恭俭，逆来顺受，以此“混得个人样”，即使做了亡国奴，也苟安一时是一时，忍辱度日。但结果，一忍到底的祁天佑受辱后投河自尽，忍不下去、想呼喊出来点尊严的小崔、孙七被砍头、活埋。这里又涉及了群体与个体的问题，当整个民族受辱，覆巢之下无完卵，“想要独自个儿混好比登天还难！”（《骆驼祥子》）再看《茶馆》中的王利发，历经了从前清到民国，从日本人占领到光复几个时代，一辈子讲究和气生财，一辈子请安、躬身，可是到头来“那些狗男女都活得有滋有味的，单不许我吃窝窝头，谁出的主意？”老舍对这一途径充满了同情，还有几分尊敬，但他的笔并不留情，他仍然让王掌柜上了吊。

三种途径都否定了，三条路都是死路，“可怜人”没了希望。涅克拉索夫曾说：“世上哪儿有安乐窝，俄国农民无处躲。”在老舍看来，中国人真的是无处躲，因为他们都是“可怜人”。老舍最有艺术魅力的人物都出自这一行列，老舍关心的并不是他们物质生活上的艰辛与悲惨，而是作为一个人，活在世上的价值。

由老舍的创作轨迹，可以看出，老舍对尊严与屈辱这一主题的态度是有变化的。从他创作伊始，直到《骆驼祥子》时代，屈辱是占上风的。他的主角，没有一个生活得满意，有个人样的。城市平民如此，知识分子也如此。聪明勤快的小伙子到处被人开除、裁减（《我这一辈子》），品学兼优的女学生不得不去当妓女（《月牙儿》）。一直到《骆驼祥子》，老舍似乎都认定，人，就得低三下四活着，并不是这么活着有什么好，而是，这就叫人！谁也甭想逃脱。人，生来就受辱，他一辈子想摆脱掉这件脏布衫，但仅仅为此，他就要蒙受更多的屈辱。所以我们听到老舍的声音仿佛是：尊严是多么可贵啊，但人却注定要受辱。

但写完《骆驼祥子》，老舍似乎把人打入屈辱之狱的最底一层之后，他反而获得了一种超越。正像蓝棣之说的："祥子是堕落了，但通过解剖祥子的悲剧，作家却新生了。"当"人"受尽了屈辱，老舍似乎觉得，这太不公平，人虽注定要受辱，但人的真挚在于那追求尊严的过程。他发现自己甘愿忍辱、苟且求安的心理是不真实的、非本质的，是某种文化的集体无意识所强加给他的。他不想再关闭自己的意识闸门，于是，在尊严和屈辱之间，涌出来一股新的激流，那就是反抗。

这一时期，正值民族自尊的集体意识崛起之际，大氛围也影响着作为文协负责人的老舍的创作心态。他笔下的人物从"昂头——低头"的模式开始转变到"低头——昂头"的模式。对尊严的肯定首先以民族精神的面貌出现。在老舍的一系列抗战剧作中，"人"开始讴歌自己，开始面向光明。小说中的人物也不再一味忍辱。短篇《浴奴》中，卖身的妇女与日本兵同归于尽，她说："我的丈夫，死在南口，我今天也杀死一个。"到了《四世同堂》，屈辱与尊严交织组成了这部交响乐的正反两个主题。钱诗人是老舍第一次大力歌颂的中国知识分子形象，他面临日军的抓捕不藏不躲，他说："我手无缚鸡之力，不能去杀敌雪耻，我只能临危不苟，儿子怎么死，我怎么陪着。"连一向屈己下人的祁老太爷最后也敢于面斥民族败类冠晓荷。"忍"字在许多地方换成了"反"字。

在《鼓书艺人》中，方家与唐家是组成这部小说的升降机。方家代表着人性的高尚、尊严，唐家则代表着人性的下贱、羞耻。作家爱憎分明地高张方家的正气，把做艺和做人都提到一个形而上的层次来对待。这里涉及的是艺术尊严和艺术家的尊严等问题，关于不能让歪门邪道"毁了咱们的玩艺儿"的思想，老舍屡次表露过，例如《茶馆》第三幕。这与老舍早年受京派"尊严"艺术观的影响大概有些关系。

总之老舍后期创作中对人的尊严越来越趋于正面肯定和直接颂扬，

这与作家本人社会地位的变迁恐怕也存在着某种呼应。

老舍1949年以后的创作，在总体格调上有了很大变化，他拼命赞美新社会。实际上，老舍之所以觉得这个社会那么值得赞美，就是由于这个社会给了下等人以尊严，给了他笔下那些车夫、巡警、小贩、匠人以尊严。“可怜人”有了尊严，老舍的旋律当然要变奏。“要说修，都得修，为什么先修咱龙须沟？都因为，这儿脏，这儿臭，政府看着心里真难受。”《龙须沟》作为一部纯粹歌功颂德的作品而能够获得成功，基本原因在于作家真实写出了人在获得尊严后所焕发出的精神之光。

《龙须沟》等剧作的名噪京华，“人民艺术家”的美誉，使老舍更加相信改天换地的神功，相信人的屈与尊完全是社会制度和政府的好坏造成的。这种观念有其合理的一面，但也为日后的悲剧种下了祸根。老舍用一出《茶馆》葬送了三个时代，似乎也想以此结束自己在旧时代里关于人的尊与辱的思考。从该剧以后的一系列创作中，确实可以发现这种迹象。这些作品除了语言外，已经找不到老舍的踪影了，那双饱含血泪的眼睛没有了。而历史恰恰证明，没有悲剧就没有老舍。

但老舍的宝贵和幸运之处在于，他在幕后还留有一个自己。灿烂的阳光照得他一时看不见地上的阴影，但当他逐渐适应了新的环境，台前的那个自己已经能够自由行走时，他开始清醒。他在幕后悄悄写《正红旗下》，他又回到了原先的主旋律上。他用总结和清算的态度，不再写哪一个人的屈与尊，而是写自己在血缘上所归属的那个民族。设身处地想一下，一个人含着调侃的幽默，运用全部的艺术才华，去写自己民族最屈辱的一幕，该是多么悲凉。我觉得，老舍在幕后已经做完了那道尊与辱的代数题，他这是在为自己写挽歌了。

挽歌没有写完，命运敲门了。一顿毒打，打破的不仅是他的肉体，更明确地说，是打破了他的幻境。一个诚心诚意歌功颂德的知识分子，他的地位到底是尊还是辱，老舍对这一问题恐怕早就怀着双重态度了。现实逼着他选择了那个他不愿承认的答案，他的心碎了。

每个人在开始步入独立的人生之旅时，都带着一种“原初意识”。

老舍的原初意识可以称做“大杂院意识”。怀有这种意识的老舍，奋斗终生，无非是获得尊严而后快。老舍曾半开玩笑地流露过想当国务总理或部长什么的（《我怎样写〈老张的哲学〉》），这不是什么坏事，但这来自于“大杂院意识”则肯定无疑。老舍从尊严的一个石阶跳上另一个石阶，到了“人民艺术家”，可说是登峰造极了。而人民艺术家竟然在圣人庙前被打得跪下了！就好像祥子的钱罐被打碎，祥子卖命换来的车被抢走了一样，老舍的生命意义，被否定了。他眼看着台前的那个自己在几阵满堂彩后忽然被一阵酒瓶和皮鞋打倒在台口。“人”被打碎了，老舍的人之歌，自然就到了尾声。

老舍之所以如此重视尊严与屈辱，仅用一句“大杂院意识”来概括当然过于笼统和偏颇。考虑到文章的结构比例，这里略提几点我所看重的原因。

首先是他早年、尤其是童年的生活经历。“我昔生忧患，愁长记忆新：童年习冻饿，壮年饱酸辛。”（《昔年》）贫穷、借贷、欠赊使一个小孩儿对他人的眼光尤其敏感，他往往从很平常的一瞥中也能体味出屈辱，而当得到别人的夸赞和尊敬时，又会喜出望外。老舍的作品非常注重可读性，注重接受，每个精炼的句子都透出征服读者的强烈欲望，每个幽默的比喻都在暗示你为之鼓掌。这也从另一面说明老舍是非常注重“别人是怎么看我的”，也就是说，“我的价值”是由他人决定的。当他人尊我时，我的存在便有价值，他人尊我为大师、为圣人，我的价值便达到顶峰，否则便无价值。这样，自我就陷入了他人的地狱，命运便也失去了主宰。这既是老舍的悲剧，也是许许多多中国知识分子的悲剧。依附性是中国知识分子的致命弱点。

其次，老舍的文化结构也使他注重尊严。他走上社会后，从事了好几年学校教育工作，“师道尊严”，这不必多说。而后，他去英国留学，英国人的讲礼节、讲秩序、讲尊重人格以及英国文学的高贵气派必然对他影响极深。可以说，《二马》就是以英国人的尊严来对照中国人的无尊严，以此来痛贬国民性的作品。还有前面提过的京派艺术观的影响以及中国知识分子传统的“士可杀不可辱”之类的观念，这些奠定了老舍文化结构的基质。

还有一点我拿不准的是，老舍是否有一些“满族意识”。满人由中华民族最尊贵的地位跌落到最屈辱的地位，这是我们中国能产生老舍的必要因素。老舍在晚年精工细作《正红旗下》，说明他没忘了自己是八旗后裔，是最屈辱之列中的一个“小秃儿”，后来变成了最尊严的人民艺术家。没有对这从至辱到至尊人生历程的思考，老舍后来是不会“自绝于人民”的。

所以，最后顺便说一句题外话：老舍的自杀在某种意义上是不能跟屈原、王国维、叶赛宁、海明威等人相提并论的。

第二辑　井上黑窟窿

喜被退稿

认识一位某部委老干部，副局级，是我的山东老乡，我叫他邹大爷。退休后闲得难受，便被迫附庸风雅，今天学几笔书法，写个“老骥伏枥，志在千里”，明天学几句二黄，唱道 :“我好比虎离山受了孤单。”虽然文化不高，只在部队里跟着指导员识了500多个字，可脑子不错，这些他还都能对付，因此颇受老干部局的赏识，一有活动，就请他去露脸。

可是有一年国庆节，老干部局的机关刊物非让他题诗抒怀，邹大爷推脱不掉，便想了个主意，请我替他写一首，说报酬是借给我看一本他珍藏的黄色小说。我心想邹大爷家里还藏书？也许是战争年代从地主小姐的闺房里缴获的吧。我对报刊上那种老干部们常写的歌功颂德、无病呻吟的“台阁体”诗词很熟悉，还曾经撰文予以批评过，我把那些诗词叫做“老干部体”，又叫做“腐败的旧体诗”。不过我批评我的，老干部们还在继续写，踊跃写，蚍蜉岂能撼大树？再说邹大爷是好人，家里一点腐败的气息也没有，除了老两口爱吃点腐乳和臭鱼。于是我就摇头晃脑了半个小时，写了一首七律《国庆抒怀》。诗曰：“金风送爽景宜人，国庆佳节喜降临。白发相逢同祝酒，红颜欢聚畅谈心。江南塞北传捷报，海角天涯唱赞音。万马奔腾齐踊跃，一轮红日照良辰。”一边写，我一边骂：“真他妈无耻，真他妈肉麻。就是实现了共产主义，也不至于这般太平盛世吧？”我当时的感觉就如同贪官污吏一边祸国殃民，一边喊着“真腐败，真腐败”一样。写完交给邹大爷，邹大爷大喜，说写得有部长的水平，他心里也这么想，但就是写不出这些词儿。

第二天，邹大爷告诉我说，那首诗在老干部局引起了轰动，老同志们都说有功夫，有气魄，有风格，当场有两人写了和诗，还有三个要回家去和。邹大爷说：“这下可麻烦了，以后他们要是还拉着我写，可怎么办呢？”我说：“没事，你就说你必须回家慢慢写，回来由我替你写就得了。邹大爷，你不是说要借给我看你珍藏的那个什么黄色小说吗？”邹大爷说：“没错，没错，我给你带来了。你可千万别丢了，也千万别告诉我们家那口子，啊！”说着掏出一本用《人民日报》包着皮儿的发黄的厚书，往我手里一塞，转身就回家了。我翻开一看，不禁气得哭笑不得——《苦菜花》。

《苦菜花》在“文革”时被认为是“黄书”。可我那时在同学家读了，也没觉得有什么黄，反而受到了很健康严肃的教育，认识到革命战争的残酷和胜利果实的来之不易。邹大爷居然一直当做黄书珍藏着，可见他的脑筋之旧，也可见他的性情之淳朴。我把书翻到被认为“黄”的两处，发现那里夹着两张旧电影票，号是挨着的。

从此，逢年过节，我就经常代邹大爷捉刀。我本来会写许多种旧诗词，但为了不让邹大爷露馅，我每次都写七律。时间长了，邹大爷也明白了七律就是七言八句，二四六八要押韵，中间四句要好像对联，至于平仄什么的他就听不懂了。几年下来，邹大爷的诗作已有十多首，有四首被报刊转载，一首被收入某工作报告。毛主席说过："剑英善七律，董老善五律。"(《给陈毅同志谈诗的一封信》) 老干部局的诗人中间则流传着："邹老善七律，×× 善五律。"去年，老干部局编辑出版了一本《夕照集》，收入了邹大爷的全部诗作，虽然按照官职和资历，把邹大爷排得比较靠后，但老同志们一致认为，邹老的作品是这部诗集的"书胆"。

今年是共和国五十周年大庆，老干部局早早就开始排演节目，征集作品，上边还派了一位对文艺很内行的退休老部长专抓此事。邹大爷又来找我，我依照惯例，摇头晃脑了半小时，又给他写了一首七律。诗曰："雄鸡一唱万民欢，重整河山历苦艰。大树临风何所惧，长城沐雨稳如磐。同心奋斗人十亿，携手进军业百年。且待宏图实现日，神州举酒尽开颜。"没想到过了两天，邹大爷拿着诗来对我说，诗被退稿了，部长还把他批了一通。我心想，这是遇到明眼人了，恐怕不仅看出了这首诗的假大空气息，还可能看出了邹大爷的弄虚作假。于是我问："为什么退稿啊？"

邹大爷说："部长说了，这首诗问题很多。第一，这么长的一首诗，没有提到改革开放一个字儿，没有提到反腐倡廉一个字儿，没有提到总设计师邓小平和第三代领导一个字儿，这是不讲政治。第二，没有提到抗洪救灾，没有提到香港回归、澳门回归，没有提到以美国为首的北约集团轰炸我们大使馆，还没有提到国庆五十周年，所以说没有时代气息。第三，有几句话有政治问题，部长说'雄鸡一唱'是天翻地覆的意思，现在压倒一切的问题是要稳定，你为什么开头就写天翻地覆，还要万民欢？现在我们国家正处在建国以来最好的历史时期，可是你写大树临风，这是什么意思？部长问我有没有练法轮功，这你老弟知道，那些装神弄鬼的玩意儿，我是从来不掺和的。部长说最后还有两个小问题，一个是现在咱们国家人口是十二亿，电视里天天讲十二亿中国人民不可辱，可是你为什么只写十亿，人口问题可是个大事，马虎不得。再有最后两句，部长说意思还不错，但是看着眼熟，说我不是从别人的诗里抄来的，就是从哪首歌里抄来的。部长说现在正在宣传版权法，咱们老干部在这个问题上一定要站稳立场，决不能老了老了，再出现什么违法乱纪的事情。”

我说：“那你打算怎么办呢？”邹大爷说：“算了，我看这个部长确实是个内行，咱以后恐怕混不过去了。他要是看了以前你替我写的那些诗，还说不定看出啥问题来呢。你不是故意要坑我吧？干脆，我就着这个台阶，再也不写了，也省得老麻烦你了。”

我听了也有几分高兴，从此少了一份难受的差事，于是对邹大爷说：“好，咱们再也不写了。可是你家里还有没有什么黄色小说，可别忘了借给我看啊。”

《狂人日记》的三重结构

昔日读《狂人日记》，虽为它那现实主义与象征主义的高妙融合所折服，并且又听说还能用表现主义阐释其风格，但是从小说全篇的有机整体上，并未窥出其中“水穷云起”的所以然来，甚至以为作者的成功之处就在于逼真地摹写了“语颇错杂无伦次”、“间亦有略具联络者”这种典型的狂人思维表达方式，进而归功于鲁迅先生扎实的医学功底。近日重读，稍有意留心于小说的内在结构，不知不觉之间，由作品语句的高容量与多义性，悟出它的结构整体存在着三个侧面，分别构成了小说的双重现实本体和象征本体。这种解读方式不免有点机械论的嫌疑，但作为一种赏析途径，至少是可以成立的。

小说的第一重结构是它的客观结构，也就是作者站在“清醒人”的立场，通过展示“狂人”日记中的所见所思，向“医家”和我们这些“清醒人”透露出的故事的真相,因此,我们用“清醒人”的眼光，用与作者在小序中所表明的同样的立场，透过狂人的那些“荒唐之言”，能够得知故事的“本来面目”大体上是这样的：

一个三十多岁的受过新式教育的知识分子，忽然患了“迫害狂”。街上的人们看见他便免不了要“交头接耳地议论”，同时也因为他的精神失常而怕他。一个妇女不让儿子接近他，并且当着他的面打了儿子。围观的人们“都哄笑起来”，他家负责照顾他的仆人陈老五便把他拖回家中。

家里的人自然把他当做病人看待，把他关在书房里，怕他出去乱说乱动。家里人一面过着日常的生活，如听取佃户的告荒等，一面让他在书房里静养，派陈老五照顾他的饮食起居。

一天，大哥请了一位老中医何先生来给他看病。何先生让他“不要乱想，静静的养几天”。大概还开了副什么药，叮嘱大哥说道：“赶紧吃罢！”

有一天，狂人做了一个梦，梦见一个二十岁左右的人同他辩论“吃人”的事。

一个大清早，狂人在堂门外向大哥发表他的狂话，劝大哥不要吃人，引来许多人看热闹。大哥很生气,赶人们出去,喝道:“疯子有什么好看！”陈老五过来把人们都赶走，把狂人又劝回屋里。狂人做了个噩梦，醒来又是满口狂言。家里人便不再让他出去。狂人在屋里又胡思乱想了一些天，病就好了。后来到某地去做了候补官，留下了两册病中的日记，自己题名为《狂人日记》。

以上这个客观结构，只是一个很平常的狂人发疯的故事。据说《狂人日记》发表之初，并未引起振聋发聩的“轰动效应”，许多读者从“本文”能指中读出的正是上述这一“所指”。一般的读者不会注意到作品中事实上存在着多个叙述人，一般读者只认同一个叙述人，即小序的述说者。而小序的述说者既不是作者，也不是正文的主人公，而是作者所假设的一个“正常人”，一个“清醒人”。这个人所操的完全是一套传统社会中正规知识分子的话语，并把这套话语笼罩在正文的“胡言乱语”之上，用这套话语的光圈照射正文的话语，使小序与正文之间形成“看”与“被看”的关系。于是，小序好比摄影机，正文好比影片的画面，读者就好比观众，自然而然用摄影机所强加给的视点去观看正文。所得出的印象和结论自然又回归到小序的阅读起点。就这样，建立起小说的客观结构。这个结构在中国传统文学中是一种常见的转述模式。例如笔记小说，无非是向人展示一些奇人怪事，叙述者暗中与读者达成一种默契，在共同观看中获得一种自我安全感，在非常态的奇人怪事中确认自己的常态。如果小说只有这个单向的一维结构，那么，它就只不过是旧文学中的一个随喜者而已。显然，这个结构并非《狂人日记》的价值核心所在，但它又是确实存在的。把这个问题明确地表述出来，可以说，这个结构是小说的物质基础，是其他结构的承担者。但是这个结构却是寓于另一个结构显现出来的。

小说的第二重结构是它的主观结构，也就是“狂人”把他所看到的世界，用“狂人”的心理意识进行分析、推理之后，以“狂人”的语言所展现给我们的幻象。这里，“狂人”自己以为是站在“清醒人”的立场的，根据这个立场，那么，故事就变成了这样：

有一个狂人发昏了三十多年，有一天晚上望月的时候，猛然觉醒。他发现自己的觉醒已被别人察觉，不禁担心别人要来加害，同时也想起以前踹了“古久先生的陈年流水簿子”等冤仇。这时人们也正要害他，连家里人都装做不认识他，把他关进书房。他从人们的言行中猜测到人们要吃他，并且从古书上看见“满本都写着两个字是‘吃人’！”

大哥请来一名刽子手，假扮成医生，以看脉为名，“揣一揣肥瘠”。刽子手说：“赶紧吃罢。”于是狂人发现大哥也是吃人者的一伙。他日夜思考着这件事，决定先劝转大哥改过自新。然而大哥不听，并且说他是“疯子”，这样将来吃他的时候，人们就会给予理解。

此后家人便把他死死关在屋里，他想起妹子的死因，明白是被大哥吃掉了，并且说不定自己也吃了几片。于是他疑问世上还有没有没吃过人的孩子，他在思考中苦苦挣扎着。

小说的这个主观结构和客观结构一起，组成了作品的现实本体。前者建立于后者之上，后者则寓于前者之中。于是，这两个结构便形成了一组既统一又冲突的矛盾系列。兹列下表略作对照：

	客观结构	主观结构
第一节	狂人看赵家的狗	赵家的狗看我两眼
第二节	路人议论狂人	他们已布置妥当了
	赵贵翁也在其中	听到风声打抱不平
	小孩子也在议论	是他们娘老子教的
第三节	一个女人打孩子	眼睛是看着我的
	家人关他入书房	我越发觉得可疑
	佃户说打死恶人	这明明是暗号
	大哥教过他作论	翻脸便说人是恶人
	看书时产生幻觉	满本都写着吃人
第四节	陈老五送进鱼来	不知是鱼是人
	大哥请来医生	这是刽子手扮的
	医生让他静养	养肥了可以多吃
	医生说赶紧吃罢	哥哥是吃人的一伙
第五节	李时珍说人肉可以煎吃	真是医生也仍然是吃人的人
	大哥讲易子而食	满怀吃人的意思
第六节	狂人又听到狗叫	他们又凶又怕又刁
第七节	海乙那只吃死肉	他们是要逼我自戕
	大哥不怕吃人	不以为非丧了良心
第八、九节	梦中辩论吃人	自己吃人又怕被吃
第十节	人们来看热闹	我认识他们是一伙
	大哥不让看疯子	他们用疯子罩上我

	狂人又做了噩梦	他的意思是要我死
第十一节	狂人想起妹子	妹子是被大哥吃了
	大哥说割股疗亲	一片能吃整个也能
第十二节	大哥管着家务	我也吃过妹子的肉
第十三节	狂人发狂到极点	救救孩子

由以上这两个对立统一的结构组成了小说的双重现实本体。其中的第二重结构——主观结构，是怎样从第一重结构——客观结构中脱颖而出的呢？第一个关键在于“狂人”二字，小说的正文是以狂人的口吻叙述的，在这里，“狂人”既是被看者，同时又是一个“反看”者。他不像一般影片中的人物那样，只是被动地让人观看，被动地在摄影机前表演。他违反了“被看者”的纪律，他在被摄影机观看的同时，也在向摄影机进行讲述。这在电影技术上属于“看镜头”的大忌。但还有第二个关键，便是“日记”。日记是一种“看”的文体，日记操纵在“狂人”的笔下，在这里，他是全权的执行导演。他不断向摄影机前拉来他所选定的场景和演员。在小序中开动的摄影机，到了正文中，处于一种定位状态，它只设定了一幅画框，告诉读者画框中的是狂人，是不正常的。但它定位之后，画框中的狂人却反客为主，通过镜头直接向读者喊道：我是正常的，摄影机才是狂人，才是不正常的。于是，看与被看的关系受到颠覆。读者只要投入一些情感，就会摆脱小序所设定的画框，从而不把狂人的日记当做笑话看待，而是认真思考，他是不是一个“狂人”，他的话对吗？进而对小序的话语产生怀疑，看出作者的意图既不是向我们讲述一个“迫害狂”患者的病例，也不是让我们听信一个精神病人的妄语，而是通过似狂非狂的满纸荒唐言，让我们从中听出一种“真人”的声音来，这声音的本体没有直接出现，而是附着于小说的现实本体之上，把一种超越作品表面意义上的思想内涵打印到读者的心中。这便是小说的第三重结构——象征结构。

正是由于这一象征结构的存在，作品的主题才达到了惊人的深度和高度。在这一结构中，狂人、大哥、赵贵翁、古久先生、赵家的狗乃至月亮、太阳，都变成了一种喻体，一种意象，甚至一种符号。尽管对于它们的具体象征意义不免会产生许多分歧的见解，但读者毕竟能立足于小说的现实本体之上，看出这是一个先觉者反抗黑暗的心理历程。这样，狂人的疯话便又都成了真话。根据这个结构，读者所看到的简单叙述就是：

先觉者终于觉醒了，但他马上就陷于孤立。所有的人都把他看做异物，不论是富人穷人读书人，连小孩子也是如此，人们对他又怕又奇怪，只能作为“疯子”来理解，先觉者从历史中，从现实中清醒地看出人与人之间自古就是互相残害，互相吞噬，不过害人之前总要搞个名正言顺的名目，比如，把被害者说成是“恶人”、“疯子”等等。大家心里各怀鬼胎，“自已想吃人，又怕被别人吃了，都用着疑心极深的眼光，面面相觑。……”然而先觉者反躬自省，发觉自已不但要被人吃，而且也曾是吃人者中的一员，吃过自已的同胞骨肉。先觉者决心向人们揭示出真理，劝世人改过自新，然而这只能招来更深重的迫害。他明白自已无能为力，他甚至对那些从小就被传统思想毒害了的下一代也失去了信心。他万分痛苦地挣扎着。最后不是被黑暗的社会所吞没，就是重新加入到吃人者的行列中去，二者必居其一。

对《狂人日记》的象征结构，还应做十分细致的微观挖掘，从中可以发现许多鲁迅的具体世界观和精妙的艺术手法。这个象征效果的产生，是由于作品的“能指”和“所指”之间产生了非线性联系，而这种非线性的不稳定特征恰恰是对已有文化秩序的一种动摇。只要确认这种动摇，就同时应该感悟到作品能指的多义性。无论仅从客观结构还是主观结构来理解这篇小说显然都是笨伯，但认定“狂人”就是新文化运动先驱，或者对其进行阶级定性，也同样是胶柱鼓瑟，没有理解它波长深远的颠覆力。象征结构未必就是解读这篇小说的最好方法，但起码可以帮助我们深入思索《狂人日记》何以具有如此之高的艺术地位，何以具有如此之大的历史影响。

把这篇小说分为三重结构来研讨，不过是为了一种操作上的方便。

小说本身的巨大成功不在于它具备三重结构（或者从其他角度来分析所得出的几重结构），而在于作者能以超人的艺术功力，将这三重结构天衣无缝地结合为一体，宛如一柄精纯锋利的三棱匕首，既刺穿了几千年吃人社会的沉重黑幕，又让人在它精致完美的艺术面前甘心下拜。可以说，鲁迅小说讲究精炼含蓄，讲究结构的内在组合的艺术风格，从《狂人日记》开始，就已经成熟了。

鲁迅诗歌解读

一、教授杂咏四首

其一

作法不自毙，悠然过四十。
何妨赌肥头，抵当辩证法。

其二

可怜织女星，化为马郎妇。
乌鹊疑不来，迢迢牛奶路。

其三

世界有文学，少女多丰臀。
鸡汤代猪肉，北新遂掩门。

其四

名人选小说，入线云有限。
虽有望远镜，无奈近视眼。

这四首《教授杂咏》虽属旧体，但只能算作打油。龚自珍有名言曰："从来才大人，面貌不专一。"鲁迅才高八斗，偶尔搞点游戏之作也是猪八戒吃豆芽——小菜一碟。不过鲁迅的游戏之作也自有其大思想家的风范，绝不是为娱乐而娱乐的无的放矢。比如这四首，其实是一组相当有分量的讽刺作品。

从形式上看，每首五言四句。除了二、四句押一下韵脚外，格律比较随便。所押韵脚也不够严。如"十"和"法"虽皆为入声，但一属"缉"部，一属"治"部。"妇"和"路"一属"有"部，一属"遇"部。其他平仄更不讲究，只能看做是古不古、律不律的打油体。不过这种诗体倒是适合于嬉笑怒骂的讽刺之作的。

第一首咏的是钱玄同。

钱玄同，浙江吴兴人，本名钱夏。1887年生，1937年卒。早年留学日本，和鲁迅、许寿裳、周作人等过从甚密，关系较好。读过《呐喊》的人，应该记得《自序》里特别提及的一位"金心异"，这就是钱玄同。封建复古主义者林纾为了发泄他对新文化运动的刻骨仇恨，写了篇名《荆生》的小说，恶毒攻击陈独秀、胡适和钱玄同，必欲置之死地而后快，"金心异"就是小说里用来影射钱玄同的一个人名。钱玄同在新文化运动初期确也狠打了几回硬仗，新文学史上的著名的"双簧戏"就是由他和刘半农合作的。但随着革命的深入，新文化阵营也发生了明显的分化："有的高升，有的退隐，有的前进。"[①]本来言词激烈的钱玄同则逐渐走向保守、平庸，躲进与世隔绝的象牙之塔，心安理得地做起他的教授来。据倪墨炎考证："从1925年下半年起，鲁迅和他几乎没有了任何联系。"1929年冬，鲁迅北上省母，竟根本不愿再同他搭腔了。1930年2月22日，鲁迅在《致章延谦》信中说："疑古玄同，据我看来，和他的令兄一样性质，好空谈而不做实事，是一个极能取巧的人，他的骂詈，也是空谈，恐怕连他自己也不相信他自己的话。"1934年5月10日，鲁迅在《致台静农》

① 鲁迅：《南腔北调集·〈自选集〉自序》。

信中又言:“北平诸公，真令人齿冷，或则媚上，或则取容，回忆五四时，殊有隔世之感。”“诸公”中当然包括钱玄同;而钱的前后判若两人的“隔世之感”正是本诗所要揭示与嘲讽的焦点;画了钱的尊容,就显现了“诸公”的嘴脸。[①]

钱玄同早年有句名言：“四十岁以上的人都应该枪毙。”此时他早已年过四十,却仍然悠哉悠哉地做着教授。所以鲁迅嘲讽他“作法不自毙”。成语“作法自毙”典出《史记·商君传》。“商君亡至关下，欲舍客舍。客人不知其是商君也，曰：‘商君之法，舍人无验者坐之。’商鞅喟然叹曰：‘嗟乎！为法之敝，一至此哉！”商鞅规定没有证明的旅客要治罪，结果自己倒霉。后来“敝”演为“毙”。鲁迅巧改成语,恰恰对应着“枪毙”的“毙”。绝妙讽刺，令人大乐。

钱玄同在北大还有句名言：“头可断，辩证法不可开课。”所以鲁迅后两句揶揄道：“何妨赌肥头，抵当辩证法。”肥头是指钱的大胖脑袋，鲁迅在《两地书·一二六》中说他“胖滑有加，唠叨如故。”“抵当”即“抵挡”，阻止之意。全诗是讥讽钱玄同早年过于激进，空唱高调，不能身体力行,晚年则转而保守。这正如鲁迅在《对于左翼作家联盟的意见》中所说:“单关在玻璃窗内做文章,研究问题,那是无论怎样的激烈,‘左’,都是容易办到的；然而一碰到实际，便即刻要撞碎了。关在房子里，最容易高谈彻底的主义，然而也最容易‘右倾’。”钱玄同的道路是颇有典型性的，所以鲁迅的这首诗，锋芒所指，非仅其一人。语气上，虽辛辣而不侮辱，是一种对老朋友的责备口吻，距离感掌握得极有分寸。

第二首咏的是赵景深。

赵景深，四川宜宾人，文学研究会会员，曾主编《文学周报》，当时任复旦大学教授和北新书局编辑。他主张翻译外文“与其信而不顺，不如顺而不信”。但鲁迅指出他的译作中有一些错误，并以这首诗来挖苦取笑一下。赵景深把希腊神话中的“半人半马怪”误译为“半人半牛

---

① 本段转自夏明钊《鲁迅诗全笺》。

怪”，以“马”为“牛”。照此引申，天上的牛郎星岂不成了马郎星？那么牛郎之妻织女星岂不成了“马郎妇”？而“马郎妇”是佛经中之一典[①],所以鲁迅大幽其默,说“可怜织女星,化为马郎妇”,“可怜”、“化为”二词，深得谐趣，意在讥嘲赵景深说：瞧你犯了多大的错误啊！把人家的媳妇都给改嫁啦！赵景深还曾将契诃夫小说《万卡》中的天河(或银河，Milky Way) 误译为“牛奶路”。本来在中国民间传说中，每年农历七月七日之夕，乌鹊集于银河之上，搭成鹊桥使牛郎织女二星相会。如今银河成了“牛奶路”，乌鹊当然迟疑，未必再来了。后两句与前两句在用典上有共同的传说背景，把赵景深的两处误译巧妙地编织在一起，以解构经典传说的手法造成一个诙谐的笑话，实际上是非常形象地批评了赵景深的翻译主张。意谓按老兄之见，这样的笑话还不知有多少呢！这并不是吹毛求疵地攻人之短，而是把一个带有普遍意义的严肃的学术问题举重若轻地以艺术手段展现出来。幽默而不油滑，严峻而有善意，能使人心服口服，于笑中深受教益。后来，赵景深心悦诚服地接受了鲁迅的批评。

第三首咏的是章衣萍。

章衣萍，安徽绩溪人。当时任上海的暨南大学文学院教授，是北新书局的重要撰稿人。章衣萍当时为北新书局编世界文学译丛，并说：“我们应该老实承认自己的文学艺术以及一切东西多不如人。”所以鲁迅大有深意地冷嘲道：“世界有文学”，意思是说在这位教授眼中，中国哪有什么文学！一切都是洋人的好啊！实际是批判文学上的一味崇拜外国的错误倾向。

章衣萍的作品多涉情欲，格调欠高。他曾在《枕上随笔》中说：“懒人的春天哪！我连女人的屁股都懒得去摸了！”所以鲁迅第二句来了个“少女多丰臀”。这在句法结构上与第一句是对偶的，但上句何其雅致，

---

① 马郎妇，即马郎妇观音。传说唐宪宗年间，观音欲度化陕右地区民众，化为民间女子与一个姓马的少年成婚。——编者注

下句何其不堪，两相对照，令人喷饭。鲁迅惯用这种拆穿西洋镜的“颠覆”手法来直逼批评对象的本质。两句相连，意谓这位教授的档次不过如此，还侈谈什么世界文学呢！

据说章衣萍还向北新书局预支了一大笔版税，曾说过：“钱多了可以不吃猪肉，大喝鸡汤。”第三句“鸡汤代猪肉”即指章衣萍的这种享乐派头。前三句分别指章衣萍的三件事，而第四句着一“遂”字，表示这一结果与前三句是大有关系的。北新书局成立于1924年，初设北京，后迁上海，与鲁迅关系较密切。1931年因出版销售进步书刊，为政府封闭；复业后，以编发世界文学译本及性欲、色情书籍等获利颇多。1932年因出版民间故事《小猪八戒》有辱回族而招致回民团体的激烈责难；另据王尔龄考释，“承当时担任北新书局编辑的杨晋豪先生见告：‘那时国民党政府的行政院秘书长褚民谊（后来成为大汉奸），是回族上层人物，他批了一道“公文”，北新就遭了殃。’”鲁迅1932年11月3日致许寿裳信中说：“北新所出小册子，弟尚未见，要之此种无实之言，本不当宣传，既启回民之愤怒，又导汉人之轻薄，彼局有编辑四五人，而悠悠忽忽，漫不经心，视一切事如儿戏，其误一也。……北新为绍介文学书最早之店，与弟关系亦深，倘遇大创，弟亦受影响，但彼局内溃已久，无可救药，只能听之而已。”很明白，鲁迅认为北新掩门与章衣萍辈的所作所为有着直接的关系[①]。

所以，第三句的“猪肉”也不妨看作有双关之意。全诗一气呵成，节奏较前两首稍快，语气却冷峻得多，仿佛是眨着一只眼，用嘴角撇出的一串嘲弄。挖苦得比较彻底，几乎没有留什么情面。这不是说鲁迅笔头毒辣，而是表明他对章衣萍这类比较无聊的文人是十二分厌恶的。

第四首咏的是谢六逸。

谢六逸，贵州人，曾留学日本，时任复旦大学教授和商务印书馆编辑。他编选过许多小说、童话，便以“编选家”自居。所以鲁迅破

---

① 参夏明钊作。

题便称其为“名人”。这位名人编过一本《模范小说选》，1933 年 3 月上海黎明书局出版，书中只选了鲁迅、茅盾、叶绍钧、冰心、郁达夫五人的作品。他在序言中说：“……国内的作家无论如何不止这五个，这是千真万确的事实。不过在我所做的是‘匠人’的工作，匠人选择材料时，必要顾到能不能上得自己的‘墨线’，我选择的结果，这五位作家的作品可以上我的‘墨线’，所以我要‘唐突’他们的作品一下了。”所以鲁迅第二句说他“入线云有限”，意思是能够入得上这位名人的墨线的作者实在太有限了。这两句含有冷嘲，但还比较含蓄，后两句便痛下针砭了。

谢六逸估计到小说选本会遭非议，在序中预先辩解说：“……而且骂我的第一句话，我也猜着了。这句骂我的话不是别的，就是‘你是近视眼啊’，其实我的眼睛何尝近视，我也曾用过千里镜在沙漠地带，向各方面眺望了一下。”鲁迅则将其矛攻其盾，说你虽有望远镜，但毕竟还是近视眼，眺望不眺望又有什么用啊！

按说谢六逸编选的既然是“模范”小说，自然应该有其心目中的编选标准，宽严自定，他人无可厚非。鲁迅如此痛下辣手，恐另有原因。此处便用得着本文之外的背景材料了。原来谢某人实际上有“御用”之嫌，曾与朱应鹏、徐蔚南等发起“上海文艺界救国会”，还曾选译《日本小品文选》，当时正值日本占领东三省，鲁迅对这类人在“国难声中”的行径多次鞭挞。所以这首诗不能只孤立地理解为讽刺他编选小说不得体，而是更进一步地暗示出这位名人在别的方面也是“近视眼”。这是四首诗中语气最严峻的一首，大有“横眉冷对”之概，但仍不失形象，没有流于谩骂。

这四首诗非一时之作，但放在一个题目之下，形式整齐，层次分明。从第一首至第四首，讽刺逐渐严厉，但又始终不失幽默。敌友分明，又仿佛一气呵成。用典型事件加以放大，注重言外之旨的社会意义，都使这组杂咏在讽刺作品中独标高格，自开一路。

二、无题二首

其一

故乡黯黯锁玄云，遥夜迢迢隔上春。
岁暮何堪再惆怅，且持卮酒食河豚。

其二

皓齿吴娃唱柳枝，酒阑人静暮春时。
无端旧梦驱残醉，独对灯阴忆子规。

这是鲁迅诗歌中颇有争议的两首七绝。在写作时间、字句诠释、思想内容上皆存在一些不同的看法。

旧体诗本来就最难讲“透”，所谓“诗无达诂”，原就是研究旧体诗的先人冷暖自知的肺腑之言。而旧体诗中冠以“无题”的一类，更让人常起“羚羊挂角，无迹可求”之慨，如玉豁生①之无题诗，千多年来，令人徒羡其美，却往往不知其所云为何。也许，这恰好就是“鉴赏”的最佳境界？知人论世，作为一种研究方法固然不当轻废，但于“文本”自身的美学价值有何增益，对理解“文本”有何裨补，大可怀疑。永远“正确”的解析是从不存在的，所见更多的倒是陷于史料的考据纷争，胶柱鼓瑟，死拽住“文本”拉郎配，结果本末倒置，买椟还珠，作品自身的美貌被蹂躏得一塌糊涂了。所以，与其纠缠于论不清的“人世”，倒不如从直面“文本”出发更为保险。当然，如果背景材料确实准确可靠，何乐而不用呢？尤其是面对鲁迅这么个深不可测的思想大师。

根据《鲁迅日记》，1932 年 12 月 31 日那天共写了五首“自作”送人。为内山夫人写的是《所闻》，为郁达夫写的是《无题》（“洞庭木落楚天高”）和《答客诮》。这 3 首诗都是后来标明作于本月的七绝，“洞庭木落”

① 玉豁生指李商隐。——编者注

是非 12 月之景，但诗人作诗，谁规定必须应节当令！剩下的这二首《无题》，因有“暮春”二字，便有人断定必当作于“暮春”之时，百般考证，牵强附会。还说：“很明显，这五首诗不可能作于同一天。”不知“很明显”三字从何而出。似这等酬答应和之诗，莫说五首，一天 50 首也作得，这还是说一般的有旧体诗素养之士，何况鲁迅？宋谋汤《鲁迅诗注》云：“鲁迅为友人作字，如系新作，例在当天日记存稿；如录旧作，则加注明。”鲁迅是生活习惯严谨之人，日记中鲁鱼亥豕之误间或有之，但体例章法，若说有错，似乎尚无明证。那么这两首《无题》，鲁迅既然一并存稿，并未标明哪首是旧作，焉能仅凭“暮春”之不顺眼，就务要将其证为旧作而后快呢？

其实，这两首诗究竟是否作于同一天，并不重要。既然找不到如山铁证，按科学的态度就应付诸阙如。像大哲学家维特根斯坦所说：对我们所不知道的要保持沉默。或如一句围棋格言：走不好之处先不走。不要以为鲁迅是伟大的革命家，他的作品就一定处处都闪耀着革命的小火苗，处处都联系着天下大事、国计民生。鲁迅说战士也要吃饭，也要性交。自然，战士也有迎来送往，酬酢公关。这类作品中不排除时代投影、斗争风云，但要从作品本身自然流露出来，并能用作品本身加以实证。如果仅根据写作时间是 1932 年，就大谈五次反围剿，加上什么成立“满洲国”，还有左联五烈士，然后再到诗句中去强行对号入座，那还存在什么文学欣赏，人人发一本中国革命史足矣。

下面先看第一首。这是赠给 12 月 28 日晚同去日本馆吃河豚的滨之上信隆医生的。从格律上看，是平起式七绝，前两句对仗，第三句用了旧体诗写作中的成惯例的一种“拗句”，第四句稳稳接住，音调舒缓，有悠然之态。一、二、四句末的“云”、“春”、“豚”三字分别属“文”、“元”、“真”三韵，首句“云”可不入韵，而二、四句的“元”、“真”两个韵部一般不应通押。于此亦可看出，旧体诗到了鲁迅这代人手上之时，格律尚严，但韵律已不大固守成法了。

开头两字“故乡”，一般皆释为“祖国”、“故国”，指当时的中国，不知有何依据。故乡即家乡、老家，应指出生或长期居住过的地方。“故”有过去之意，所以称故乡时，人往往身在他乡。此时鲁迅身在中国，怎会称祖国为故乡呢？若说故乡指绍兴，又与下文联系不上。看来从鲁迅自况这一角度是讲不通的。那么就理应想到，此诗是赠日本友人的，日本友人身在中国，除夕将至，未免心起故国之思，鲁迅这里是用对话的口气为友人设身处地，说的是滨之上，而非自己。这本是酬赠之作中的通例，若一味执著于“革命形势”，就难免一叶障目了。

所以，故乡指的是日本。玄云即黑云。《楚辞·九歌·大司命》：“广开兮天门，纷吾乘兮玄云。”蔡邕《述行赋》：“玄云黯以凝结兮，集零雨之溱溱。”全句是说，你的故乡一片昏暗，封锁在黑云之中。这里的黑云到底指什么，可以根据当时的日本国情进行演绎，但也未必就是正解。因为完全有可能滨之上信隆向鲁迅流露的不过是个人私事、一己闲愁。还有一种可能是故乡兼指你我二人的故乡，意谓你我俱是离乡之人，而故乡又都境况不佳。保持文本对多种可能的开放性，才是科学的鉴赏态度，尤其是当话语永远脱离了不可复原的语境之后。

如果说第一句写的是空间上的“隔”，那第二句则写的是时间上的“隔”。遥夜即长夜，迢迢，长久貌。遥夜本身即含有迢迢之意，故此处显得不够精练，盖欲与前句对仗，未深推敲使然。上春，正月之谓，指初春。这句是说长夜漫漫，阻隔着春光的到来。联系上句，意思是故乡情况不好，而身在他乡也度日如年，总之身后一片昏暗，眼前又希望渺茫。这里可以理解为个人处境，当然也可以暗喻整个现实，如果一定坐实，则诗味寡然尽矣。有人根据第二句认定此诗作于12月 31日，因为除夕与元旦恰是一夜之隔。这实在是一种天真的“证明欲”，即便证明了，又有何趣？况且此类臆测，多是拿不出硬件的一厢情愿，徒惹无谓纷争而已。

第三句是“起承转合”中的一转。既然身后眼前都是一片昏暗，如许重负，人何以堪。时已岁暮年尾，痛苦了一年的灵魂哪能继续陷于悲伤惆怅而不知自拔呢？鲁迅对待黑暗的态度一向是与之捣乱，不使之快意。世道愈黑暗，精神愈抖擞。这种貌似苦中作乐的战斗精神，用鲁迅的话说,大半不是为了爱人,倒是为了敌人。“盖终年被迫被困,苦得够了,人亦何苦不暂时吃一通乎。”这正是鲁迅“韧”的战斗的哲学。所以他劝友人不要溺于伤感。接着第四句一合，暂且手持酒杯，饱餐美味的河豚。卮酒，杯酒也。作者在这里劝友人痛饮大嚼，不仅是为了解脱痛苦，这本身也是对黑暗的一种嘲弄和抗议。刘伶嗜酒，阮籍佯疯，不都是特定条件下的一种战斗么?

可见这首诗的意旨是，一方面充分理解、关心友人的愁闷情怀；另一方面给予疏导和鼓舞，从中表现了作者对现实处境的清醒洞察和一种居高临下、挥洒自如的斗争气势。未必要联系具体的史实，诗作本身的高度概括，形象生动的意境，不是更富有穿透力和涵盖力吗?

第二首是赠请吃河豚的坪井芳治医生的。这是仄起式七绝，“枝”、“时”、“规”皆属“支”部，韵律上无懈可击。皓齿即洁白的牙齿，吴娃指吴地的少女，柳枝本是古民间歌曲，后多嬗变，这里无需琐碎考证，总之是指带有离别伤感之意的小曲。有人译此句为“漂亮的苏州姑娘正把曲儿唱”，非常恰当，因为皓齿柳枝之类，早成旧体诗中借代之套词，万不可冒傻坐实。就连“苏州姑娘”也只是作者的推想而已,不可考证的。至于是否歌女，是否共饮，深究无益，皆离诗旨。第二句的“酒阑”，有人引《史记·高祖本纪》的“饮酒者半罢半在谓之阑”一句集解，其实鲁迅未必用得这么“专业”，酒阑解作酒尽宴罢即可，与“人静”互为表里。“暮春时”从意境上与酒阑人静是相吻合的，也许是真的暮春时，也许是好像暮春时，也许令人想起暮春时，这些均不重要，关键是“暮春时”三个字就足够了，它是一种气氛，一种情调，一种悲惜美好事物逝去，怅惘忧思的心态。悟此方可解诗，扼杀了诗的不确定性，也就没有了诗。

前两句可能是完全写实，也可能重在写意，在全诗中的结构功能是铺展开一片情境，为下文抒情全体的出场做好准备。打个笨拙的比方，前两句是状景，后两句欲抒情。这也是七绝诗体写作的常见套路。第三句无端即没来由，旧梦指往事或往日的心事，残醉则紧连着上两句。这句是说听歌纵酒，买笑呼醉，都不能真正消除心头的忧患，往昔的隐痛不知不觉就会浮现于脑海，打破眼前似醉非醉的现实假象。至于旧梦到底指什么，是左联五烈士，还是初恋不得志，只有天晓得。第四句独对即独自一个对着，灯阴即灯影，子规即杜鹃鸟。一个人对着灯影回忆子规鸟，是什么意思呢？有人说“子规”与“子归”谐音，忆子规即想念儿子归来。这纯属狗戴嚼子，且不说作诗不是制灯谜，就从字面上，“忆”也不能讲成“想念”。不论这个“儿子”是指鲁迅自己，是指坪井，还是指吴娃的儿子（荒唐透顶），都与上文“独对灯阴”不相连属。独对灯阴的只能是抒情主体自己。“子规”是旧体诗词中常见意象，俗谓暮春之季啼血而死，染红杜鹃花，又名催归。所以这里至少可做两种阐释，一是指战友，同志，也许就是左联五烈士，也许是与“旧梦”呼应，另指他人。二是指故乡，想起往日种种情景，这与全诗的意境也是相一致的，用以赠人也颇为合适。总起来，全诗是说欢宴过后，缅怀往事。意思就这么简单，但诗的价值不在意思，而在意境。能把这个简单的意思勾勒成一组有声有色的连环画，使人如临其境，深受感染，这才是“著于成春，不取诸邻”。[①]

这两首《无题》写得意象浑成，技巧纯熟，非久浸淫于旧诗词者不能。实景少虚景多，写意象征重于描摹铺叙，意旨含蓄，气调幽深，颇有晚唐风貌，若杂入卢、马、皮、罗集中，恐不易辨。旧体诗到 20 世纪 30 年代还能写成这样，纵无创新，也实属难得了。

三、二十二年元旦

云封高岫护将军，霆击寒村灭下民。
到底不如租界好，打牌声里又新春。

一月二十六日

① 司空图《诗品》。

这是一幅别开生面的新春图。

此诗作于1933年1月26日，诗题所云“元旦”，实为春节。春节应是四海升平、大吉大利的气象笼罩心头之时，鲁迅偏偏挑破假象，描绘出这大煞风景的一组幻灯片，对当时的中国社会进行了素描剪纸般的有力勾勒。

第一句“云封高岫护将军”，岫者，山也。“云封高岫”，初看是一帧很美的写意山水。浓重的白云，重重围绕着险峻的高峰，岂不美哉？而且还大有仙意呢！但妙就妙在后半句的“护将军”。将军者，杀人者也。原来这仙风道骨之地，深藏的竟是磨刀霍霍之人。幽默产生于矛盾。如此之不和谐，必令人去想，将军者谁？考之史乘可知，当时“剿共”总司令蒋介石已发动了第四次围剿，总部便设在高岫环云的人间胜境——庐山。一个“护”字，极妙，既写出了“剿共”总部的将军们躲在重重云雾之中精心策划如何进剿的神态，又点出了他们虽身为将军，却似有所惧的另一副面孔，而这一切在远离人境的高山上，在捉摸不定的云雾中，被表现得格外分明。

要完整地理解第一句，还必须与第二句结合起来进行。第二句“霆击寒村灭下民”是与第一句对偶的。霆者，暴雷也，霹雳也。这里的“霆击寒村”并不是泛指雷雨冰雹一类的自然灾害，而是指飞机轰炸也。鲁迅在《伪自由书·天上地下》中说：“中国现在有两种炸，一种是炸进去，一种是炸进来。”“炸进去”即围剿，是“将军”们在高岫上策划好的。而“炸进来”是指日本人。此诗写作之日，距“一·二八”事变一周年仅两天。一年来，“一·二八”、“满洲国”、“淞沪停战协定”，国民政府在日本人面前节节退让。日本人“炸进来”，“将军”们不怕。鲁迅在《伪自由书·“多难之月”》中说：“总而言之，可靠的国之柱石，已经多在半空中，最低限度也上了高楼峻岭了，地上就只留着些可疑的百姓，实做了‘下民’。”所以，甭管“炸进来”还是“炸进去”，将军们已经被“护”得万无一失，只有寒村里的平民百姓遭受“击”，等待“灭”。据鲁迅所摘《申报》的南昌专电：“日内除飞机往匪区轰炸外，无战事，三四两队，七日晨迄申，更番成队飞宜黄以西崇仁以南掷百二十磅弹两三百枚，凡匪足资屏蔽处炸毁几平，使匪无从休养。”而此时日本正三路进攻热河，冀北各县在连日轰炸下死伤甚众。所以说这两句表面看来好像站在天上，用世外的眼光不动声色地写了两种情况，但细玩字义，可体会出其中极度的愤慨和悲哀。这是多么无耻的政府，这是多么不幸的人民！夏明钊先生敏锐地指出“护”字是首句的灵魂，深得精髓。

不过不能因此就在前两句和后两句之间一定要确定哪个是重点。

应该看到，这是一幅大写意的全景，少了哪一部分，都不完整。除了不能直接描写的共产党红军以外，中国的几种主要人物都入画了。将军们云中运筹，百姓们村里挨炸，一片天空，两个世界。但是还有第三个世界，那便是租界。

租界是当时中国的一种怪物。它既属于中国又不属于中国，其中有许多居住者身为中国人却又不关心中国事。“炸进来”也好，“炸进去”也罢，总有那么一大群所谓高等华人，既不用担心挨炸，也不用躲入高岫，在洋人的保护伞下，仿佛过着世外桃源的生活，更不怕别人指责他们是“商女不知亡国恨，隔江犹唱后庭花”。鲁迅的《集外集拾遗·今春的两种感想》中有段话：“昨年东北事变详情我一点不知道，想来上海事变诸位一定也不甚了然。就是同在上海也是彼此不知，这里死命的逃死，那里则打牌的仍旧打牌，跳舞的仍旧跳舞。”这是后两句的最好注脚。

“到底不如租界好”是故意采用的诙谐口吻，意谓还是这群雅人会享受生活，多么逍遥自在啊！连上第四句，他们一边打着牌，在欢笑玩乐声里，不知不觉地就迎来了新春。新春与旧年仿佛没有什么不同，仿佛不存在什么轰炸、围剿，大有洞中数日、世上千年的潇洒气象。鲁迅明褒实贬，意谓这些苟且偷安、纵情享乐的无情无义之辈，真是中国人中的败类。

全诗描画了三处景致，配以新春的背景，表现了作者感时忧世的深切情怀。这种把不同的社会境况进行对比的写作手法，在中国诗歌创作传统中屡见不鲜。高适有“战士军前半死生，美人帐下犹歌舞”。杜甫有"朱门酒肉臭，路有冻死骨"。但鲁迅所写不止是贫富、贵贱的社会对立，而是写同一个民族中在大敌当前之际，不同的社会群体所呈现的状态。短短四句诗，刻画出了无耻的统治者，可怜的被统治者，还有夹在统治与被统治之间的闲人们。统治者无心救国，被统治者无力救国，闲人们则无所谓国不国。那么到底谁来救这多灾多难的中国？作者似乎深深地思索着。旧的世界，他已经看得不能再透了，新的世界，对于他，也许还只是一线希望。新春到了，这新春不属于旧世界中的任何一部分人，那么年年的新春都将这样么？真正的新春何时到来呢？

这首诗在形式上是七绝体，平起式，韵律严格。有人说"前两句是格律诗的写法，用词严谨，对仗亦工。后两句则比较自由，运用了口语"。这种说法概念混乱，属于行外之言。幽默讽刺属于风格范畴，可以写成打油体，也可以出之以铁律严韵。鲁迅在这首诗的字句推敲上颇下了一些功夫。如"高岫"原写作"胜境"，有人说"胜境"显不出是庐山，"高岫"就显出来了，这是没有道理的。天下高岫如林，怎知便是庐山？改得好的原因在于"胜境"是死词，缺乏形象感，而"高岫"是活词，形象鲜明，被"云"一"封"，霎时入画。"霆击"原作"霆落"，"击"乃有意，"灭""落"属自然，显然用"击"更为有力。"灭"原作"戮"，一是"灭"有从上向下之本意，二是"灭"乃大戮也，更突出百姓之悲惨。"到底"原作"依旧"，"依旧"在语义上不够顺畅，"到底"不但顺畅，而且口吻逼真，有呼之欲出之势。从这些地方，均可看出鲁迅的认真态度和写作功力，也说明他很重视自己这首诗。这首大书于"中华民国"二十二年新春的讽刺之作，于不动声色的讥嘲中饱含着沉重的悲悯和忧愤，是一首感时忧世的杰出力作。

四、赠画师

风生白下千林暗，雾塞苍天百卉殚。

愿乞画家新意匠，只研朱墨作春山。

1933年1月26日这一天是春节，鲁迅“开笔大吉”，写了两首诗送人。一首是《二十二年元旦》，寄给台静农。另一首便是这里的《赠画师》，给日本画家望月玉成。

在《二十二年元旦》那首诗中，鲁迅满怀忧愤，勾勒了中国大地的黑暗现实：政府不思外患，一心“剿匪”；人民百难缠身，惨遭屠戮；闲人躲入租界，逍遥寻欢。新春来临之际，一片阴霾，凄惨，浑浊，春在何处？如果说这首《二十二年元旦》是文章的上篇，那么《赠画师》则是文章的下篇。

第一句“风生白下千林暗”，白下原指白下城，故址在今南京金川门外的江宁县北，唐武德九年（626）移金陵县治于此，改名白下县，故旧时以白下为南京的别称。鲁迅这里不称南京，不称首都，而称白下，除了引起一种历史性的延续感外，还考虑到了格律和色彩上的要求和效果。

那么“风”字如何理解呢？显然，这并非指自然界的“风花雪月”、“风霜雨雪”之风，而是别有寓意，指社会上刮起的阴风、妖风、杀风。“风生白下”，指出了风源所在，意即从那历代没落王朝的鬼都白下城里吹出了阵阵邪魔之风。对于“风”的具体所指，一般均解释为国民党政权的文化围剿政策。如1932年11月，国民党中央宣传部颁布了《宣传品审查标准》，凡宣传共产主义、批评政府国策的，便以“危害中华民国”论罪。1932年秋，上海反帝同盟的与会者悉被当场枪杀。还有以前的左联五烈士等。这样理解是基本准确的，但并不尽然。这个“风”除了指国民党的文化政策之外，也可以包括其他的政策、旨意、导向，总之是指官方的种种方针措施。如果一定要坐实成文化政策，那在意义上便与下句犯了“合掌”[①]之忌了。

“千林暗”的“千林”，也不一定非要解释成文艺苑林。既然“千”

---

① 合掌：一联中出句与对句完全同义或基本同义的情形，为诗家大忌。——编者注

是言其多也，“千林”也可以理解为是指各行各业，整个社会。全句合起来是说政府的倒行逆施像阴风一样，铺天盖地吹来，刮得千山万水一片昏暗，惨淡无光。

如果注意到此诗的题目是《赠画师》，那么从第一句中就能够发现，作者有意运用了视觉效果明显的词汇。“白下”的“白”是色彩，“千林暗”的“暗”是光影效果。这一点在后面几句中会更加昭然。

第二句“雾塞苍天百卉殚”，如果理解了第一句的“风”，那么这一句的“雾”不解自通。当然，这也不是自然之雾，而是社会之雾。这个“雾”可以讲成“风”的同义语，不过讲成“风”所带来的后果似乎更佳。正是因为“风生白下”，才造成“雾塞苍天”。“苍天”一般即指天，也叫上苍，古人常以苍天为主宰人生之神，故有“苍天保佑”、“祈祷上苍”之说。但同时又指春天。《尔雅·释天》“苍天”曰：“春为苍天”。因为春天“万物始生，其色苍苍，故曰苍天”。此诗正好作于新春之始，用此“苍天”，一语多关，不仅呼前，且又应后，另外，在格律上与“白下”对仗极工而又不流俗。所以，“雾塞苍天”应讲成茫茫阴雾充塞熏染着这本应春回大地的寰宇之间，意谓世界一片昏暗凄惨。“百卉殚”中的“卉”是草的意思，“百”和“千”一样，言其多，“百卉”则指各种花草，喻有生命的正义力量。“殚”，尽也。“百卉殚”指许多美好事物被摧残殆尽。一、二两句对仗极工且稳，若无“白下”与“苍天”之借对，几有“合掌”之嫌。两句实际合说一个意思，南京政府专制害民，搅得天昏地暗，美好事物凋零败落，虽是冬至春又回，但哪里有几分春色可以入画？所以画家恐怕要大失所望了吧。

前两句对黑暗现实作了最大范围的否定，令人大有“吟罢低眉无写处”之感。那么作为一个有良心、有正义感的艺术家，应该把笔触运向何方呢？作者笔锋一转，用后两句指出了一条新路。

第三句“愿乞画家新意匠”“乞”，是愿望、期待、极度渴望。“意匠”指艺术匠心。陆机《文赋》曰：“意习契而为匠。”杜甫《丹青引》曰：“诏谓将军拂绢素，意匠惨淡经营中。”全句是说，我衷心盼望进步的画家能够产生新的艺术构思，跳出那黑暗现实的框框。那么，这个“新意匠”是什么呢?

第四句“只研朱墨作春山”，一语破的。书画艺术皆需“研墨”，作者却要画家“只研朱墨”，这里的“朱墨”不是朱和墨两种颜色，而是“朱色的墨”，即银朱一类的朱红色颜料。作者要画家只用这一种红彤彤的色彩去“作春山”，正是与前两句所描绘的黑暗现实相对立的。有不少论者认为这里的红色春山是“象征红色的革命根据地”。有的引证毛泽东诗词中的“风展红旗如画”、“分田分地真忙”来推论“鲁迅身在白区，放眼全国，展望未来，指出了‘统治阶级的破产’，也表示了共产党的力量。”这种论述未免过于夸大了鲁迅，把他想成是一个中国共产党的地下工作者了。红色未必就指红区，白下也不能说就暗示白区。文学符号与政治符号不能随意错位。无论从诗作本身，还是从背景史料，都没有依据说鲁迅鼓励这位画家去画红色根据地，所以那种穿凿是站不住的。

其实，这里的“春山”正像夏明钊先生所阐发的：“……这是一个虚拟的意境，是诗人想象的一个天地，是一个‘新’的存在，但它并不虚妄，因为它是诗人的希望，是诗人的理想，是诗人的追求，是由鲜血浇灌出的花朵，是在冰封的土地下奔腾突进的暖流，是随着历史的行进而必将出现于中华国土上的一个辉煌的存在！”

这个“春山”是对“风生雾塞”的黑暗现实的强烈抗议和抛弃，是作者为艺术家们指出的一个战胜不合理的现存秩序、永远拥抱真理的崭新世界。它不是暗喻和借代，而是象征，是含义丰富而广泛的象征。它的寓意对以后的艺术家们也是充满着鼓舞和启迪的。

这首诗最大的特色在于色彩词的运用对比鲜明，层次感强。鲁迅对美术不是外行,对视觉艺术有良好的素养。从“白下”之风,千林之“暗”，到“苍天”之雾，百卉之“殚”，色调凝滞，色彩阴冷、昏暗，令人压抑，有凄苦、愤懑之感。诗尾一片大红，如通天巨火，烧尽一切浊秽，令人心大明，眼大亮，激情亢奋。据研究，鲁迅最爱描写的颜色是黑，其次是红，在这首诗里，这两者得到了完美的结合。本诗题为《赠画师》，其实鲁迅本人，就是一个笔法最高超的画师！

五、爱之神[①]

一个小娃子，展开翅子在空中，
一手搭箭，一手张弓，
不知怎么一下，一箭射着前胸。
“小娃子先生，谢你胡乱栽培！
但得告诉我：我应该爱谁？”
娃子着慌，摇头说，“唉！
你是还有心胸的人，竟也说这宗话。
你应该爱谁，我怎么知道。
总之我的箭是放过了！
你要是爱谁，便没命地去爱他；
你要是谁也不爱，也可以没命地去自己死掉。”

这是目前所知鲁迅为数不多的新体诗中的第二首，与《梦》和《桃花》同时发表。同期的《新青年》上，还发表了现代文学史上最著名的向封建礼教宣战的第一声呐喊——白话短篇小说《狂人日记》。此时的鲁迅，是以一个战斗者的姿态杀入文坛的。他的投枪所掷向的第一个敌人，便是那“铁屋子”的厚壁——吃人的传统礼教。所以，《爱之神》这首诗，也应当与作者同期的其他作品联系起来鉴赏。

诗题“爱之神”，来自西方神话。在希腊神话中叫埃罗斯(Eros，即“爱”之意)，本是奥林匹斯神山上的众神之一。后来延续到罗马神话中，改称为今天众所周知的丘比特（Cupid)，通常传说的形象是一个体生双翅、

① 本诗最初发表于 1918 年 5 月 15 日《新青年》第四卷第五号，署名唐俟。后收入《集外集》。

手持弓箭的裸体小男孩儿。据说他的金箭射中人心，该人便会产生爱情。所以恋爱中人，常说被金箭射中云云。现在的情人卡封面，亦常画有一箭射穿两颗红心图样，即本于此。

于是有人便认为这首诗是在用典，而且是“活用典故”，“是化旧为新的一种创造”。照此推论，诗文中凡有涉及中外旧闻故事之处，皆成用典，此大谬也。用典乃以旧喻新，以彼映此，不过修辞之技耳，若“灵台无计逃神矢”，是也。若直写史实掌故，不论有无新见，是否隐喻象征，则只能目为即题论事，不可以作用典，若《咏荆轲》、《过华清宫》，是也。这首诗直接描写的对象便是“小娃子”爱之神，虽然别有寓意，那无非是写作手法，与修辞手法不可混为一谈。

全诗共 11 行，无论按“内容”还是按“形式”，结构上均可分成三部分。

前 3 行为第一部分，每行两逗，合为一句。行尾押韵，按旧韵“中”、“弓”在“东”部，“胸”在“冬”部，按新韵或俗韵则同属一辙。鲁迅旧体诗功夫很深，音韵的基本功断然不会糊涂。从这里也可看出作者有意打破旧体诗形式上的束缚，尝试新的途径的探索。这在今天看来似乎没什么了不起，但深谙旧体诗之人见之，恰如黄酒里品出了可乐，别有一番滋味冒出心头。

前三行描绘了“爱之神”的形象。没有浓墨重彩的油画技法，用的是作者最擅长的“白描”。劈首一句，“一个小娃子”，为全诗奠定了调子，是白话，是通俗的白话，是口语的白话，是叙述性的白话。“小娃子”是可爱的意象，但是“小娃子”不懂事。“小娃子”天真无邪，但是容易惹是生非。“小娃子”有好心，但未必能成好事。人们常说“爱情是盲目的”。爱神之所以被想象成这么个“小娃子”，决不是没有道理的。这个“小娃子”意象并未包含作者的什么微言大义，作者既未曾怪他淘气多事，也未曾嘲笑、责备他不负责任，他就是一般读者印象中的那个大胖小子而已。你看他“展开翅子在空中”，是很漂亮的一幅“洋年画”嘛。加上“一手搭箭，一手张弓”，构成了一个完整的小爱神形象。这个形象给人的直觉不外是可爱、有趣。但是有的论者过于高明，说这个小爱神“居高临下”，“好不威风”，大有教训社会的“架势”，未免是美人脸上画虬髯，硬把西施涂成张飞了。“不知怎么一下，一箭射着前胸。”这本来便是小爱神的自然举动。爱情突如其来，莫名其妙，恰如春来草自青，要是循因知果、有板有眼的，那还叫爱情吗？可有人责备爱神是一个只管放箭，不管后果的不负责任的“胡乱栽培”者，说他“不仅在空中张弓搭箭前完全没有目标，非常随便，而且发箭之后，也没有促使人们的觉醒，相反地倒叫人不知所以。莫衷一是”。这样的批评未免太难为我们的丘比特了。须知西方的爱之神不同于中国的月下老，放金箭不同于系红绳。丘比特的精华之处就在于天机不可泄露的神秘之箭上。若是硬让他像中国的老媒婆子似的，问好了双方的生辰八字，有计划有步骤地成就一桩“天赐”良缘，那他就不叫丘比特，该叫马泊六[①]了。那鲁迅又何必专写这个小娃子呢？说鲁迅此诗是讽刺社会上胡乱栽培青年的启蒙者，未免过于拔高了文学革命初期鲁迅的思想境界，同时也过于脱离诗作文本，穿凿太甚。应知鲁迅此时也未必清楚该将青年引向何方，他所明确的是要呐喊、要唤醒、要打破、要解放。至于梦醒了之后无路可走的苦恼，鲁迅本人也深刻地感受着，他哪里会去讽刺那终于把爱情的金箭射到这五千年古国的土地上来的小爱神呢？

接下来的四、五两行是诗的第二部分。这是被金箭射中者所说的两句话，句尾的韵脚按旧韵“培”在“灰”部，“谁”在“支”部，作者按俗韵将其押在一辙。

这一部分虽只两行，意义却很重要。被射中者的身份性别过去曾有过争论，其实这个人是男女老少都无所谓，这个人只有话语，没有形象，可以说代表了当时被爱的声音唤醒的中国人。他的第一句话，称“小娃子先生”，表示了对这位爱之神既尊敬又陌生的心情。“谢你胡乱栽培！”感激中夹杂着一种诚惶诚恐的自卑。“胡乱”二字，不是对爱之神的埋怨，而是一种受宠若惊的自谦，“胡乱栽培”即是文言“错爱”的白话直译，

① 俗语，指撮合男女关系的人。——编者注

与“施针砭于社会”完全是风马牛不相及。谢过之后，便提出了全诗的中心命题：应该爱谁？

鲁迅于 1919 年 1 月在《热风 · 随感录 · 四十》中引用了一位少年的诗句：“我是一个可怜的中国人。爱情！我不知道你是什么。”鲁迅说：“爱情是什么东西？我也不知道。中国的男女大抵一对或一群——一男多女——的住着，不知道有谁知道。”他又说：“可是东方发白……人之子醒了；他知道了人类间应有爱情……”可怜的中国人终于承认自已心头所自然萌发的那股冲动是合情合理的了；终于懂得去追寻爱情了。说这是“反封建的叛逆之音”，是“爱的觉醒”，诚然不错，但还不够完全、准确。因为觉醒了之后无路可走，这才是诗眼所在。爱之神毕竟是舶来之神，放眼神州大地，觉醒者仍是极少数，这些从魔鬼手上漏出的光里觉醒的新人，到哪里去“爱我所爱”呢？这似乎是比不晓得爱情这回事还要深切的痛苦。故而鲁迅说：“我们还要叫出没有爱的悲哀，叫出无所可爱的悲哀。”在爱情问题上，个性解放的先驱者们表现出鲜明的苦闷和孤独。如果联系一些当时的文化名人的实例，所见愈加昭然，此处不作深论。

最后六行是诗的第三部分。错落押韵。按旧韵“道”在“号”部，“了”在“篠”部，“掉”在“啸”部，俗韵都算做所谓“窈窕”辙。

这一部分先写小爱神被问后的神态：着慌，摇头。因为小娃子射了千万年的箭，从未遇到过这样的问题。他的天职就是只管放箭，不开婚姻介绍所。所以不由得“唉”了一声，说“你是还有心胸的人，竟也说这宗话。”爱之神是没有“心胸”的，他放过箭后，要有“心胸”的“人”自已去设计，去奋斗。如果一切都依赖神，还要人干什么？用俗话比方，就是“师傅领进门，修行在个人”。正像同一时期朱自清在《光明》一诗中所写，觉醒的青年要追求光明，却向上帝去要，上帝说：“你要光明，你自已去造。”爱之神所开的药方与上帝异曲同工，他不管“你应该爱谁”，你既然中了箭，便只有两条路。一条是选定一个对象，“没命地去爱他”；另一条是无人可爱，“没命地去自己死掉”。是否能够找到可爱的目标是不一定的，所以有两条路，但两条路却有一个相同点，便是“没命地”三个字。这三个字表现了作者虽亦在苦闷中但却态度鲜明的选择，那就是战士的选择，选择奋斗，选择牺牲，选择轰轰烈烈和灿烂辉煌。既已觉醒，就不该逡巡犹疑，而应奋勇直前。爱就热烈执著地爱，如毒蛇，如怨鬼，纠缠不已。一无所爱，便勇于弃此浊世，决不苟活。这是多么嘹亮的人生号角，它吹醒了那些半梦半醒之间的呻吟弱者，鼓励已然觉醒的人们挺直腰杆，做真的人，走新的路，“这是血的蒸气，醒过来的人的真声音”。只有这样，才没有辜负爱之神的“胡乱栽培”，才不会永远梦醒了之后彷徨于无地，才能够用自己的双手种出自己的爱情鲜花，在自己的伊甸园中收获丰美的甘果。这就是当时的鲁迅对爱情问题的诗意把握。

当然，也可以把爱情问题看作一个象征，把此诗解读成表现中华民族全面的觉醒。不过仍要以爱情为解读基础。

综上所述，《爱之神》这首新诗写出了作者及其同时代的先觉者们对爱情及有关问题的比较复杂的思考。这种思考既是矛盾痛苦的，又是有着鲜明果断的抉择的。其中有冲毁礼教藩篱的喜悦，也有礼崩乐坏之后寻路者的茫然忧惧，更有义无反顾的革命战士的大无畏气概。这样的爱情观、人生观，直到 20 世纪末的今天，可以说仍具有强烈感人的现实意义。鲁迅为我们塑造了一个印记鲜明、不可替代的艺术形象——小娃子爱之神。

这首诗艺术上的特点一是结构自由，先描绘，后对话；二是语言自由，口语化，整散结合。至于借用外国的神话传说，不能算作特点，这在当时和以前已经颇为盛行。两次换韵，在今天看来没什么必要，在当时却是从旧体诗的牢笼中挣扎出来的有力步骤。鲁迅主张“新诗先要有节调，押大致相近的韵”，这种节调和韵已被新诗的实践证明，未必有补于诗歌的真正节奏和音乐感，但在鲁迅的时代，是艺术进化途中不可或缺的一环。比起胡适等人的“放脚”尝试体的新诗来，鲁迅的新诗无论在思想境界还是诗体变革上，都称得上是健美的天足，是那个时代的一流佳作。

井底飞天

第三辑

天外没有天

怎样做个北大人

——给北大新生的演讲

各位现在已经是大学生，同时又是大学生里的“人中龙凤”——北大学生，关于怎样做个大学生，怎样做个北大学生，一定已经有人给各位讲过了。我也不过是老生常谈，如果讲得重复了，那是“英雄所见略同”，大家哈哈一笑，就算是复习复习，“学而时习之，不亦乐乎！”如果不幸讲得有点新意，算是互相补充，也算我“愚者千虑，终有一得”。如果讲得与其他专家领导有所不同，那么请以其他专家领导所讲的为准，就算我讲的是反面观点，歪理邪说，供给大家做批判的靶子。

我本人是公元1983年从哈尔滨三中考入北大中文系的。那时，各位还过着无忧无虑的幸福生活。我前后在北大读了十年书，套用一句杜牧的诗，叫做“十年一觉燕园梦，赢得红楼薄幸名”。虽然学得很不好，至今也还没有什么拿得出手的成就来报答北大对我的哺育之恩，但对于北大之精神，或者说得朴实点，对于北大的风俗，北大的风土人情，多少还算有些认识。因此，趁着各位还不大了解情况，我斗胆卖弄卖弄，我希望等大家了解情况了，我所说的话能够迅速地成为“老生常谈”。

什么是北大精神？什么是北大魂？是个很难说清的问题。就像什么是中华民族的精神一样。美国的奥尔布赖特——国际上著名的“狼外婆”，有一次企图刁难咱们朱镕基总理，问中国“坚定不移的外交政策”到底是什么，能不能用一句话回答。朱镕基总理回答得很好，他说就是“独立自主”。但是这只是外交，要说全面的中国精神，就难说了。那么北大精神呢？我想，可以先从人们的一些基本认识谈起。

在北大原来的大讲堂的东墙上，曾经写着这样八个大字：“勤奋，严谨，求实，创新。”这据说是“集思广益”得出的北大精神。集思广益的优点是全面，缺点是面面俱到，重点不够突出。这八个大字是不是北大精神，你也不能说不是。北大在这四方面做得的确相当出色，我们也的确以此作为我们的优良学风。但是这八个大字总觉得有些一般化，好像在其他单位、其他地区也经常看到类似的口号，其中三个词重复的很多，甚至有全部雷同的。我在新疆的一家拉面馆门前，就看到了完全相同的这八个大字。我当时的感觉很不好。一方面觉得咱们北大的东西好像被人亵渎了似的，但另一方面你又不能反对人家也这样追求。拉面馆当然也可以“勤奋，严谨，求实，创新”。推而广之，我觉得大多数单位都可以这样追求，比如歌舞厅可以不可以？监狱可以不可以？养猪场可以不可以？中国是个口号国，谁都喜欢写好听的口号，北大又没有申请专利，为什么不可以？

所以，我觉得这八个大字是北大精神，但第一不是北大精神的全部，第二没有把北大精神的核心突出到特别醒目的程度。你做到了这八个字，说明你是一个很不错的大学生，但是否能够代表北大，还不一定。

下面，我就狐假虎威，借着这八个词儿十六个字，分别谈谈我的理解，算是与各位学弟学妹切磋切磋。

勤奋，不用多说，大家都是勤奋之辈，不勤奋怎么能上北大？即使是走后门来的，也差不了多少分，你要是高考总分一共才考了二百五，那你就是走克林顿的后门也进不来北大。我相信大多数同学进了北大后，还会继续勤奋，而且养成了勤奋的习惯，勤奋到老，勤奋到死丝方尽。我们北大人从领导、教师、学生到员工，都具有勤奋的精神。但我想提醒一点，你勤奋做什么？勤奋本身不一定是优点。农民勤奋种地，地主勤奋剥削；警察勤奋值勤，小偷勤奋搬运。贪官污吏也很勤奋，希特勒也非常勤奋，所以，要清楚勤奋的目标，才能使你的勤奋成为正面的系数。前一段，有一部电视连续剧《雍正王朝》，收视率很高。它为雍正翻案，理由之一是雍正非常勤奋，每天批阅大量奏折文件，事必躬亲，废寝忘食，呕心沥血，春蚕到死丝方尽，所以说雍正是个好皇帝。有的老百姓说，这雍正简直是个焦裕禄啊！但是，我们应该认识到，雍正的勤奋与焦裕禄的勤奋具有本质的不同。焦裕禄的勤奋是为人民勤奋，他死了人人感动，我们要学习他。而雍正的勤奋是为他个人勤奋，为他自己的江山社稷勤奋，他累死了活该，少害几个人。我们北大学生当然勤奋，但很多人是勤奋学英语，勤奋学电脑，勤奋学做生意。我不是说这些不该学，而是想提醒一下，这些不是“学问”，它们只是“技能”，是吃饭用的，是打工用的。北大学生应该勤奋学习一些对中国、对人类更有意义的学问。勤奋思考，勤奋读基本著作，掌握古代传统文化和现代科学理念，这才是勤奋的本意。

严谨，主要是指学风端正。要防止学习上的、学问上的假冒伪劣。现在，假货遍天下，甚至蔓延到校园里来。最严重的是考试作弊。写作业抄袭，甚至直接抄袭老师本人的文章。还有不读书就胡乱发言，人云亦云，看问题极其片面，说话作文不合逻辑，等等。我认为，为人可以多一点自由，但学习问题一定要严谨。学风不严谨已经对我们北大的地位构成了最严重的威胁，成为我们北大最大的隐患。

求实，是与严谨联系在一起的。实事求是，毛泽东和邓小平都坚持这一点。毛泽东在《新民主主义论》中说：“科学的态度是‘实事求是’，

‘自以为是’和‘好为人师’，那样狂妄的态度是绝不能解决问题的。我们民族的灾难深重极了，唯有科学的态度和负责的精神，能够引导我们民族到解放之路。”邓小平有一篇文章，题目就叫做《实事求是》。一切从实际出发，从北大现状出发，从自己现状出发。勇于承认缺点不足。比如北大现在的优势没有以前那么大了。一些领域落后了，要承认。不要摆花架子。不要出去就到处吹嘘北大，特别是寒假回家时。我第一个寒假回家，在火车上，周围的大学生狂妄不可一世，吹得天花乱坠。我在旁边，默不作声。过了一会儿，他们问我是哪儿的，我淡淡地说了一句："北大的。”他们再也不言语了。现在与假冒伪劣相呼应，又产生了一股新的浮夸风，咱们北大同学都是自尊心很强的人，但一定要踏踏实实做人。大家都学过《落花生》，里面说："人要做有用的人，不要做伟大的、体面的人。”

创新，这是目的。前面三个是前提，如果没有创新，前面的价值要打折扣。人活着，要给这个世界增加东西，作贡献。特别是已经到了考上北大这一步了，只是混个饭碗，太亏了。古人说“立德，立功，立言”，就是那个马三立。立德太难，少数人，英雄模范伟人圣贤可以做到。那么其次可以追求立功，立言。有所发明，有所创造。朱自清在《匆匆》里说："为什么要白走这一遭啊！”对，不能白走这一遭。北大本身就是个创新的产物，是戊戌变法的产物。鲁迅说“北大是常为新的”。你如果一辈子没说过一句自己的话，没做过一件别人没做过的事，甚至没犯过一次别人没犯过的错误，那么你就是包饺子剩块面——白活了。

下面再说说可以代表北大精神的另外的八个字。

科学，就是赛先生。五四运动80年了，科学在中国有了非常大的发展。但是由于中国的长期落后闭塞，发展科学的任务还任重道远。比如“法轮功”事件，令人非常感叹。那么多受科学教育的知识分子，却相信李洪志那一套胡说八道。这说明，科学还没有我们想象的那么深入人心。许多中国人是把科学当成迷信来相信的，对待科学是一种功利主义的态度。而科学首先是一种怀疑精神。笛卡儿说："我思故我在。”丧失了怀疑精神，就是丧失了科学精神。那么就没有改革开放。我们怀疑封建礼教，才引进现代思想，我们怀疑“两个凡是”，才有思想解放。科学，不是不犯错误，医院也可能治不好病甚至耽误人、治死人，但它仍然是科学。科学的错误是可以检查出来的，从而可以纠正的。对于我们北大人来说，还要不迷信北大，从零做起。

民主，就是德先生。民主是与科学相联系的。有怀疑精神，就包括怀疑权威，可以怀疑老师。老师讲课是职责，但不能把自己的观点强加到学生头上。反对专制，要从学习上做起。孔夫子的教育方法就是非常民主的，学生畅所欲言，师生互相辩论。没有民主，科学就会受到阻碍。民主不一定就是西方的。我们中国也有这个传统。奥尔布赖特有一次用人权问题刁难朱镕基，朱镕基说，我为人权而斗争的历史比你早得多。我在反对国民党政权的专制独裁时，你还上中学呢。我们北大有这个传统。历次的学生运动，一部中国的民主斗争史，缺少了北大，就是不完整的。还有平时看不见的民主精神，弥漫在校园里。比如我刚上大学时现代汉语课上，老师让我们找病句，让我们到《人民日报》上去找，老师只是很平常很自然地说着，但这里有一种真理面前人人平等的精神。

爱国，这是一个常用词。但北大的爱国不是挂在嘴边的口头禅，北大人为了爱国是不惜流血牺牲的。大家可以到静园草坪去看北大烈士纪念碑。我们现在口号是办世界一流大学。世界上有不少大学比我们历史悠久，比我们有学术成就，比我们有钱有地有房子，但没有一所大学像北大这样，与她的祖国的命运息息相关，对她的国家产生这么大的影响。有一句话：“没有共产党，就没有新中国。”但咱们北大还有一句话：“没有北大，就没有共产党。”这话有一点吹牛，但它说出了北大与国家的特殊关系。李大钊、陈独秀、毛泽东、张国焘……都是咱们“北大人”。北大人以天下为己任，敢为天下先。北大本身就是改革志士的爱国创举，不爱国，就不是北大人。有些北大人，似乎经常批评中国，批评社会，但这正是他爱国爱得非常深的表现。不爱国的人，才不去批评你呢。早勤奋刻苦，努力争取成为美国公民了。鲁迅、毛泽东，都是经常批评中国、批评历史、批评社会的。在爱国这一点上，北大永远是中国一面鲜艳的旗帜。

进步，是一种精神的概括。鲁迅说：“北大是常为新的，常与黑暗抗争的。”这就是要向前走。1840年以后，中国已经不能再向后看了，过去的辉煌已经成为故事，再不向前就有球籍问题了。北大就是在这个大背景之下不断成为时代的号角。90周年校庆时，彭真同志题词“永远站在历史潮头”，写得好。北大是中国的一根神经，把五大洲的动静传导到神州大地。北大的传统文化研究得很好，但研究传统文化是为了进步，而不是躺在传统之上。北大永远要做中国的火车头。“国安永远争第一。”

除此之外，如果还有什么补充的话，我再啰唆两点。一个是“狂”。北大人都有狂气。这要一分为二。人不可有傲气，但不可无傲骨。脾气与能耐成正比。最好是有能耐没脾气，最坏是能耐没有脾气还不小。北大人狂，是青春朝气的表现，先觉者都是狂人。但在保持这个朝气的前提下，要注意收敛，少受误解和迫害。当然，时间长了，人家了解了你的能耐，再狂不迟。用人单位还是信任北大人的。

再一个是“宽容”。这与狂互补，表现北大人的成熟。有容乃大。没有宽容，就没有科学民主。我可以不同意你的观点，但我用生命捍卫你发表你观点的权利。即使觉得对方再荒谬，只要对方没有犯法，就应该以理服人，不应该利用道理之外的力量去解决问题。那样即使解决了，也后患无穷。不要以权压人，以多数压人，不要打小报告。相信真理的力量，时间的力量，实践的力量。历史证明，咱们北大人的观点，大多数是对的。

好，一共讲了十九个字，世上的道理是有限的，中国人知道的道理比别国要多得多。问题是中国人知而不行。希望大家不要把北大精神挂在口头上，而要融化在血液中，落实在行动上。否则，还不如没有这些所谓的北大精神。钱老师[1]有一篇文章叫做《北大失精神》,提醒我们许多精神正在失去。我希望在各位身上，北大精神不但不会失去，相反还会发扬光大。希望你们当中将来哪一位来讲北大精神时，讲得比我精彩，比我进步。谢谢大家。

① 指钱理群。——编者注

青 春 梦

——读西泽的《红坟》

乍读《红坟》[①],读着“当头顶上光芒万丈的铜锣发出令人耳鸣目酸的皇皇巨响时，高粱倔强地坚挺着紫红的头，碧绿碧绿的叶子在白光下迷茫地溜了肩，无限羞涩地低头向黄色的龟裂的大地。几棵高粱噼噼叭叭、心甘情愿地倒下了，响声如音乐般清脆，紫红的头笔直的秆和翠绿的叶一起倒在白亮亮日光下的黄土上。高粱的断茎上冒出几滴甜蜜晶莹的汁水，在阳光下只保持了一瞬间辉煌的光芒，就缕缕丝丝变幻着七彩光升向苍茫的高空去了……”我疑心自己看错了篇名。咧一咧眼睛，没错儿，是《红坟》，不是《红高粱》。职业的敏感使我迅速想到：山东作家为什么都爱写“红”？《红坟》、《红鱼》、

---

① 载于《山东文学》1988年第10期。

《红高粱》，还有《红色幽默》。

《红坟》中的色彩可以按冷暖分成两类。那“金黄金黄的喇叭”、“鲜红鲜红的火绸”，是暖的一类；那“碧绿碧绿的叶子”、“乌黑油亮的老枪”，是冷的一类。冷暖两色分别以两个人物作为其精魂的化身：祥爷“紫如山峦”，二娘“白如山丘”，这是冷暖色调的两个极端。然而正如阴阳两极，相互交汇变幻，从而编织出五彩缤纷的壮观图景。暖色的祥爷，戴着冷色的白帽，手持冷色的老枪；冷色的二娘，脸上有着暖色的红晕，身上盖着暖色的大红被子。冷与暖，火与冰，奇妙地组合着，繁衍着。所以你时而读到“一条猩红的丝带绕过雪白如玉的胸脯”，时而读到“把蓝色的肠塞进艳若桃花的伤口”。整篇小说的基调，就这样冷暖交融，而以暖为主体，更明确地说，是以红为主体。

小说的头一句：“就那么坐着，也许很久也许并不久，忽然就有一团热辣辣的东西在腹部滚动，汹涌着澎湃着如堤坝崩溃，翻江倒海地涌着你的心胸如一条火龙将要腾出。”根据当今比较时髦的某一派小说理论，小说的第一句就奠定了全篇的基调。对于《红坟》这篇痴人说梦一样的小说来说，它的头一句确实是推出了全篇的主旋律，那就是：热与燥。这是青春的旋律，是欲望的旋律，是生命的旋律。作者仿佛在等待一种东西许久之后，再也等不下去了。暖，燥，热，热得发红，红得发紫，紫得发亮，弓弦绷紧到了极限，食指经过剧烈的颤抖终于扣动了扳机。于是，“叭勾——”一响，作者面对十年之久的石壁颓然倒塌，再也没有什么能够阻挡他所想要看到的一切。

于是他看到了金黄的土，猩红的旗，看到了紫红的枪眼和圣洁的白光，看到了他十八辈祖宗一座座如乳如臀如蒸馍的坟墓……他好像是祥爷那根被日本鬼子一枪打出的蓝色的肠，“探出头来看它从未见过的美丽的天空与大地”。因此他，看到的太多了，胃口再好的食客也吞不下这无边无际的盛宴。而我们这位西泽伙计，像个《一千零一夜》中刚得到一件法宝的美少年，从那条崭新的皮口袋里掏出一盘接一盘的美味珍馐。他不只是自己看，他执拗地拉上大家一块看。他让你看那天下最奢华的调色板，看冷暖两色如何交叠、翻滚，看冷色如何融化在暖色的光辉里。这组油画上那回肠荡气的色彩黏稠地流动着，交融着，变化着，终于越来越浓，浓得再也化不开，最后像耗尽了能量的黑洞，凝住了。

色彩之外，是音响，这里没有宛转流丽的歌喉，没有缠绵舒缓的小夜曲。有的多是刺耳的噪音和震心的天籁。你听，咔咔嚓嚓的刀刃撞击，噼噼啪啪的高粱断茎，太阳发出铜锣的呻唱，喇叭变哀忧为激荡……这都是节奏明快的声音，是令人欲挥欲舞的声音，是催人怒目裂眦的声音，这是青春的声音。音响出色地配合了色彩，构成了这部作品的整个蒙太奇框架。

是的，这篇小说蒙太奇运用得太多了。因为它并非一个真实的故事（请别跟我抬杠），而是一场梦。读了它的第一句："就那么坐着……"就可以断定，才不至于捏着现实主义的显微镜去挑剔它故事上的戏剧性以及细节上的非真实性。用不着追溯故事原型的有无，故事不过是这幅画布上的几道引发作者最初灵感的皱痕。一个浪子，有一段神秘的离乡经历，回乡后与一寡妇相爱，双双死在日寇的枪下。这故事虽经久耐磨，但并不动人心弦。打动人的是涂满这故事的色彩，是西泽这小子把语言掰来揉去然后再摔到你面前所造成的那种陌生化，是这陌生化在你心底搅起的一种感官上的波动和不由自主的理智探询。

青春的梦是最辉煌最绚烂的，理想之帆饱胀欲破，所以青春最喜欢造神。你看小说中的祥爷和二娘，那不是两尊神么？作者恨不能把一切他认为最好的文字组合加给这两个心爱的人物。祥爷是英武壮健，手是紫红的大手，腿是巨腿，脚是阔大强劲的天足，浑身是雄健伟岸如山丘般隆起的紫红的肌肉。他活着，是乡人敬若神明的天外来客；他死去，连十八辈祖宗都要静穆肃立。二娘更是天仙的化身，"银盆似的圆脸"，"黑葡萄眼珠闪着浏亮摄人的光"，洁白如玉的乳房、大腿，乌黑发亮的发髻上"缀着一朵令村妇惊叹令男人钦羡令长辈赞叹的高雅洁净的白花"，"如寒星一样在我故乡人眼中晶晶闪光"，简直是"此女只应天上有"。

但我们不必追究那小小的村庄里是否真的会蹦出这样的玉郎美姬，因为这不过是一场梦，是青年人搜寻祖先光荣的图腾与光宗耀祖的欲望相结合的梦，是青年人对未知视野跃跃欲进既充满憧憬又高度紧张的梦，是青年人崇拜世界与占有世界两种情绪相交织的梦。也可以说是青年人在即将告别青春之际留给世界的一张彩照。

春风不度玉门关

——象征主义在中国的命运

中国有句俗语："狗肉贴不到人身上。"

细琢磨一下，此话于哲理之外还颇有几分诗意，而且是象征主义诗意。就像莫里哀的喜剧《贵人迷》中的汝尔丹不知道自己说了四十多年的话竟是"散文"一样，如果把"象征主义"这束鲜花送给一个说出了这句俗语的人，他也一定会莫名惊诧，不知所云的，也许出于某些中国人那种惴惴不安的心理，他还会像波德莱尔所说的那样"使劲儿打弯这可悲的枝条，叫它长不出发臭的芽苞蓓蕾"。[①]但是波德莱尔这样的真正象征主义的诗句，一旦光临，却又被我们文质彬彬的同胞们"敬谢不敏"、"放进了应该去的地方"[②]。

① 《谢天恩》。

② 陈西滢《致志摩》。

于是，我想，狗肉固然贴不到人身上，但人吃了狗肉，不是同样可以长出人肉么？那么,象征主义这块肉在中国究竟是一位“快乐的死者”，还是已变成“腐尸”①了呢？这就需要我们认真思考一下象征主义这位远征者踏上这片黄色国土之后的命运。

一二十年代，法国象征主义如同一股世纪初的春风，飞越千山万水吹到中国这座刚刚解冻的花园，为放足不久的诗坛带来异域的蕾香、带来艺术上一种新奇美的追求，使中国产生了一批幼稚而又早熟的“七岁的诗人”②。然而，中国的血型似乎永远是“AB”，可以容纳一切，但一切最终都变成“AB”。仅仅十余载，象征主义就昙花一现，枯萎于现实主义灼流滚滚的夏天。象征主义是诗歌进步的流派，竟遭夭折，如何解释呢？全面考察，不外作品本身及主体与客体的关系等原因。

中国诗坛乃至全民族的审美胃口实在太弱了。有过唐诗宋词光辉顶峰的中国文言诗歌发展到20世纪初已经走进了死胡同，山穷水尽，不变革无以生存。但是变革后的白话体诗，只不过在语言上通俗了一些，形式上自由了一些。而实质上仍是很差，像胡适《尝试集》那类的作品，几乎无诗意可谈，在总的审美价值上，还不如旧体诗。从审美接受的角度看，普通读者只能接受传统典故式的暗示，接受“两个黄蝴蝶，双双飞上天”一类的直描，接受“我把月来吞了”一类的直抒胸臆。

这样，当李金发等人的象征主义诗作出现在东方的地平线上，立刻便遭到了不理解的厄运。以李金发为例，经常被以假洋鬼子视之，先是惊呼看不懂，然后斥责“我真不懂他们为什么做人家看不懂的东西”。本来规模不大的读者群为之瞠目结舌，连名重一时的大诗人、大评论家也读不懂，例如钟敬文先生。

中国习惯于那种赋比兴的意象系统，猝然遭遇到象征主义诗歌，仿

① 皆波德莱尔诗题。

② 兰波诗题。

佛吃了80年红烧猪肉的老人，突然间吃了牛排，是消化不了的。象征主义是塞纳河水浇灌出的花朵，到中国要有个适应过程，而中国又是这么的一种情况，因而，其枯萎也是历史的必然。

（本文系一次发言提纲）

上梁为什么要漆红挂金

讲述人：谭亚洲，男，44 岁，广西环江县文化馆干部
整理者：孔庆东，北大中文系

毛南人造屋在上梁的时候，要把中间的大梁刷上红漆，再把两片金竹夹在外面。这里头有一个故事，一般毛南人大概都忘了。

相传从前有一对夫妇，家里很有钱。他们有一个儿子，夫妇俩希望让这个儿子继承自己的财产。他们便请人给儿子算命，没想到一算算出个“十八败”，原来儿子是一个败家精。夫妻俩很发愁。他们商量来商量去，最后决定把屋顶的大梁中间挖空，把金银财宝都藏进去，然后封好，刷上红漆。他们把儿子叫来，对他说：“儿呀，你的命是个‘十八败’。我们死了以后，你把钱都花光了，

就卖这些房子、东西吧。只有一样东西不能卖，就是屋顶上的大梁，又粗又重没有用，谁也不会要的。”儿子把这些话记在心里。

过了几年，夫妻俩死去，他们的儿子也已经长大成人。他是个“十八败”，怎么会过日子？他把个家搞得一天不如一天。这时候，外村有一个姑娘，长得不漂亮，但是有人给她算命，一算算了个“十九旺”。她听说有这么一个后生“十八败”，娶不到媳妇，便说：“他是个十八败，我是个十九旺，我嫁给他，家道一定能旺起来。”于是她就嫁了过去。

夫妻俩一个胡花乱用，一个勤俭持家。没想到这“十九旺”却敌不过“十八败”。没上一年，家里就搞得乱七八糟，缺吃少穿。“十九旺”看丈夫实在不成器，只好跟他离婚，走了。

剩下“十八败”一个人，更是一败涂地，连裤子都没得穿了。他就开始卖东西。他把屋子里能卖的都卖了，只有那根大梁：拆下来放在一边，因为父母说过，那东西又粗又重没有用，谁也不会要。最后卖东西换来的钱也花光了，他只好做了乞丐，到处去要饭。

这一天，有一家给小孩儿做满月，请了许多客人。附近的乞丐们听说了，也纷纷赶来。其中就有这个“十八败”。主人家叫乞丐们站在院子里，给他们发糯米饭团。数了数一共九十九个乞丐，便做了九十九个饭团。让乞丐们站成两处，先发左边，后发右边。“十八败”命不好，人家数完了数，他才赶到，站在右边。这样饭团发到最后，只剩下他一个人没有。“十八败”觉得很倒霉，他想，早饭没吃着算了，中午我站到左边去，就有我一份了。

可是那个管分饭的回去想，明明是九十九个饭团，怎么会漏下一个人呢？他决定中午从右边开始发。这样，到了中午时，从右边开始，发到左边，又剩下“十八败”一个人没得吃。他想，左边右边都分不到，白白饿了两顿，晚上我站到中间去。

那个管分饭的也很奇怪。他想，怎么从右边开始发，左边又漏下一个？晚上应该两边一齐发。这样，开晚饭时，两边的乞丐都得到了，只剩下站在中间的“十八败”仍然没得吃。他越想越倒霉，好容易有一个大吃的机会，却一天三顿都没分到饭。再想想从前家里那么有钱，都叫自己给弄光了。他越想越伤心，“哇”的一声就大哭起来。

小孩子的母亲听到有人大哭，忙问是怎么回事。管饭的人告诉她说，有个乞丐来了一天，三顿都没有分到饭。这女人听了，非常同情，便来到院子里看那个乞丐。她一看，心里一惊，这不是我的前夫“十八败”吗？

原来这女人正是“十九旺”。她离开“十八败”后，又嫁了男人，生下一个儿子，今天刚刚满月。她见自己的前夫落得这么个下场，心里特别难受。她与“十八败”各自说了分别以后的事。她说：“你不要再难过了，我还是跟你回去过吧。”说完，“十九旺”便进屋对自己的丈夫讲了她与“十八败”的前前后后，说：“我嫁给你后，你的家道兴旺，房屋也有了，田地也有了，现在我又给你生了个儿子。你已经什么都有了。我现在要跟我的前夫回去，帮他过好日子。你有的是金钱，还可以再娶一个媳妇。”丈夫听她讲得有理，便点头同意。“十九旺”就拉着“十八败”走了。

“十九旺”一边走，一边问“十八败”家里还有什么。“十八败”说所有的东西都卖了，只剩下那根大梁又粗又重没有用，谁也不会要的，留在家里。“十九旺”说，剩下点东西就好。

两个人回到家里。“十九旺”说要把那根大梁破开，也许还有用。两个人找来砍刀，把大梁劈开。就听“哗”的一声，金银财宝都流了出来。夫妻俩高兴得要命，赶快把金钱收起来。从这以后，两个人一心一意过日子，“十八败”再也克不住“十九旺”了。夫妻俩勤俭持家，相亲相爱，过着幸福的生活。

从那以后，人家造屋上梁时，为了吉利，都把金竹夹在上面，代表金银财宝，再刷上红漆封好，用这个来表达他们要过幸福美满生活的良好愿望。

（发表于《北大民俗通讯》）

盛情再会待有期

——毛南山乡采风杂感

挺身登峻岭，举目照遥空。

这是天下闻名的石达开进兵广西途中在庆远（今宜山县）写下的一首诗的头两句。当我在宜山白龙洞的摩崖石壁上把它放声读出来的时候，不禁想起两天前在修炼山上回望环江的情景来了。

那修炼山确实当得起不折不扣的峻岭，然而可惜，我们并不是“挺身”登上去的，而是“俯身”爬上去的。也难怪，有谁见挺胸叠肚地上山的吗？石达开也不过是先爬上去，然后再把腰挺直了而已。我们也不妨来个“邯郸学步”，半壁丛中，踏稳了脚下的石块，长出几口粗气，拭去额上小瀑布般淌下的热汗，举目往山下一“照”。嘿，好一幅锦绣山水。干爽爽、蓝灿灿的天占去了画面的三分之二。下边的三分之一有几尊尖峰不很老实，把自己毛蓬蓬的“刺儿头”直插入云，侵犯他人领空。不过也许是在保护身边那一片片淡蓝的水、葱绿的田吧。

“看，环江！”

顺着我直挺挺伸出的手臂，小梁和小刘都望见了那一盘棋子似的东西，那显然不是大自然所能生长出来的东西。那确实是一盘棋，是毛南山乡的人民同老天爷在下的一盘棋，一盘没有下完的棋，一盘大概永远下不完的棋。

“呀，咱们出来这么远啦？刚刚就是从那儿骑车这么绕过来的吗？”小梁好像不相信自己有这么大的能耐似的。

是的，是从那儿来的。出来这么远了，从环江县城到修炼山，从北京到环江，从哈尔滨到北京。回首之际，仿佛真有些不相信自己的旅程，我是从那儿来的吗？

正因为知道是，所以才要疑问。

是蒋大为唱的《骏马奔驰保边疆》：“……到处都有同志的爱，到处都有亲人的笑脸……”

是的，曾几何时，我还是哈尔滨城角雪堆里一个拖着鼻涕的“小老头儿”，而今天，举着亮盈盈的酒杯同中国共产党的一位县委书记说什么“盛情难再，后会有期”。

唐副书记真是海量！一干就要三杯，幸亏这酒不是父亲喜爱的老白干一类。但看看县委如此热情地为我们北大后生饯行，想想近一个月来我们采风队与环江县各族人民……这酒是不能推辞的！一个三杯，又一个三杯，我这稍饮一口便要面红耳赤的书生，今日也只好抖一抖豪气，舍命陪君子了。

“说得好！舍命陪君子。”谭金田、谭亚洲二位民间文学前辈雅兴勃发，并肩一坐，唱起了“罗嗨”。我想起头一天在过伟副教授召集的实习临别座谈会上，亚洲老师以歌相赠，称我们是北京飞来的凤凰，是梧桐树上的骄子，而自比为山沟里的老莺，并邀请我们全体队员签名留言。我即席赋了一首七绝，《答谭亚洲同志惜别》：

梧桐只在山间生，
自有凤凰高树鸣。
我辈雏莺仰明月，
为君播美到京城。

今晚，他又那么满腔热忱地唱着。是的，他说过自己“一杯酒，歌十首”，我已经写入他的小传了。李白不是“斗酒诗百篇”么？我有时这样跟他开玩笑。这时，我就不称他“老师”，而称他“老谭”，因为上南乡的老相识们都这样亲切地叫他。在上南，我们同吃、同住，一同采集着民间文学的花蜜，一同遭受着各种蚊虫叮咬。那位谭金田老师，想必在下南也吃了不少的苦头……

采风苦，我们亲身尝到了，群众亲眼看到了。“北京大学的学生，来到我们这毛南山乡，这可是破天荒第一次啊。”

我说：“会有第二次的。”

我等着这个第二次。

许多人在等着这个第二次。

因为我们与环江、与毛南山乡，在一个来月的共同呼吸中，已经结下了某种缘分。在我们心中的地图上，有一片活的山水，叫环江。它远看是一盘棋，近看则有一张张熟悉的、值得留恋的脸庞在浮动、在谈笑，在商量收玉米，在筹备分龙节……

分龙节之夜，县城思恩镇成了歌海。一对对“种子选手”在挑战，一排排录音机上的红灯在伸缩。这一边斗得难解难分，听众们暗竖拇指；那一边有一方被奚落了，听众爆发开心的笑声。这一对唱败了，再换一对，前赴后继。你看那歌手从容不迫，坐得稳如泰山，几乎连姿态也不动一下，脑子里却飞转如轮，识破对方的暗喻，组织反击的炮弹。他们不倦地唱下去，听众不倦地听下去、录下去。月亮歪了，星儿稀了，风儿凉了，歌海却越来越沸腾了。站在人群中的我，把录音机换了一下手，伸展了一下发酸的胳臂，似乎觉出了人们传说的谭月亮唱上三天三夜仍然精神抖擞并不是夸张。毛南人民这么爱唱、爱听“欢”、“比”[1]，那自然会产生像谭月亮这样的歌手了。我们的录音带很快用完了。是呀，这么大的歌海，几盘录音带能装走多少呢？海水不可斗量嘛。

分龙节以后，走在县城的街巷里，仍可不时听到录音机里传出的分龙节之夜的“罗嗨”声，令人禁不住深深沉浸在那一夜的回忆中。就是当我们回到了高楼如峰、宽街似水的北京城，有谁模仿一声那悠扬舒缓的毛南乡曲，立刻就会把人带回那片土地、那片人群。

分龙节只分了龙，人却变得更加亲密、更加友爱。在文艺联欢大会上，我们这些毫无演唱才能的书呆子，终于禁不住各界友人、领导和广大群众的一再相激，在开锅般的掌声中硬着头皮走上了舞台。唱什么呢？分龙节，就唱一支《龙的传人》吧。不论毛南族、壮族、汉族，我们都是东方之龙的后代，都是华夏古国的儿女。我们唱了。我们的嗓音不优美，但我们是用心在唱，我们的心与挤满了礼堂内外的几千颗心，与街头巷尾的几万颗心，跳在了一起。毛南人从不单凭嗓音来评价歌手，这就够了，这就使得我们走下舞台时，掌声依然如沸。

联欢会上有一个节目中，一位记者赞不绝口地说：“毛南山乡，真是山好、水好、人更好！”话语很平常，但要体会得深，就必须去亲近那些山、那些水、那些人。只有做到了心中互有，那才算是真正采到了风。得到群众的故事容易，得到群众的心却不容易。在上南，我们被蚊虫咬出了多少“红痘”，度过了多少湿热的难眠之夜，吃下了多少黄豆、南瓜芽，磨坏了多少鞋子、裤子。群众对我们的一举一动了如指掌，是他们评价我们“能吃苦”、“有成绩”。总务韦日旺老人给刘晓英敬酒时，称她真不愧是“艺术之母”。这称呼虽然不够恰当，但毛南群众的一片赤诚心意，不是表现得落落分明吗？

---

① 毛南族中将情歌称为“欢”，祝贺歌称为“比”。——编者注

唐副书记是海量！酒逢知己千杯少。他这是代表着整个县委、整个县城、整个毛南山乡在与我们北大的学生干杯。每一杯酒都好似酿入了十首毛南民歌，把绵绵不尽的深情厚谊汩汩注入我们的心田。毛南族最重视有文化的人。一般的群众，家里再穷也要让子女上学念书。如今的环江县虽然还是广西的贫困县之一，但毛南族知识分子的比例在各少数民族中却是最高的，他们的汉化程度也是惊人的。走到任何一家的门前，都贴着对联，你却绝对找不到那种“天增岁月人增寿，春满乾坤福满门”的陈词滥调，写的都是自家的喜庆吉事，语气豪壮，对仗工整，尤为令人赞叹的是居然嵌用了不少比较深雅的典故，我还没有遇见过第二个这样的地方，可惜未能一一抄录下来，其实，这是理所当然要采集的重要民风啊。

可惜，也只能以后补了。而今，我在北京城凉爽的晚风中，手抚中国地图，手指从北京沿京广铁路向下滑，到达广西北部的那一片、那一点，我又开始疑问：我是从那儿回来的吗？我登上过那所中学后面的烈士墓，勇探过修炼山绝壁上的溶洞，在上南赶过三次集，结识了一群小朋友，帮他们劈过柴，请他们带过路，给他们照过相，教他们下过棋，向他们借过书，求他们做过翻译……这一切就要慢慢远去吗？不，不会，每一个画面都像冲洗出来的照片，不会再曝光了。我还会见到那位兼诗人、歌手、故事家于一身的师公的儿子，还会见到那个奖状贴满了一墙的蓝乡长的儿子，还会到那条清澈如弯月的环江，以及这条江所滋润着的那片土地……

读《千古文人侠客梦》

每读陈平原老师的论著，都深深折服于其渊博、机敏、透辟。王瑶先生所倡导的“新材料、新方法、新观点”在陈老师那里统一得几乎令人嫉妒。但连读两遍《千古文人侠客梦》后，不禁想到一个学术研究的方法问题。《千古文人侠客梦》的确写得潇洒纵横，但钦羡之余却分明难以否认，胸中有一种“隔”的感觉，似乎论著与研究对象“盈盈一水间，脉脉不相语”。那仿佛多少已经不是“我的武侠”，“我们的武侠”。论著看上去已经把研究对象剥得一丝不挂、剖得条分缕析，但合起来，却还原不成本来的武侠。如同光凭解剖图还原不成人体，光凭旅游图还原不成古都。这其间的差异在哪儿呢？我以为是：血肉。

当然，学术研究不该以能否“还原”为圭臬，严格地说，根本就“还原”不了。上文的所谓“还原”，是指研究成果与原始对象的同构程度。提到这一点,似乎又是一个“六经注我”与“我注六经”的纠缠不清的话题。但关键在于,《千古文人侠客梦》的作者对自己的研究风格是十分清醒的，而且还不乏自豪和推广之意。陈老师最反对“借学术发牢骚”,这种严谨的学者态度值得牢记。但“牢骚”与“情绪”、与“倾向性”、与“价值判断”等概念是不能画约等号的。所谓客观的研究态度一是不可能完全做到,也不可能有一个绝对标准;二是“在主观意志指导下的客观态度”还能不能算是客观，值得推敲。正像故意要做个“本色演员”却恰恰犯了“本色”的大忌。作者自称“好在这不是一种武侠小说鉴赏辞典，也不奢望挤入畅销书排行榜”，诸如此类的话语实际上也仍然是在做某种“姿态”，而且多少也具有作者曾一再表示不喜欢的“表演”性质。一句话,“在论著中保持相对严谨的学术思维”无疑是应该学习和追求的，但如果在面对研究对象的伊始甚至尚未面对之前，就先拉开了一种“客观”、“严谨”的架子这是否是值得广泛推崇的学术研究套路，我以为值得商榷。

雅斯贝尔斯在谈到对哲学的研读时讲过如下一段话：

> 应该以这种态度去从事阅读，即对作者的信任和对所研究主题的热爱。……唯有让自己完全被感动而进入主要的问题，然后再从其中心出来，才能开始有意义的批判。[①]

我觉得这段话用于文学研究也同样适合。陈老师竭力保持“冷眼向洋看世界”的客观立场，比之“借学术发牢骚”当然是境界超迈，难能可贵，但实际上还是“手中虽无环，心中却有环”。学术研究最后离不开“环”，问题是要不要经过一个“无环无我，环我两忘”的阶段。说得直白一点，学者要不要先做一个普通的读者，美食家要不要先做一个普通的餐客。《千古文人侠客梦》的作者坦然承认“尽管读了数量颇为

---

① 《智慧之路》。

可观的武侠小说……可从来不曾当真……这种过于清醒的阅读态度，使得我很难达到一般武侠迷那种如痴如醉的境界，反而掩卷回味，常有哭笑不得的感觉……集中阅读，更可能令人厌烦”。作者的阅读过程既没有普通读者的“情感投入”阶段，也不是胡塞尔所提倡的搁置一切先入之见的“纯阅读”，而是从一开始就“来者不善”，带了全套的科学理性工具和丰厚的学识积累，望闻问切，准备大动手术。我以为这就是该书令人有所缺憾的症结所在。

作者一再强调武侠小说属于通俗艺术，一再强调其娱乐性、其阅读快感，可是作者自己恰恰一开始就没有“俗”没有“快”。作为一部小说类型研究专著，《千古文人侠客梦》的作者精辟地指出：“小说类型研究最明显的功绩，正是帮助说明了什么是真正的艺术独创性”，“研究某一小说类型的成规惯例，比单凭印象给某位作家或某部作品定位重要得多。”作者成功地概括出了武侠小说的四大基本叙事语法，并在开掘进程中兼及了“内容”及“形式”各层面。然而在具体的评析上，却的确又忽略了一些大大小小的问题。下面不揣冒昧，略作挑剔。

《快意恩仇》一章对“嗜血欲望的道德审视”的确深刻精彩，但把行侠主题归纳于“平不平——立功名——报恩仇”的三变，也似过简。这一框架迫使作者不得不把武侠小说中的佛法和爱情等内容的作用说成是“消解恩仇”或“扩大恩仇的含义”，而实际上在好多武侠小说中，恩仇是客，佛法、爱情是主，不过借恩仇谈情说法而已，剥去其恩仇、打斗的外衣，与一般小说无异。这也许是作者过高估计了武侠小说作家们的“专业意识”。

《笑傲江湖》一章拈出武侠小说的三大典型场景，曰悬崖山洞、大漠荒原和寺院道观。而我以为所谓“典型场景”并不能专凭与其他类型小说的比较来判断，而亦应考虑一般读者的最深感受，如想到武松，除景阳冈外，还必须想到狮子楼、十字坡、飞云浦、鸳鸯楼。武侠小说中许多最激动人心的场景并非是上述之处，如“大雨商家堡”、“大战聚贤庄”，胡一刀与苗人凤在客店中比武五日，天山童姥与李秋水在冰窖里性命相搏，萧峰于小桥上一掌误毙心爱的阿朱，张翠山夫妇在小舟上苦斗疯癫的谢逊，还有《碧血剑》中李自成与吴三桂在小屋中一决雌雄，《多情剑客无情剑》中李寻欢与上官金虹在小屋中决断生死，等等。所以，典型场景的论述角度似应再斟酌详定。

《二十世纪武侠小说》一章不同意新派、旧派之说，认为区分新、旧是“出于地域和政治”的考虑，而不是由艺术把握的需要，认为“作为一种小说类型，其基本精神和叙述方式，并没有发生根本性变化”，所以，“将这七十年的武侠小说作为一个整体看待”。但是后面却在若干处指出了一些新、旧之间的重大差异，如《仗剑行侠》一章指出新派武侠小说从“内功”入手，“大大拓展了侠客的打斗能力及打斗场面”，“于打斗中显示中国文化精神”。《浪迹天涯》一章中指出真正将孤独“作为徽记赠给侠客，确实是在50年代以后”，“重新注意侠客摆脱束缚追求个性自由，以至否定任何规章制度的放荡不羁，是金庸、梁羽生、古龙等新派武侠小说家的一大贡献”，等等，难道这些不属于“基本精神”？不算是重大的艺术性质的变化？在我看来，正是武学境界、文化精神、哲理内涵、孤独意象、名士风度、现代爱情观及象征意义，构成了新派武侠小说的独特风貌，只要从接受群体的角度考虑一下，就会发现正由于此新派武侠小说的读者无论在文化层次上还是迷人程度上都是旧派武侠小说所无法比拟的，而这只从小说的叙述方式上着眼就未免难以周全了。

以上几点问题，也许是“类型研究”框架本身的局限所造成，不能求全责备。但我总觉得，这与作者进入“对象”的心态有极大关系。学问做大了，常有“掌上千秋史，胸中百万兵”之感，有时就顾不上“对作者的信任和对所研究主题的热爱”，白刀子进去，出来的还是白刀子，学问做得没有血肉气，在干净利落的同时不免让人有“隔”的遗憾。定位俯视的研究视角，有时也未免把一些对普通接受客体很有价值的东西看得淡了。如作者对武侠小说中的佼佼者只承认“其中确实渗透着人生哲理”，却断定“思想说不上深刻”，这一点很难服人。包括雅文学作家在内,恐怕说不出哪个人思想比金庸还要深刻。金庸自称是一个“讲故事”的，那不过是大侠风度的自谦，金庸作品本身就有一种傲视千古的凛然正气。他对人性的开掘何止是“随大流”？小说类型似乎限制不了大作家。很难说《复活》、《红与黑》、《子夜》、《百年孤独》的思想就比《笑傲江湖》、《天龙八部》、《七剑下天山》、《鹿鼎记》深刻。学术距离与欣赏距离到底保持什么关系为好呢？作者很赞赏孙宝瑄在《忘山庐日记》中所说的“以新眼读旧书，旧书皆新书也，以旧眼读新书，新书亦旧书也”。这固然是不错的，但在此之前为什么不能先“以旧眼读旧书，以新眼读新书”呢？

拉杂写来，无非是提出自己心中的一些困惑，并就教于陈老师。

抗战时期的侦探滑稽等小说

在通俗小说各个类型之间的互动消长中，侦探小说“付出”多而“收入”少。其主要原因是侦探小说类型化程度较高，类型特征是其生命线，没有侦探，没有疑案的侦探小说是不能成立的。突出类型特征的内在要求决定了侦探小说具有较强的排他性。兹韦坦·托多罗夫曾列举了八点侦探小说的类型特征：

1. 小说最多只该有一个侦探和一个罪犯，最少有一个受害者（一具尸体）。

2. 罪犯不应该是一个职业犯罪者，不能是侦探，必是为了一些私人理由而杀人。

3. 爱情在侦探小说中没有位置。

4. 罪犯具有某种重要地位：

a）在生活中：不是仆人或贴身侍女。

b）在书中：是主要人物之一。

5. 一切都须以一种理性的方法来解释：幻想作品不被接受。

6. 心理描写与分析并不重要。

7. 必须遵循连续的同一性，至于故事中的情况则是："作者：读者 ＝罪犯：侦探。"

8. 必须避免平庸的境况与结局。[①]

上述八点概括并不十分准确，擅长理论发明的托多罗夫显然对侦探小说史尚未熟稔到专家的程度。但这个概括却大体上合乎人们对侦探小说的"印象"。可以一眼看出，这八点"印象"充满了否定词和限定副词，也就是说，排他性极为强烈。这意味着，侦探小说是一种技术化要求很高的艺术。社会言情小说和武侠小说的作者只要知识广博或有某项专长即可，而侦探小说的作者却非得是"本专业"的行家里手才行。所以，尽管有人说"侦探小说的历史和侦探的诞生都起源于《圣经》"[②]，但真正成为一个小说类型的侦探小说，却公认是到1841年埃德加·爱伦·坡（Edgar Allan Poe，1809—1849）的《毛格街血案》（The Murder in the Rue Morgue）才起步。中国的侦探小说创作始于晚清，水平虽然幼稚，但类型意识很浓。1906年吴趼人辑34则笔记为《中国侦探案》，实乃公案变体，并非现代侦探，吴趼人尚订凡例六条，按他所理解的类型特征，严加删削，"所辑各书内所载事迹，或不仅如所辑者，则其前后事，皆无关于侦探，故皆不备录。"[③]也正是类型的技术要求太高，清末民初一大批涉笔侦探创作的作家不数年内便纷纷知难而退。

① 托多罗夫：《侦探小说的类型学》，《环球文学》1990年第1期。

② ［意］莱奥纳尔多·夏夏《第一侦探是先知但以理》，《环球文学》1989年第6期。

③ 《中国侦探案》凡例。

刘半农云:“侦探困难，作侦探小说亦大不易。”[①]中国第一份侦探小说刊物《侦探世界》只办了一年就因稿荒而关市大吉，赵苕狂在最后一期的《别矣诸君》中说:“就把这半月中，全国侦探小说作家所产出来的作品，一齐都收了拢来，有时还恐不敷一期之用。”一直坚守侦探小说这个码头的实则只有程小青、孙了红这一对“青红帮”而已。故现代侦探小说的繁荣程度，并不如某些书中推许得那么高。还是范烟桥先生讲得比较客观:“中国的侦探小说创作并不甚盛……市上流行的仍以翻译的为多。”[②]

侦探小说与社会言情、武侠相比，“并不甚盛”，这不能仅从类型特征上去找原因。同一时期欧美和日本的侦探小说都“甚盛”，欧美侦探小说到二战前，除正统派外，还衍生出神奇、荒诞、幻想、犯罪、惊险、科幻等多种次类型。而中国只有“东方福尔摩斯”和“东方亚森罗平”[③]两个主要模式。此中更重要的原因恐怕在于“土壤”。中国的现实社会科学与法制都不够昌明，缺乏一个侦探活动的“公共空间”。因此，中国作家的侦探故事大多不是来自现实生活，而是来自外国作品的启发。而在借鉴外国侦探小说时，中国作家有两点偏误。一是把侦探推理所蕴含的科学精神简单地归结为“启智”，企图以小说来作科学精神的宣传品。程小青说:“我承认侦探小说是一种化装的通俗教科书”。[④]这种想法的错误在于忽视了读者阅读侦探小说的消遣动机。意大利学者莱奥纳尔多·夏夏论道:

一般的侦探小说读者以及这类小说的最好读者，简单地说，他们并不把自己看作侦探的对手，并不想预先解答问题，“猜出”谜底，查出

---

① 《福尔摩斯侦探案全集》跋，转引自范烟桥:《民国旧派小说史略》,《鸳鸯蝴蝶派研究资料》，上海文艺出版社1984年版，第329页。

② 范烟桥:《民国旧派小说史略》，第337页。

③ 法国作家莫理斯·勒布朗笔下的侠盗形象，被认为为侠盗形象的鼻祖。——编者注

④ 《侦探小说的多方面》,《鸳鸯蝴蝶派文学资料》，福建人民出版社1984年版，第68页。

作案人。而几乎所有的侦探小说作者也努力避免读者积极参与侦查，为此他们给侦探配备一个戏剧中所说的“配角”：一个副手或者朋友，他表达的是普通人、普通读者的思想、疑惑或猜测……[1]

“启智”大于“移情”是第一个偏误。第二是把本来不够充分的“移情”功夫集中到情节上，忽视人物塑造，从侦探身上看不到时代性与民族性，不了解外国侦探小说的主人公其实不是凭空而降的英雄，而是与其所生长的“典型环境”有着丰富的血肉联系。阿蒂利奥·贝尔托卢奇[2]论述世界三大名探时说：

> 如果说杜邦[3]是最后一个浪漫主义主人公，克夫[4]是维多利亚王朝范围内的一个喜剧丑角，那么夏洛克·福尔摩斯就已经是一个用长长的白皙而敏感的手指把针头旋进注射器，以便给自己注射多少多少剂量的百分之七的可卡因溶液，并且到音乐会去聚精会神地欣赏德国音乐的唯美主义者了……

可惜至今中国学者仍不理解这一点，还认为中国的霍桑“不打吗啡针，只吃吃香烟，没有抽上鸦片烟。在程小青笔下，霍桑比福尔摩斯更完美”。[5]

这一“完美”的代价是失去血肉，作家的创作始终竞争不过自己的译作。

---

① ［意］莱奥纳尔多·夏夏：《第一个侦探是先知但以理》，《环球文学》1989年第6期。

② 阿蒂利奥·贝尔托卢奇（1911—2000），意大利诗人，影评家。导演贝纳多·贝尔托卢奇与乔塞·贝尔托卢奇的父亲。——编者注

③ 爱伦·坡塑造的神探形象。——编者注

④ 威尔基·费利克斯作品《月亮宝石》等中出现的侦探形象。——编者注

⑤ 吴承惠：《程小青和〈霍桑探案〉》，《中国现代通俗小说选评》侦探卷，上海文艺出版社1992年版，第17页。

经过相当长的一个低潮阶段，到了抗战时期，现代侦探小说似乎意识到自己的局限，开始展现出新的面貌。主要有以下三个方面。

第一，社会视野的拓展。

抗战以前，侦探小说作者在理论上并非不重视社会内容。例如程小青的《请君入瓮》中讲道：

> 我又想起近来上海的社会真是愈变愈坏。侵略者的魔手抓住了我们的心脏。一般虎伥们依赖着外力，利用了巧取豪夺的手法，榨得了大众的汗血，便恣意挥霍，狂赌滥舞，奢靡荒淫，造成了一种糜烂的环境，把无量的人都送进了破产堕落之窟……

但是在创作实绩上，情节仍然是作家们的第一兴奋点。张碧梧说："侦探小说的情节大概不外乎谋杀陷害和劫财等等"，"要做良好的侦探小说，必须善用险笔。"[1]张碧梧闭门造出的险笔都有几分勉强，他又想出一个办法，把外国作品的人名地名缩短为只有两三个音，"仿佛是中国的人名和地名"。这导致侦探小说与中国社会进一步隔膜。他们把《福尔摩斯探案》奉为至宝，却不明白"这些故事的魅力不仅在于搜寻罪犯过程对读者的吸引力，更重要的是真实而生动地描写了福尔摩斯所处时代的生活、社会情况以及风土人情等。因此，有些人还通过福尔摩斯探案集，研究书中人物的原来模特、当时的铁路情况等"。[2]即使被誉为中国柯南道尔的程小青，也多把案情集中在中国家庭内部，有时把气氛渲染得"山雨欲来"，最后却不过是家中某个成员的恶作剧。因此，拓展社会视野，是侦探小说的一个迫切课题。

如果说抗战以前侦探小说的盟主要推程小青的话，那么到抗战时期侦探小说风格变化的代表作家则要数孙了红。

---

① 引自汤哲声：《张碧梧评传》，《中国近现代通俗作家评传丛书》之三，南京出版社1994年版，第338—339页。

② 日本自由国民社：《世界推理小说大观》，群众出版社1990年。

孙了红20年代即开始侦探小说创作，但到抗战时期才进入他创作的成熟和高峰期。这里比较一下他两个时期的两篇名作——《燕尾须》和《囤鱼肝油者》，以见其社会视野的拓展。

这两篇作品的可比性在于，它们不但都是成功的名作，而且后者是根据前者重写的。《燕尾须》1925年9月发表于《红玫瑰》第2卷12、13两期，小说分三节。第一节“疑云叠叠”，写珠宝商杨小枫在昏沉状态中入一菜馆，发现浑身装束已被换过，并且自己的燕尾须不翼而飞，面容年轻了十岁。旁边有一青年反复提醒“有人要和你过不去！”又见一凶汉虎视眈眈，杨小枫担心被绑票，结账而出，却摸到袋中有一手枪。这时几人扑过来，杨小枫开枪不中，失去知觉。第二节“太滑稽了”，写杨小枫苏醒，发觉被铐在室内，有两人在谈抓获他的经过。杨小枫得知这里是警署，便申明身份，不料反被认为是冒充和做戏，断定他是某巨犯，百口莫辩，尤其是没有燕尾须作证，一筹莫展。第三节“最新绑票法”，写次日晨杨家乱成一团，忽来一青年自称绑匪，以燕尾须为凭，索五万元而去。杨小枫的五个同行得到匿名信，前去保出杨小枫。大家猜出是鲁平所为。鲁平致信杨小枫，说明因杨宣布要联合警界捕捉鲁平，特此报复，教训杨“以后勿大言，勿管鲁平的事”。故事结束。

这篇小说显然是以有趣的情节取胜，要捉人者反被人捉。结构近于传统的“谜语小说”，主要篇幅用来描写杨小枫的可笑的窘态，但杨并不令人可恨，反倒令人有几分同情。鲁平的出场很简略，顺利得钱而去，其“绑票”动机，仅是为了报复加恫吓，虽借警署之手，却也与真正绑票相去无几。社会意义在文本中基本没有位置。

写于1943年的《囤鱼肝油者》在《燕尾须》的基础上有了较大改动。小说没有分节，只用空行分成两部分。第一部分开头是较长的评述性叙述干预，使用“你”、“你们”直接与受述者交流。然后夹叙夹议地展开故事，其中一段写道：

记着，这故事的发生，是在时代开始动荡的时节。都市之夜不同于以前的情调。时代的晦暗，正自钻进每一个街角；街角的晦暗，也正自钻进每一颗人心。于是，在这一种晦暗的背景之下，却使我们这个晦暗的故事，更增加了一重晦暗的色彩。

在不断渲染的时代的晦暗中，主人公余慰堂迷迷糊糊走在街头，作者用近乎意识流的手法表现他种种混乱而模糊的心理状态。在迷蒙与恐怖中，有个声音指引他走进咖啡馆，作者继续展现他混乱的感觉和回忆。那个声音提醒他留心，结果他发现自己从头到脚都换了装束，而且“最尊贵的八字小须失踪了”！作者介绍余慰堂“是这个镀金大都市中的一个老牌闻人”。这时有一凶汉进来，余慰堂感到危险，结账离去。在衣袋中摸到一支手枪。几个人追来，余慰堂开枪不中，被抓上汽车，失去知觉。

第二部分没有继续写余慰堂被抓到何处，而是转到余宅：“一宅五楼五底美轮美奂的住宅中。那座华丽的屋子，当然不属于那些专门仰仗二房东先生代领户口米票的凄惨朋友之所有。告诉你：它是我们的闻人余慰堂先生的不动产之一。”然后说这广厦里囤着大量的食品、用品、药品和人。叙事者用老练的调侃描述余宅因主人一夜未归而发生的混乱。这时一不速之客来访。来客绘声绘色讲述主人在外另开一小公馆，如何是一位“囤积界的天才”，昨晚却被一位囤积鱼肝油的犹太人劫走，然后挑明自己就是“绑匪首领”，开价一百万。余家讨价还价，以八十万“成交”。来客在余宅连吃带睡，风头出尽，携款逍遥离去。两仆人跟踪，在警署门口见老爷被两位闻人拥出，一是纱业巨子，另一是药业巨子。最后，叙事者总结幕后，抖出绑票动机：一是勒赎，因为“近来他又很穷”，二是余慰堂曾说：“像这样的一个恶魔，为什么警探界不设法把他捉住了关起来？而竟眼看他在社会上横行不法！”结尾说：“他是和现代那些面目狰狞的绅士们，完全没有什么两样的！”

两相比较，《囤鱼肝油者》把重点由“须”转到了“囤”，字里行间时时提到经济问题，描写一个钻石领针，也说“在近午的阳光里闪射着威胁穷人的光华”。环境描写和对话中不时展现出时代特色。被绑者余慰堂并不是一般的“有钱人”，而是“囤过米，囤过煤，囤过纱”，“无所不囤”的大奸商。来客调侃道：“他打算把全市所留存的各种西药，尽数打进他的围墙之内。他的志愿真伟大：他准备把全市那些缺少健康的人，全数囤积进医院；他又准备把各医院的病人，全数囤积进坟墓。”调侃中包含着无比的愤怒。孙了红自己正身患肺病，《万象》杂志代他募集医药费。他这篇小说除了艺术技巧的提高外，充满了对社会丑恶的揭示、嘲讽和痛恨。作者把《燕尾须》中杨小枫在警署的一段滑稽戏完全删掉，把重点放在“来客”如何在余宅痛快淋漓地揭发、谈笑自若地耍弄上。“趣味”与“意义”得到了高度结合，读者看到的不仅仅是一个侠盗故事，而且是一幅生动的社会漫画。

抗战时期的侦探小说以充实社会内容重新赢得了读者。

第二，打破封闭式格局。

以程小青为代表的战前侦探小说，基本采用逻辑实证的封闭式。侦探重视指纹、痕迹、凶器及各种科学检验，依靠推理查明案情。程小青的秘诀是：“譬如写一件复杂的案子，要布置四条线索，内中只有一条可以通到揭发真相的鹄的，其余三条都是引入歧途的假线……”[①]这是典型的英国侦探小说的路子。“英国型的侦探小说的特征是：故事在一个家庭或者村庄的圈子里展开，重视三一律，不限于唯一的一种犯罪行为。”[②]这路小说无疑是古典理性和科学精神的象征，但普雷佐利尼发现，它们的主人公“举止总是一样的……侦探没有发展。……侦探不会变老，他没有孩子，也没有弟子。每个案子他都从头开始”。[③]程小青、张碧梧、俞

① 《侦探小说的多方面》，《鸳鸯蝴蝶派文学资料》，福建人民出版社 1984 年版，第 68 页。

② [意]莱奥纳尔多·夏夏：《第一个侦探是先知但以理》，《环球文学》1989 年第 6 期。

③ [意]莱奥纳尔多·夏夏：《第一个侦探是先知但以理》，《环球文学》1989 年第 6 期。

天愤、陆澹安等人的作品，优点和缺点便都在这里，它们形成一个“特殊的闭锁自身的艺术世界”。[①]有时为了逻辑上的自圆其说，不得不过分依赖巧合。如程小青的《舞后的归宿》，人物被刀刺死，另一人又打来一枪，子弹偏偏正入刀口。《案中案》里，陆全用刀杀死作恶多端的孙仲和，后来得知，行刺时孙已服药自杀，这样，“好人”陆全就减轻了法律上的罪过。作者刻意的安排太多，使小说类似一个精心设计的理化实验，现代科学表明：“在一个理想的测量过程中，一个系统可以被准备得使某一给定测量的结果可以预言。”[②]小说如果也如此，就会减少其可信性和刺激性。所以，打破封闭式格局势在必行。

打破封闭式格局是与拓展社会视野互为表里的。在充实社会内容的同时，抗战时期的侦探小说在推理模式和情节设计上都获得了解放。侦探由一个“自然科学家”的形象转向“社会科学家”。程小青此时翻译了美国范·达痕（S. S. Van Dine，1888—1939）的“斐洛凡士探案”系列和艾勒里·奎恩（Ellery Queen）的《希腊棺材》等名著，受到一定的影响。比如范·达痕笔下的斐洛凡士，“与福尔摩斯那种在地板上来回地爬着寻找物证的归纳推理相对照，他更重视罪犯的心理和动机，主张以心理分析为中心的分析推理法”。[③]这正是方兴未艾的悬念推理小说的一支。程小青这一时期的《王冕珠》、《两粒珠》等作品便留下了这一影响的痕迹。例如《两粒珠》的案情，起因并非是犯罪，而是一个“犯了急性求恋症”的少年的莽撞行为所致。霍桑破案的主要依据不再是物证，而是明察秋毫地分析了一个青春期少年的心理，得出“祸患生于轻忽”的结论。而且，霍桑还推翻了对一个仆人“诚实可靠”的考语，指出：“你也研究过行为心理，总也相信环境影响人的行为，力量是相当大的。世界上有好多好多的人，平日的行为本很谨严，可是因着意志薄弱，或是

---

① 吟峰：《霍桑探案集编后》，群众出版社1988年版。

② 普里戈金·斯唐热：《从混沌到有序》，上海译文出版社，1987年版，第277页。

③ 日本自由国民社：《世界推理小说大观》。群众出版社1990年版。

理智不清，所以一遇到试诱的机会，往往不能自制，就也有行恶的可能。”

重视心理分析之外，情节设计也由封闭到开放。《两粒珠》的开头本来就是两件互不相干的案子交错进行，后来才合成一个。在情节上不守成法最甚的是孙了红的《一〇二》，小说一共17节，直到第7节以前，根本不像一篇侦探小说，没有案情、没有疑团、没有侦探，讲的尽是一个海派小戏班里的男女调情。悬念出现以后，作者又扯到万里之外非律宾战事上去，让主人公徒劳而可笑地钻研那个岛国的地理、交通、物产、战况，将“八打半岛”中的“八打半”硬解释成“一〇二”。这样的处理使作品获得了一种弹性和陌生感，改变了人们对侦探小说的固有看法。

在正统的封闭式侦探小说中，的确如托多罗夫所云，没有爱情的位置。而封闭式格局一旦打破，作为人生重要内容之一的爱情，就自然而然地进入了侦探小说的家园。《两粒珠》的案由就是那位少年“为情魔所驱，丧失了理智”。在孙了红的作品中，更是普遍地涉及爱情问题。《紫色游泳衣》写了一个失恋者的报复，女主角在丈夫和旧情人之间进退失据的心理刻画得十分细腻。《血纸人》的复仇故事中，同时包藏着一个爱情悲剧。《三十三号屋》的数字谜团，来自一对小情人的暗语，小说以他们盛大的订婚典礼结束。至于《一〇二》，完全可以看成一个言情小说。侠盗鲁平19岁时，热恋的情人罗绛云死于劫盗的刀下。从此他更加痛恨人世黑暗，无情惩罚那些恶徒。18年后，他偶遇面容酷似罗绛云的花旦艺人易红霞，遂痴心追逐——但只是精神上的，想把易红霞创造成罗绛云那样的“完人”。易红霞因家境贫苦，不得不周旋于众多的追逐者中，并也染有一些轻浮习气。追逐者之一绝望之下枪击易红霞，化名奢伟的鲁平得知这一危险后，赶去用身体挡住了子弹，受了重伤，而易红霞为了给他输血最后也病重不治。鲁平生命中最珍视的两位姑娘都死了，他经过悲伤、迷惘，最后仍决心继续走下去，“铲除掉一切人世间的弱肉强食的不合理的事和强暴凶恶的蟊贼！”

孙了红的作品中还有一些调情场面和女性身体的描写，很难肯定这究竟是受国外侦探小说的影响还是受国内其他类型小说的影响。二战以后的通俗小说中，性的成分增多是不争的事实，这是小说类型之间的互相综合与世俗生活的演变所共同造成的结果。

第三，武侠因素的引入。

侦探与武侠本来就有相通之处，他们都是体现某种社会集体无意识的虚构的偶像。“虚构的侦探，甚至19世纪的攻击者也喜欢指出，与现实生活中的原型并不十分相符。相反，他们似乎代表着以自己的理解反映生活中比较黑暗的社会隐喻的一种方式。”[①]在中国，侦探的形象开始是不同于武侠的，他们尊重法制、不尚暴力、讲究绅士风度，带着欧化色彩。但有正则有奇，在这主流之外，也出现了一些“不守规矩”的侦探。除了孙了红的东方罗平外，就连程小青笔下的霍桑也有自掌正义之时。霍桑在《白纱巾》案中，没有将误杀奸商的白素珍送交警方，他对助手包朗说：

> 我们探案，一半在于满足求知的兴趣，一半在于维持公道。所以在正义范围之下，往往不受呆板法律的拘束。有时遇到那些因公义而犯罪的人，我们便自由处置。这是因为在这以物质为重心的社会之中，法治精神既然还不能普遍实施，细弱平民，受冤蒙屈，往往得不到法律的保障，故而我们不得不本着良心，权宜行事。

在《案中案》、《虱》中，霍桑也都有类似的处理。这便具备了一些“侠”的性质，“他代表的不是官方准则而是绝对法则”[②]。但霍桑基本上是与警方合作、依法律办案，从警方立场来看，他的存在是对“计划体制”的有力补充。这个文质彬彬的绅士是被按照社会楷模的理想塑造的。他公正、善良、智慧、机警、守法、文明、勤奋、朴素……然而他太“纯

---

① 拉里·N. 兰德勒姆：《侦探和神秘小说》，《美国通俗文化简史》，漓江出版社1988年版，第87页。

② ［意］莱奥纳尔多·夏夏：《第一个侦探是先知但以理》，《环球文学》1989年第6期。

净”了，于是可敬却不那么可亲。中国读者需要一种离他们生活更近的、带有侠气的本土侦探。

孙了红虽然在 20 年代就创造了“侠盗”鲁平的形象，但那时的鲁平，“侠”少而“盗”多。这一点从《燕尾须》和《囤鱼肝油者》的比较中已经可见。侠义精神之于鲁平，到 40 年代才格外焕发出光彩。

40 年代的鲁平，真正实施了“劫富济贫”的原则。在《血纸人》中，他保护杀人者去继承不法豪绅的财产。在《三十三号屋》中，他惩治两个不法奸商。在《紫色游泳衣》中，他本来混进郭府行窃，当得知女主人正受到敲诈时，他将计就计，反从敲诈者手中敲诈了一笔，同时保护了受害者。在《窃齿记》中，他用敲诈杀人者得来的钱财使一个可怜的女孩子“补受一些较高的教育”。他做这些时，眼中毫无“法律”，只有一个绝对的“公平”。在《三十三号屋》中，他致信囤米巨商：“你想吧，屋内有着过剩的米，而屋外却有着过剩的饿殍，你看这是一个何等合理的情形呢？”于是他以巨商之子要挟，逼迫巨商“概助赈米五百石”。这样的事霍桑是绝对不做的，霍桑顶多抓到了鲁平再悄悄放了。鲁平只管“合理”而不管“合法”，这便是侠。

孙了红因鲁平这一形象而被称做“反侦探小说家”。其实鲁平并非要反侦探，而是要反“绅士”。他总是跟绅士过不去，一再戏弄、惩罚之外，他还用自己怪异的举动对所谓“绅士风度”进行解构式的嘲讽。他衣饰华丽，却花哨刺眼，与环境格格不入。他拜访绅士也递上名片，却临时用笔写上几个潦草不堪的乱字。他用出自己的洋相来出绅士界的洋相，他用赤裸裸的敲诈、绑票来投射绅士们暗中的无恶不作。他不是以绅士派头为本分，而是以之为乐，有一种亵渎的快感。同时，他“劫富济贫”从来不白干，首先要济自己之贫。“一切归一切，生意归生意”（《血纸人》），他居然懂得把个人利益与天下利益统一起来。而这正是符合现代市民阅读趣味的新时代的“英雄”形象。莱奥纳尔多·夏夏在论述阿加莎·克里斯蒂（Agatha Christie，1890—1976）笔下的比利时大侦探波洛时说：

> 波洛知道自己是一个侦查天才。但是这种自我意识和狂妄骄横在他身上比在福尔摩斯身上使人更能忍受一些，这还要归功于影响到他的外表的嘲讽措辞。[①]

自嘲和反讽意味使侠盗鲁平不那么可敬，然而却可亲。人物与读者的心理距离缩短了，人物对社会的批判便显得格外真切有力。

侦探的侠义化也与世界侦探小说发展动向有关。继正统侦探小说之后，硬汉派侦探小说和托多罗夫所称的“黑色小说”等许多新的模式相继涌现。这些小说经常对社会及法律持批评和嘲讽的观点，侦探本人往往介入案情，“须拿他的健康甚至生命来冒险”。[②]于是侦探本人的性格和命运成为作品魅力之一。他们蔑视常规、自掌正义，经常遭受警方和罪犯的两面夹击，在蒙冤受屈中用超人的勇气战胜邪恶，完成人格的修炼。这样的侦探当然也可视为现代化的侠客。

滑稽小说在沦陷时期也是个自成一家的类型。早期的滑稽小说只求博人一笑，往往恶谑百出，流于浅薄庸俗，不但被新文学所蔑视，在通俗文学家族里亦不受高看。自林语堂、老舍等人推广幽默，国人乃知幽默与滑稽不同，而滑稽小说作者亦以更高境界要求自己。

抗战时期的滑稽小说，第一个普遍特点是深化了社会意义。他们不再仅仅依靠编织笑料来迎合世俗，而是能从普普通通的日常生活中发现可笑的因素。徐卓呆的《李阿毛外传》系列，十二则故事中有十则关联着“钱”的问题。李阿毛的种种生财之道，让人读来又好笑又辛酸。例如《请走后门出去》一则，他让两位失业朋友分别在前后门各开一个理发店和一个生发药店，顾客进门后却让他们“请走后门出去”。结果街上的人见到头发蓬乱的人进了理发店，出来便一头光亮，而因秃顶走进

---

① ［意］莱奥纳尔多·夏夏：《第一个侦探是先知但以理》，《环球文学》1989年第6期。

② 托多罗夫《侦探小说的类型学》，《环球文学》1990年第1期。

生发药店的人，出来个个长出了头发，于是两店生意兴隆。这已经不是一般的逗笑，而是颇有卓别林风格的匠心独运，从作者的艺术夸张中分明能感受到经济萧条已经把普通市民压迫到何种地步。在《日语学校》一则中，人物直接说出“一样样统制的统制，缺货的缺货”，发泄了对统治当局的愤恨。整个《李阿毛外传》就是一幅上海下层市民在贫困线上的挣扎图，全篇回荡着一个声音：“我要吃饭！”滑稽处理虽不如正面揭示有力，但长处在于回味隽永，“以乐景写哀”，倍显其哀。

第二个特点是滑稽趣味有所提高。以前的滑稽小说市井气息过浓，如吴双热的“滑稽四书演义”，汪仲贤的《角先生》等，令人笑而不敬、笑而不爽，包括程瞻庐《唐祝文周四杰传》那样的名著也有许多粗俗无聊的恶趣，将知识分子流氓化，迎合小市民的庸俗文化观念。徐卓呆、耿小的之所以能以滑稽小说家而受人尊重，在于他们自觉把握了滑稽的档次。耿小的专门著文探讨“滑稽”、“幽默”、“讽刺”三个概念的异同，他的小说则力求在滑稽和幽默中蕴含着讽刺。他们不再满足于从人物的外表去制造笑料，而追求从心理层次上挖掘出“笑根”。耿小的《滑稽侠客》中的两个武侠小说谜，并不是真的对武侠小说有深入的了解和研究，而是为了在女同学面前逞英雄，加上失恋的打击，才弃学出走。因此他们一路的荒唐行为也多与“男女”之事有关，心病是他们可笑的根源。徐卓呆笔下小市民的可笑则来源于他们急于发财又经常破灭的白日梦：想偷钞票结果搬回家一具尸体，想从中揩油结果一赔到底。因此，滑稽中增添了几丝苦涩，趣味隐隐指向了哲理。

第三个特点是与其他类型互相综合。滑稽小说本来就是以风格而不是以题材得名，耿小的、徐卓呆都涉足多种题材，只是比尤半狂、胡寄尘、吴双热、汪仲贤等更钟情于“滑稽事业”而被视做专业笑匠。其实他们的小说中不自觉地吸收和运用了其他类型的许多东西。社会言情方面的自不用说，这是最广阔的笑料基地。侠义和侦探因素也时有所见。徐卓呆笔下的李阿毛的行径与孙了红笔下的侠盗鲁平颇有几分相似，只是一大一小而已。鲁平向敲诈者反敲诈一笔，李阿毛善于反占小偷的便宜；

鲁平惩治大奸商，李阿毛则作弄贪财的二房东；鲁平是劫富济贫，李阿毛则专门帮助穷哥们儿。耿小的《滑稽侠客》、《摩登济公》、《云山雾罩》等作品大写侠义精神与时代风气的不谐和，很有“反武侠”的味道。孙悟空自愿下界治理人间，众神仙都盼他快去，“天上还可以清静一时”，同时也等着看他的乐子。济公来到人间，见书场里正说《济公传》，结果说书的和听众不但不认得他，反一齐嘲笑挤兑。这样的滑稽小说已近于讽刺小说的境界了。

不过，滑稽小说由于没有专用题材，加之审美品位不高，故终不能蔚为大观。它更多的意义在于为其他类型贡献了许多锦上添花的技巧，并成为民间艺术与文人艺术之间的一个良好的过渡。

抗战时期的历史小说有半壁楼主的《国战演义》、罗逢春的《第二次世界大战演义》和杜惜冰的《中国抗战史演义》以及张恨水的《水浒新传》等。这些作品都打破了“羽翼信史”的传统创作准则，“现实倾向性”十分明显，表现出明显的要求历史为现实服务的意图。尤其前三部小说所叙“历史”是几与“现实”同步进行的，于是，一方面纪实性、宣传性成为必然；另一方面则有“创造历史”之嫌。张恨水《水浒新传》虽有若干史实依据，但实质上不是“借古喻今”，而是“造古喻今”。如将宋江毒死李逵一场，改为宋江誓死不愿跟随张邦昌归顺金国，而与李逵双双服毒自尽。抗战，揭开了中华民族历史的新篇章，一个崭新的民族国家的诞生需要对历史进行崭新的巡视和剪裁，新的历史观决定了历史小说创作新面貌的到来。

沦陷区的通俗小说

一

乱世文章不值钱，漫漫长夜意萧然。
穷途忍作低眉想，敢托丹青补砚田。

上面这首七言绝句，乃是中国侦探小说第一高手程小青的文笔。不过他写这首旧体诗，既非有关侦探，也非意在消遣，而是为了挣钱。说白了，这是一首广告词，在1943年之际，常见于上海的《春秋》、《小说月报》等比较通俗的文学刊物，上题“程小青画例”。具体条例为：扇面册页，每帧一百元；立轴，每尺一百元；屏条七折，堂幅加半。右为花卉果蔬草虫例，金鱼加半，翎毛加倍；点品不应，墨费加一；先润后绘，约日取件。

以堂堂中国柯南道尔——程小青之大名，竟然做此迹近江湖卖艺之糊口营生，试看其诗作之无奈，条例之细谨，不禁令人油然生问：乱世文章，真的就那么不值钱么？

乱世文章，在乱世大约的确不那么值钱。但到了后世，往往就未必了。我们今日的许多所谓经典作品，不都是乱世的产儿吗？不过，程小青当日所处之乱世，乱得有点特殊倒是真的。国土半焦，禹域三分，今日大陆学界称其为解放区、国统区、沦陷区是也。解放区、国统区之文学成就，世人已有高誉，第一次文代会之所谓大会师，主要即指这两支队伍。但日人统治下之沦陷区，长期以来，却仿佛曾经失节之妇人，一失百失，操守尚且不存，文章怎会值钱？恨不能令其“死了干净”，哪有闲工夫旌表其翰墨之才？如有人评价张资平说：“……至于他从1932年上海‘一·二八’事变以后，特别是1937年投靠南京汪精卫伪政权成为汉奸文人以后，他从政治到艺术就完全堕落了。无论是他作为一个作家的人格还是他的作品，都是毫无价值的了。”[①]

这显然是用一种固定的眼光去看纷繁变化的大千文学世界所得出的虚无主义结论。沦陷，改变了文学创作的语境，文学当然要变体以生存，以发展。抵抗固然可歌可泣，但不抵抗也未必该杀该剐，因为文学不同于军事，它自有其特殊的战斗和“转进”方式。即便是货真价实的汉奸文学，只要曾在历史上产生过影响，也具有相应的学术价值，不能用道德评判代替历史研究。责骂固然正义，但抹而去之则是对历史的不尊重。

幸好，如今局面有了改观。人们已不难认识到，以前对沦陷区文学的视而不见，完全是政治意识的影响。须知，军事上的沦陷，并不等于文化上的沦陷；文学工作者如果没有殉国或撤离，留下来仍操旧业，也并不等于卖身事敌。关于沦陷区有没有文学，已然不成其为问题。价值如何，则依据目前的研究状况，似尚不宜遽下断语。但肯定存在其特殊价值，是毫无疑义的。其特殊价值的重要表现之一，便是通俗小说的勃兴。

---

① 何岩:《张资平和他的小说》，中国文联出版公司《爱之焦点》，第457页。

二

通俗小说的勃兴无论在“内容”和“形式”上都有着明显的表现。当然，沦陷区的通俗小说自然有沦陷区的特点。有一首诗这样写道：

残山剩水太荒寒，对此茫茫感百端。
蒲柳衰资从客笑，桑榆晚景付谁看。
萧骚更助风声急，邋遢难随雨点干。
且喜小园逃劫外，朝朝修竹报平安。

这是1942年上海的《小说月报》2月号上刊载的一首七律。它十分典型地表达了沦陷区大多数文人的复杂心态。失地千里，只剩下荒寒的残山剩水，面对苍茫大地，抚今追昔，令人百感交集。时局风云变幻，伤心人穷愁潦倒，虽尚能强颜欢笑，但其中却有多少苦涩，只不过聊以自我安慰。明知如此，也只好安于劫后余生的眼前日子，或许只要平安，就存在着希望吧。诗意表面看来是消极苟且，实际上蕴含着深深的忧患和报国无路的感慨。如果遇上盛行文字狱的年月，单看头一联就可以让作者送命。

说是不谈政治，事实上，政治是无处不在的，谁也回避不了，摆脱不掉。只不过表现的方式不同而已。《万象》1942年8月号有篇文章这样写道：

“这个年头儿，据说‘哭笑不得’。但我总认为，与其哭，毋宁笑……”

如果说整个沦陷区文学的状态是“哭笑不得”的话，那么在一定程度上可以说，先锋文学是在呜呜咽咽地哭，而通俗文学则是在故作开心地笑。其实，这笑也是哭的一种变体，开卷时令人舒眉解颐，掩卷后令人别有一番滋味在心头。

沦陷区的通俗小说，没有直接“与抗战有关”的。但从中时常可以感受到对时局、世态的曲折反映。例如，官方宣传假造出一片“繁荣”气氛，而不少通俗小说却专写大煞风景的并不繁荣之事。老作家顾明道有一篇《冻结西瓜》，写一个名叫云龙的画家与彭家表兄合伙做西瓜生意，结果因天公不作美而大折其本。这个类似今天文人下海、大学教授卖馅饼的故事，与前文所叙的“程小青画例”相映成趣，反映出知识分子不合理的社会地位问题。南方如此，北方亦然。李薰风的《啼笑皆非》，写一个北大毕业的文学士以卖米面谋生并渐渐地发了财，但是却耽误了孩子求学的大好年华。

如果说这样的社会类通俗小说充其量只是给社会“抹黑”，针对性并不十分明显的话，那么，在武侠侦探等其他类的通俗小说中，攻击性有时就比较显露了。如顾明道的武侠小说，旨在“壮国人之气”、“为祖国争光”[①]，具有鲜明的民族意识。程小青和孙了红的侦探小说则尖锐地披露了令人触目惊心的黑暗现实。包天笑有一篇《两性王国》，是寄寓了反战意识的和平寓言。

不过，更大量的通俗小说，其“思想意义”是淡化的，只能在总体上领悟出是一种政治高压之下苦闷的移情。单纯从政治语境去看待通俗小说肯定会挂一漏万。沦陷并不能改变一切，无论物质生活还是精神生活，都是具有连续性普遍性和超越性的。通俗小说比起先锋小说来，更能保持这样的稳定状态，因为它在极大程度上所依赖的是市场，是经济。京、津、沪、宁、汉等地区并未因沦陷而丧失其经济中心地位，相对依然活跃的市场经济保证了通俗文学的销路。1943年5月号的《小说月报》上谭正璧的《忆苏州》开头写道：

---

① 郑逸梅：《悼顾明道兄》。

听说最近的苏州，比了过去还要繁荣，这自然是个人间可喜的消息。天堂不但没有沦为地狱，而且比过去的天堂还要美丽，这在人类贪图苟安的享乐的心理上，自然会感到十分的欣慰与愉快的。而且还听说那里的米价很贱，生活程度要比上海低得多……

相对国统区和解放区来说，沦陷区的民众虽然遭受着异族统治者的无情搜刮剥削，但那里多年形成的比较雄厚的经济基础保证了其日常生活的相对宽裕。当时销售量较大的通俗刊物便是以这些民众为衣食父母的。上海《万象》杂志1942年10月号上主编陈蝶衣撰文说：

《万象》自出版到现在，虽然还只有短短的一年余历史，但拥有的读者不仅遍于知识阶层，同时在街头的贩夫走卒们手里，也常常可以发现《万象》的踪迹，这可以证明《万象》在目下，已经成为大众化的读物。

在这样的非常时期中，我们还能栖息在这比较安全的上海，在文艺的园地里培植一些小花草，以点缀、安慰急遽慌乱的人生，不能不说是莫大的幸运。

从这里可以看出，拥有广大的各阶层读者的文学形式不能不把“点缀、安慰”人生作为一项主旨。

作为安慰人生的主要工具，武侠小说在沦陷区得到了空前的兴盛。从东北到华北、华东各地的刊物都争相连载武侠小说。在王海林所著的《中国武侠小说史略》中，认为20～40年代是中国武侠小说的第三次浪潮，“发端于二十年代，盛极于三十年代，衰落于四十年代”。这里的“盛极”一段，其中沦陷区部分占有相当大的比重。所谓武侠五大家中，除“南向北赵”外，顾明道、白羽、还珠楼主，都在沦陷区武侠小说创作中有上乘表演，而且王海林认为，“白羽以后，中国现代武侠小说已无胜可瞻”。的确，沦陷区的武侠小说创作可称是有声有势的。不仅出现了白羽《十二金钱镖》、《双雄斗剑记》、《武林争雄记》、《偷拳》、还珠楼主《青城十九侠》、郑证因《鹰爪王》这样的风靡一时的杰作，而且还出现了一些较有水平的理论探讨。徐文滢在《民国以来的章回小说》中评价“不肖生有叙故事叙得很动人的才能，却没有精密细致的结构法。另一侠义小说的专门作家赵焕亭在这方面很有成就”。1933年北京的《立言画刊》第20期上的《葫芦吟》一文也专门比较了南向北赵的长短。指出：“北派武侠小说专家赵焕亭先生，其所为之武侠，迥异凡俗，匪特描写武技，且兼及社会风尚，儿女倚怀……自较向作强些个也。”郑逸梅在《小说丛话》中探讨了“武侠小说的始祖”。包天笑在《钏影楼笔记》的《武侠》一节中提出“今后的写武侠小说的，有几个条件，应当遵守”。“第一是不能迷信”，“第二是记载要合理化”，“要有社会意识，要有民族观念”。这几个条件，在后来的新派武侠小说中，果然得到了实现。

侦探小说尽管在中国的土地上一直不如在西方长得那样茂盛。但其充满刺激的内容，无疑是平庸日常生活的上好佐料。杀人放火，走私贩毒，自杀他杀，仇杀情杀，都蒙上一层神秘的外衣，勾引人去探察个中内幕。当时出版的侦探小说集，印数都十分可观。许多刊物都经常刊载侦探小说以招徕读者。程小青同时在数个刊物上发表他的侦探小说创作和译作，拥有一个庞大的“霍桑迷”读者群。孙了红被誉为“中国仅有之反侦探小说作家”，塑造了侠盗鲁平这一正邪之间的人物形象。当他生病住院时，《万象》杂志为其募捐，从可观的数目上可以看出读者对他的喜爱。从销量上讲，侦探小说仅次于武侠小说。这种“安慰”人生的方式，是单凭政治无法解释的，必须考虑到更广泛的文化因素。

言情和其他社会小说在选材上一般回避当时的现实，或者淡化时代背景，或者写民国初年，或者写战争以前的岁月。但往往含沙射影，也能起到针砭现实之效。例如秦瘦鸥的《秋海棠》揭露了军阀的凶狠残暴，通过秋海棠与罗湘绮两个被侮辱被损害的形象，为被压迫的人提出了抗议，所以，其社会效应大大超过了其所取材的简单的桃色新闻，引起了沦陷区民众的一种不言而喻的对残暴的统治者的公愤。该书在上海《申报》连载未完，即有人想把它编为戏剧，搬上舞台。1942年，上海若干剧团与上海艺术剧团合并后公演了由秦氏亲自执笔改为话剧剧本的《秋海棠》，轰动了大上海，连演五个多月。沪剧、越剧也纷纷改编。1943年该书又搬上银幕，扩大了在全国的影响。这在通俗小说界，是张恨水《啼笑姻缘》之后十年间罕见的盛况，故被称为“民国南方通俗小说的压卷之作”。包天笑的《大时代的夫妇》则以“八·一三”为背景，细致描绘了战争给普通民众带来的流离失所的不幸。作为一位鸳鸯蝴蝶派的元老，包天笑显示出不落后于时代脚步的思想境界。另一位与张恨水齐名的言情小说大师刘云若，则在沦陷时期力作迭出。不过，他对自己的言情之作倒是有些负疚之意。他1943年在《紫陌红尘·启子》中说：“云若执笔为文，倏经十载。比及近岁，感慨弥多，……每一思维，辄不用其惶愧。……深愧喁喁儿女，无裨时艰，思于笔墨之中，稍尽国民责任，……区区之意，幸垂察焉？”他的小说，不是一味的缠绵言情，而是蕴含着一股泼辣的刚烈之风，从中似可看出其振作的愿望。另一位言情小说名匠陈慎言也在这一时期发表了《恨海难填》等代表作。南方的王小逸、谭惟翰、丁谛、予且则以更接近新文艺的笔调几乎垄断了所有的通俗文学刊物，他们大多以写实手法描绘日常人情、男女纠纷，对于了解那个时代风尚，具有一定的认识价值。

滑稽小说在这一时期也显得特别活跃。北方的耿小的，南方的徐卓呆，都尽嬉笑怒骂之能事，于插科打诨中发泄着心中的不平，揭露着社会的不公。徐卓呆的名作《李阿毛外传》以哈哈镜的方式，讽刺了当时的畸形世态。耿小的比起徐卓呆来，讽刺性更为明显，他说：“讽刺与滑稽是对立的，讽刺是一种冷酷的毒辣的东西。滑稽是一种热情的，浪漫的。”“还有人民对于政治的不良、强有力者的压迫，不敢直接反抗，只好在旁边加以冷酷的讽刺，可是这种讽刺倘太明显，被强有力的抓住，仍有丧命的危险，而心里的不平，总想发泄出来。于是委曲婉转地用笑话把讽刺发泄出来，叫人看着抓耳搔腮，干没办法，急不得，笑不得，这就是幽默。幽默不是直筒式的，不是麻木的。”可见，滑稽与幽默、讽刺在耿小的那里是有着比较明确的目的性的。不过，耿小的当时也写过赞美日本的文章，这或许是一种避免“丧命的危险”的生存手段，也未可知。

总之，沦陷区通俗小说无论在反映生活的广度和深度上，较之前一时期，都有发展。只是针对现实的方式要更曲折一些。不过，即使在非沦陷地区，非沦陷时期，文学针对现实的方式就一定很自由吗?

三

沦陷区通俗小说的勃兴在“形式”上也很值得注意。有首诗这样写道：

试研宿墨动诗请，写了倭笺夜一更。
我自闭门无冷暖，不妨门外有阴晴。

这是上海的《春秋》杂志 1943 年 9 月号上云间白蕉的一首《闭门》。它的后两句令人想到鲁迅《自嘲》的末联：“躲进小楼成一统，管他冬夏与春秋。”但对比分析一下可知，这是两种差异很大的态度。鲁迅的态度是一种挑战和抗争，躲进小楼是一种战士的隐蔽，为的是在自己的一统阵地里向外面的春夏秋冬不断射击。而闭门的目的则是隔断与门外的冷暖交流，用忘记门外来维持自我的存在，明知外面会有阴晴圆缺，却以“不妨”的心态来彼此间离，这是一种隐退和逃逸。或许这种差异就代表了沦陷区文学面貌的改变。进一步说，由于隐退和逃逸，使得本来就缺乏先锋性的通俗小说在沦陷时期更加致力于完美自己的艺术形式。小说所描写的“冷暖阴晴”与非沦陷时空并无甚大差异。倒是作为小说艺术的“诗情”，在这一阶段给人留下相当突出的印象。

沦陷时期，通俗小说已经走过了二十余年的发展道路，积累了大量的艺术经验和教训。战前的 30 年代，通俗小说盛极一时，余热未消。

沦陷以后，读者市场对通俗小说不仅有着量的需求，更有着质的需求。"市场经济"的特色之一就是在竞争中求变、求新、求好，这就鞭策着作家在一定程度上自觉提高艺术水准，"以质量求生存，以特色求发展"。另一方面，五四以来新文学的巨大成就为通俗小说树立了再方便不过的学习榜样。通俗小说不断汲取先锋小说的新鲜技巧，其艺术水平如影随形般跟在先锋小说后面持续进步。这也是它能与先锋小说竞争的重要手段之一。另外，沦陷区的通俗文学与世界文学保持着比较畅通的联系，能够追逐世界潮流。这些都使沦陷区通俗小说的艺术水平达到了甚为可观的程度。

艺术水平最高的自然当属社会小说、言情小说，因为这块领地受新文学影响最大，以致不少作家、作品到底算俗还是算雅，颇难定论。例如张爱玲、苏青，似乎是雅的，但细品却不乏市场气。予且、谭惟翰、丁谛，似乎是俗的，但其思想和艺术追求都有超俗性。因此，所谓通俗一语，有时也只能约定俗成，只要不把它看成贬义词，也就不算委屈了被覆盖在其下的作者。但是，同一个作者，其作品的艺术质量往往是参差不齐的，因为通俗小说的创作往往是急就章，一位作家同时在数个报刊上连载几部长篇小说是常事，甚者如王小逸坐在印刷所里同时写十种连载小说，边写边印。这就好比多产的母亲，能有一两个宁馨儿已经足可欣慰了。

这一类小说普遍讲求结构艺术。如陈慎言的《恨海难填》，写青年男女萧敬斋和黄芬芳彼此爱恋，最终一个出家，一个远走的故事。作者巧妙地运用一系列误会、突变，造成一种必然之势，由一线展开多线，多线又归于一线，使故事层层迭进，渐次达到高潮，极见匠心。再如予且的《乳娘曲》，写陈祺昌与妻子翠华为孩子雇了个乳娘，乳娘奇特的言谈举止引起了他们的怀疑，全书由此如剥笋般次第展开，悬念接连不断，环环相扣，既出意料，又合情理，布局如盘山流水，回环而又舒畅。

高水平的语言艺术也是社会、言情小说的主要特色。如果单看语言，简直分不出哪是先锋小说，哪是通俗小说。例如徐晚蘋《红美人》的最后一段，人物叹息道："时代的巨轮，碾碎了一个美满的梦，消逝了一个温馨的梦，却又造成了一个甜蜜的梦。"予且《乳娘曲》中的随处出现类似这样的妙语："哭的女人所要的是钱，笑的女人所要的是爱，怒的女人所要的是权威和势力。"从这种语言可以看出，作者和读者两方面的审美水准都是不可低估的。

在人物塑造、情节设计上，社会、言情小说吸取先锋小说的优点，能够从"典型化"的角度着力，取得了超出传统很多的成就。例如秦瘦鸥的《秋海棠》写秋海棠之死的一段，十分凄楚感人。当时罗湘绮随梅宝赶到小客栈，秋海棠已经瞒着女儿梅宝去戏班了。为了挣口饭吃，他以久病之躯去当"筋斗虫"。湘绮、梅宝又赶到后台，找到了化名吴三喜的秋海棠。正准备上场的秋海棠见到分别十八年的湘绮，"给这突如其来的变化僵住了"，正赶一武行头喊他上场，他竟忘了排队就"挺着单刀直冲出九龙口去"。

"跑到舞台的中央，秋海棠已经完全糊涂了，眼睛一花，直撞在高高堆起、外面蒙着彩布、作为假山的三张桌子上，顿时痛得他晕了过去。"

秋海棠极度衰弱的身心，在强烈刺激下霎时崩溃。临死的最后一句话是："湘绮，好好照顾梅宝！"台上锣鼓声时作时辍，戏还在唱下去。这不是很完美的典型人物、典型环境、典型细节的结合么？

武侠小说继续保持着30年代以来的旺盛势头。自从1932年还珠楼主（李寿民）在天津《天风报》发表《蜀山剑侠传》后，北派武侠四大家相继崛起。1938年，白羽在天津《庸报》连载《十二金钱镖》，一举成名。1941年，郑证因在北京《三六九》杂志连载《鹰爪王》，赞誉四起。1938年，王度庐在青岛发表成名作《宝剑金钗》，成为"鹤铁五部作"的嚆矢。北派四大家的创作，"代表着民国武侠小说的最高水平"[①]，他们的多数力作，都是发表在沦陷区内。还珠楼主的武侠小说，气魄雄大，上天入地，将胜境与神话融为一体，体现出强烈的中国传统文化特色。虽蒙"荒诞"

---

① 张赣生语。

之责，但也的确大大拓展了武侠小说的想象空间。白羽的武侠小说，则文思敏捷，冷峻尖锐，以现实社会为背景，努力用现实主义手法写出一种“含泪的幽默”。布局严谨、有新文艺之风。郑证因“把中国武术的种种门派、套路、招式”，写得非常“广博、真实、生动、精彩”。把“武功”升华到一种审美的境界。王度庐则十分善于体会笔下人物的处境、心理，把言情与武侠结合得令人回肠荡气。这一阶段武侠小说在艺术形式上的探索和突破，直接孕育了五六十年代港台新派武侠小说的诞生与崛起。

侦探小说在沦陷时期表现出成熟冷静的风范，作品的艺术水准大致比较稳定，而且由于文体的独特原因，作家创作态度相对是认真的。程小青指出：“侦探小说写惊险疑怖等等境界以外，而布局之技巧，组织之严密，尤须别具匠心，非其他小说所能比拟。”程小青塑造的霍桑和孙了红塑造的鲁平已经成了家喻户晓的名人，所以，如同电视连续剧，他们在延伸人物的故事系列时，不能不受读者“期待视野”的左右，在总体上必须力图使新作的水平起码不低于以往。所以，这一时期，侦探小说也出了不少名作。例如孙了红1941年所写的《囤鱼肝油者》中运用了大量的意识流描写手法，使得作品蒙上一层神秘朦胧的色彩，从中可以看出作家努力汲取西方写作技巧的苦心。不过，匠心有余而文采不足似是侦探小说的主病。

滑稽小说的艺术水平也颇为可观，绝不能以无聊笑谈视之。如徐卓呆的《李阿毛外传》，每一个故事都极尽巧思，有铺垫、有悬念，把包袱抖在最后，令人久久回味。例如第四节写一个窃贼偷到一个皮包，内有珍贵木刻和一封信。窃贼贪心不足，按信去冒领更为珍贵的古董——水盂，结果反被失主骗回木刻，窃贼所得到的水盂原来是一只狗食盆而已。耿小的著名的《云山雾罩》，巧妙运用《西游记》的人物，讽刺人间现实，全书十一章的标题依次是：“行者八戒沙僧再降世”，“八戒大闹游泳池”，“孙行者活捉绑票匪”，“沙和尚溜冰花样翻新”，“孙行者大战金刚与人猿泰山”，“三圣又折回东土”，“孙行者遍游七十二地狱”，“八戒吓走扶乩人”，“逛天桥大圣批八字”，“寻沙僧行者入火星”，“回故土三圣得团圆”。从这些标题，即可看出其中妙趣横生，看出作者过人的想象力来。耿小的之作特别善于信手拈来，把人情世态讽刺得入骨三分，并能在讽刺背后透出一股悲凉。滑稽小说极容易流于耍贫嘴，卖弄噱头，而徐卓呆、耿小的这样的作家都能够从文学创作的大局着眼，力求提高作品的档次，这是十分难得的。

总之，沦陷区通俗小说的艺术水平可以说不但超过了以前的数十年，并且也超过了同时期的国统区、解放区。抗战结束后，通俗小说渐渐衰落，并在一个较长的时期内处于不太正常的状况，因此，探讨沦陷区通俗小说的艺术特色，对于研究新时期以至于所谓“后现代”时期通俗小说的发展是很有意义的。

四

满怀愁思入沉冥，残月街头酒半醒。
君是过江一名士，可能伴我泣新亭。

这是上海《小说月报》1942 年 3 月号上一首题为《赠郁达夫》的七绝。经历过文化专制时代的读者，也许会惊讶此诗的大胆，竟敢公然表露国破家亡之思，而且还不乏呼朋引类的煽动之嫌。

其实，沦陷区的文化工作者虽然有“我自闭门无冷暖”的一面，但也有“怒向刀丛觅小诗”的一面。沦陷区通俗文学的兴盛，原因是多方面的，既有通俗文学自生自长的内因，也有文化工作者们大量的自觉努力等外因。

首先，第一方面在客观环境上，沦陷区的通俗小说占有天时地利。

先锋文学的急剧萎缩，为通俗文学让出了广阔的表演空间，并相对突出了通俗文学的地位，进而把先锋文学的一部分功用转卸到通俗文学的肩头。

沦陷伊始甚至以前，大部分文艺界人士就或整或零地向大后方次第撤离，使沦陷地区的先锋文坛短期内几乎处于被抽空的状态。京、沪两大文学中心的骨干在“文章下乡”、“文章入伍”的旗帜下纷纷奔赴西南。而由于种种原因留下来的，或则像梅兰芳蓄须明志一般，罢手不写，或则像周作人苦茶自饮一般，强颜涂抹，根本布不成先锋之阵，其余的只好降格以求，由雅入俗了。沦陷区偶尔能辗转得到身在大后方的先锋作家们的一点墨宝，不胜欣喜，十分重视，总是置于刊首，仿佛获得了总统题词一般。[①]这样，通俗文学便得到了一个“山中无老虎，猴子称大王”的天赐良机。先锋文学的萎缩，不仅是拱手割让出广阔的市场，更重要的是去除了多年压在通俗文学头上的蔑视，使通俗文学感到了一点文学品位上的自由。

与此同时，沦陷区文化市场对通俗小说有着特殊的期待视野。

沦陷，在一定程度上改变了广大读者的阅读心态。如果说在沦陷之前，许多人还抱有速胜论的乐观情绪，喜欢看“与抗战有关”之作的话，那么沦陷的无情现实，不能不粉碎狂妄自大的速胜说，促使人们相信持久战论甚至是亡国论，或者是无所谓论。下面引录《华文大阪每日》半月刊 1939 年第一期上的一首歌颂日寇的古体诗，从中可以十分鲜明地感到日军的嚣张气焰及其对于沦陷区读者所产生的强大心理攻势：

皇军威武雷震天，百战破碎禹山川。
艨艟远溯长江水，直冲武汉三镇坚。
敌军既失金陵守，徐州广州亦吾有。
欲赖一发系危机，倾注全力障汉口。
我将忠勇我兵强，三军意气孰能当。
城郭虽坚爆可碎，士卒虽众击可僵。
霹雳砰磕撼地轴，炎焰灼烁冲天角。
垒破旗仆鼓鼙死，四十万卒纷血肉。

① 例如《春秋》杂志第一年第五期，第二年第一、二、三期。

一镇已陷二镇崩，枭师遁窜向巴陵。
巴陵以西地险绝，欲收残兵据凌赠。
呜呼，两军分明胜败势，长期抗战果何计。
焦土其国尸其民，不如自刎谢一世。
如何脱身徒偷安，前途崎岖蜀道难。
林壑风悲峡猿叫，峨嵋山月掩泪看。

“前途崎岖蜀道难”，这样悲观的看法恐怕是沦陷区的许多人不得不接受的。身陷铁蹄之下，山河光复无日，但人总还要生存，生存又不能仅仅是饮食男女，于是，在政治不能谈、也无甚可谈的境况中，风花雪月、声色犬马，自然成了最方便的精神避难所。对国事的焦虑渐渐转化成麻木和忘却，许多觉悟不高的民众被迫安于灰色的生活，只能从通俗文化中找到一点慰藉或者是刺激。随着战事的推移，“国家”、“民族”仿佛渐淡渐远，而身边琐事却日益凸现。正像当时有人诗中所说：“半壁河山地尽焦，忧时志士尚寥寥”，“国事蜩螗何足问，周严[①]婚变最关心。”《春秋》杂志上开设有“春秋信箱”，读者来信中，诉说的尽是个人生活的烦恼，诸如婚外恋问题、单相思问题、孤独症问题，以及求学谋职、养家等问题。普普通通的市民生活在动荡之后重新稳定自己的秩序，文化市场所需求的精神产品自然要制约于市民生活的情趣和水准，这便使得通俗小说的勃兴有了十分适宜的土壤。

从生存气氛上看，沦陷区统治者的文化政策是压迫和控制先锋文学，宽容和放纵通俗文学，使先锋文学生存得比较艰难，而通俗文学则比较舒畅。虽然统治者并没有这方面的明文规定，但从一般文学出版物的处世姿态上，可以找到明显的根据。

在众多的文学刊物中，除了公开为统治当局歌功颂德的官方色彩较浓的以外，大多数刊物都断然回避政治，毫不隐讳自己的胆怯。

---

① 指周璇、严华。

《大众》月刊的《发刊献辞》说：

> 我们今日为什么不谈政治？因为政治是一种专门学问，自有专家来谈，以我们的浅陋，实觉无从谈起。我们也不谈风月，因为遍地烽烟，万方多难，以我们的鲁钝，亦觉不忍再谈。
>
> 我们愿意在政治和风月以外，谈一点适合于永久人性的东西，谈一点有益于日常生活的东西。

这里的“永久人性”和“日常生活”正是对当下境况和具体问题的逃避，而像武侠和言情一类的通俗小说，恰恰是“永久性”和“日常性”的最佳载体。这篇献辞接着说：

> 我们的谈话对象，既是大众，便以大众命名。我们有时站在十字街头说话，有时亦不免在象牙塔中清谈；我们愿十字街头的读者，勿责我们不合时宜，亦愿象牙塔中的读者，勿骂我们低级趣味。

从这里，可以感受到两种高压：政治的和良心的。而要在这两种高压的夹缝中求生存，便免不了要违背“时宜”和降低“趣味”。所以，各刊的征稿导向大都在矛盾痛苦中强求自圆其说，而其不涉政治的声明则宛如一种低声的控诉。如《大众》的《征稿简章》说：“赐稿如有涉及政治，不便刊载者，请于一个月内取还。”《小说月报》向职业青年征文的简约说：“凡攻击性文字或涉及政治者，或影响地方治安者，虽佳不录。”这不正是当局文化政策的折射吗？

于是，各种刊物上充满了五花八门的商业广告，明星行踪，消遣时尚，乃至性病用药、嫖界指南，烘托出一片“繁荣”气氛，若不了解历史背景，几乎可与今日的90年代鱼目混珠。这样的氛围，正适宜通俗文学畅快呼吸，而先锋文学则不时感到捉襟见肘甚或举步维艰了。

第二方面，通俗小说自身的发展也已相当成熟，内部的惯性加强了其勃兴之势。

通俗小说在五四时期受到新文化运动的痛击，被打得近乎哑口无言，毫无还手之力。但是通俗小说并没有就此一蹶不振，而是仍然野火春风般生长着、蔓延着。如果从销售量上看，就更能感觉到其旺盛的生命力。瞿秋白在《吉诃德的时代》中说："'五四'式的一切种种新体白话书，至多的充其量的销路只有两万，例外是很少的。"而通俗小说普普通通就能发行十来万，这个数字在当时的文化条件下，是相当可观的。新文化运动余音未歇，通俗小说便一浪接一浪地掀起狂潮。1923 年，平江不肖生的《江湖奇侠传》在上海《红》杂志开始连载，直至 1927 年告一段落，五年间盛传不衰。时隔一年，1929 年顾明道的《荒江女侠》在上海《新闻报 · 快活林》连载，再次引起轰动。接着，一大批通俗小说大家崛起，除了"南向北赵"，更有张恨水、刘云若、还珠楼主、白羽等名扬四海。到抗战之前，通俗小说已经是兵强马壮，佳作如林，虽有先锋文学的竞争与排压，但已无碍其游刃驰骋了。及至沦陷，这股勃兴势头有进无已，直到后期才渐渐减弱下去。

通俗小说自身的顽强发展还表现在文化工作者们开始对通俗小说进行了卓有成效的理论建设。

丁谛在《小说月报》1943 年 5 月号上发表一篇《文艺创作的动静》，最后一段说：

> 静默的时候不是静默，她孕育着未来的高潮。在颓废的时候，文艺家应该静静的把握着这个停滞的时代，并且，配合着时代文化的整体，批评她，这是我们义不容辞的责任。

这段话的弦外之意是很值得琢磨的。像丁谛这样的通俗小说家并没有在苦闷的时代里颓废下去，而是静静地观察着，工作着，用奋斗来迎接"未来的高潮"。在通俗文学的问题上，当时就很正式地举行过颇具规模的讨论。北方的《国民杂志》专门讨论过"色情文学"，对与通俗文学关系很密切的所谓“色情文学”基本上表现了比较宽容的姿态。如楚天阔认为：“不能因为有一点色欲的描写，就否定了这作品的艺术价值。”耿小的表示：“我不反对性的文学，但是它须要写得有意义。”杨六郎提出：“色情文学到底是文学中的一个支流，哪怕是一小支，而总不能说这一小支不是文学，不是艺术。”公孙燕则大胆地断言：“色情文艺发达期，必是国民教育的比例提高期。”王朱则干脆把《查泰莱夫人》开除出“色情文学”的行列，因为“作者太过于胆怯，又想写，又害怕，鬼鬼祟祟同时还又要充假面具圣人，我真的替他叹息！”这些瑕瑜互见的观点在今天看来，仍然不乏启发意义。

1942年10月号的《国民杂志》又推出“小说的内容和形式问题”笔谈专栏，请上官筝、楚天阔等10人围绕新文艺小说和旧章回小说的关系发表意见。上官筝认为：“五四新文学抛弃了民众，是新兴的资产阶级、买办、高等华人的乌合队伍。”要“发掘有生活经验的新进文艺小说作家”，“从多方面试验新形式”并“应用大众的语言”。杨六郎主张新旧“两造”都要“以自励作标准，以不骗读者为目的”。他还说要想顺应大众，“而使小说通俗，武侠小说是一个开路先锋”，并举老舍的《断魂枪》为例。天津作家鲍司则批评“民众由于自然的习惯，便成为一种苟且疏懒的接受态度”。所以“不能心急”。陈逸飞认为“文艺小说根本不是小说，通俗小说应改为民众小说或大众小说，然后才说得到建设方案或批评指导”。他主张“仿照‘评书行’的方法，要有传授”，“要由官方组织”，“今后小说课程中要加入这一项，就是一般人常在口头挂着的‘文艺政策’”。这些意见在1949年后部分地成为了现实。天津作家杨鲍认为要改进章回体，“不能与生活脱离”，“现社会太需要藉通俗的形式传播一些知识思想的，但不可迎合低级趣味”。楚天阔“反对旧瓶装新酒”，“主张改进新小说”。知讷则“赞同旧瓶装新酒”，并认为章回小说“已经接近了新文艺”。

11月号的《中国文艺》刊出上官筝的《论文艺大众化之内容与形式问题》，总结这次讨论，指出文艺要大众化，必须“整个文学的深入民众心里”。提出“文艺大众化的活动应该保有多元性的发展”，一部分仍使用“新文言”，另一部分“作彻底大众化的尝试”。

更有代表意义的讨论是在南方的《万象》杂志。

1942年，《万象》杂志专门出了两期“通俗文学运动”专号，共发表了陈蝶衣《通俗文学运动》、丁谛《通俗文学的定义》、危月燕《从大众语说到通俗文学》、胡山源《通俗文学的教育性》、予且《通俗文学的写作》、文宗山《通俗文艺与通俗戏剧》等六篇理论文章。这对通俗文学的兴盛起了较大的推动作用。

陈蝶衣认为，“通俗文学兼有新旧文学的优点，……足以沟通新旧文学双方的壁垒”，“通俗文学与俗文学应该是一对很密切的姊妹花。”这等于说把通俗文学与俗文学区别开来，提高了对通俗文学的认识档次，并且也抓住了通俗文学的很实际的特长。

丁谛认为通俗文学具备的条件，是：

（一）为一般人所易于接受的，欣赏的；

（二）切合一般人的欣赏力，但也需要提高或指导匡正一般人的错误思想、趣味和意识；

（三）艺术单纯化；

（四）以特殊的才能体会通俗，以一人生活投进到多数人的生活，以新内容新观念而组织、建设新的通俗的观念。他还据此四条为通俗文学下了定义。可以看出，丁谛在强调为“一般人”的基础上，十分注意“提高”、“指导”，注意通俗观念的更新。

危月燕认为通俗文学，应该包含有下列的几种特征：

（一）具有代表大众前进的意识。

（二）文字浅显明白，内容生动有趣，使大众个个看得懂，而且喜欢看。

（三）绝对排除违反时代的色情、神怪、封建意识等类毒素。

不难明白，危月燕主张通俗文学应以“浅显”、“有趣”勾引大众，然后向其灌输“前进的意识”。

胡山源反对一味消遣的通俗文学，并在写作技巧上主张“要经济，要周详，要正确”。

予且认为通俗不是平凡、浅薄、粗陋、迎合低级趣味，他认为大众化是要接近大众的生活，增强大众的兴趣，培养大众的温情，诱导大众去写作。

文宗山一上来就不无影射地说："在言路窄狭的今天，将文艺通俗化这个问题提出来讨论一下，自然不是没有意义的。”然后强调“通俗”与“庸俗”是绝对不同的，一要“在趣味性中去增加老百姓对文艺能进一步的认识”;二要“由浅入深,必需循循善诱地把他们一步一步往上拉”。

综合看来，在这场讨论中，论者有一个基本的意识，即把通俗文学当做一个严肃的课题来对待，从启蒙民众的角度给予高度重视，既注意把它与“纯文艺”区别开来，更注意把它与“俗文学”区别开来，主张以其娱乐功能为手段，以其教化、认知功能为目的。这实际即是“形式”为“内容”服务。这不禁使我们注意到，这场讨论与发生在国统区、解放区的同类讨论存在着惊人的相似。毛泽东《在延安文艺座谈会上的讲话》指出，文艺要为人民大众服务，要解决普及与提高的辩证关系，要政治标准与艺术标准并重。这一讲话决定性地提高了解放区通俗文学的地位。国统区以向林冰和葛一虹为双方代表的关于民族形式问题的争论，最后也归结到大众化的道路上。老舍在《谈通俗文艺》中把“通俗文艺”与“大众文艺”相区别，实际跟陈蝶衣的用意是一致的。茅盾主张大众化要利用旧形式[①]，艾思奇甚至写出了《旧形式运用的基本原则》，周扬、何其芳等人也大谈“形式”与“内容”，结果，国统区、解放区的通俗文学都得到了空前的重视。如果把沦陷区的这一情况放进去一并观察，就可看到全国范围内，新文学面临着五四以来又一次巨大的话语变革，这一变革对当代文学的影响是至为深远的。当然，沦陷区与国统区、解放区所理解的“内容”、“形式”可能各自不同，所以，通俗小说的面貌

① 《大众化与利用旧形式》。

也大不一致，但仅此一点即可有力说明，沦陷区通俗小说的繁荣是文学自身发展所主要决定的，并不因“沦陷”而失去其自身固有的任何艺术价值。

最后应当注意的是，沦陷区通俗小说的兴盛不是一个孤立的现象。与此同时，国统区和解放区的文艺界也都对通俗文学青睐有加。国统区的通俗小说先是借抗战小说抬高品位，又转而以讽刺、暴露增加其思想深度——例如张恨水，后来又有无名氏、徐讦的被学界称为后期浪漫派的小说——算是较为精致的通俗文学。解放区的通俗小说则无论在品位上还是影响上都压过了先锋小说，赵树理这样的作家成了小说界的核心人物。另外，与沦陷区一样，国统区和解放区都进行过文艺大众化的讨论，都对五四以来新文学发展的得失进行过总结阐发。这似乎又可说明，通俗小说的兴盛是不好仅凭沦陷区这一维去思考的，沦陷区与文学的兴衰并无必然联系。

除了理论上比较深入的探讨外，沦陷区通俗文学与先锋文学、与世界文学都是相沟通的。当时的雅俗之间并不像今天这样存在如此巨大的分野。同一本刊物上，往往是既有先锋文学，也有通俗文学，有时不大分得清彼此。如《春秋》杂志上既有孙了红、胡山源、程小青、张恨水、丁谛、郑逸梅之作，也有茅盾、巴金、沈从文、臧克家、黄药眠、王西彦，乃至冰心、李金发、穆木天之作。从作家看，予且、丁谛、谭惟翰等人主要以通俗小说家面目出现，但他们的有些作品，尤其是短篇，无论看内容，看形式，都没有过硬的理由说它们就不是先锋文学。如谭惟翰的《夜阑人静》当然可视为通俗小说，但他根据戴望舒的名作《雨巷》的意境所写的同名小说，却是先锋意味很浓的、颇有点“为艺术而艺术”的一出恋爱悲剧。同样，危月燕的《花都蒙尘记》可视为通俗小说，而他写的《首阳山》，却与鲁迅的《采薇》一样，属于“故事新编”风格，按某些学者的观点，颇带表现主义风格，这却又是先锋文学了。所以，不少作家实际上具备了多副笔墨，也许这是沦陷区的生活现实迫使作家不得不“多才多艺”吧？顾明道、程小青都兼作书画扇面，予且为人批命占卜。徐卓呆在郑逸梅的纪念册上写过十六个字:“为人之道，须如豆腐，方正洁白，可荤可素。”这恐怕的确写出了这些“沦陷区文人”在特殊处境下的心态和操守。所以，像《大众》这样的刊物，敢于宣称 :“在这本《大众》里面，新旧两派，可谓已经打成一片，虽在目录里面，也看不出一点痕迹。”《春秋》杂志则主张正统派与鸳鸯蝴蝶派应如“陆处之鱼，相呴以沫”。通俗文学并未因先锋文学的萎缩而大露其短，相反却趁机吸取先锋养料，丰富了自己的装备，就好像正规军撤退以后，游击队反而发展壮大，成了“准正规军”一样。

与世界文学的沟通也是沦陷区的一大优势。如谭惟翰就译过托尔斯泰的《生之真谛》，伯吹、柏舟等也译过托尔斯泰之作，欧美的名家名作和文艺思潮不时都有介绍。程小青译的《希腊棺材》和《女首领》非常著名。北方的刊物则翻译日本的作品较多。《大众》杂志上还请钱士翻译了劳伦斯的《蔡夫人》，即今译《查特莱夫人的情人》(《Lady Chatterley’s Lover》)。这种在同一本刊物上，古今中外并列，雅俗新旧杂陈的做法，大大有利于通俗文学的“提高”，就像普通中学的学生，插班到重点中学一样，近朱者赤，自然会产生“见贤思齐”之效。至于先锋文学是否会“近墨者黑”，那就另当别论了。

总之，沦陷区文学工作者多方面的辛苦努力，使沦陷时期的文学，尤其是通俗文学，没有“静默”和“停滞”，而是取得了在某些方面看来比国统区和解放区更有特色的成就。这是今天的文学研究者所必须正视和承认的。

第四辑 天是一个井

井底飞天

陈独秀在1921

日历，台历，挂历。

手表，怀表，闹表。

座钟，挂钟，日晷。

旧报纸，旧期刊，旧美人香烟广告。

隆隆轰鸣的印刷机，吐出滚滚的印刷物。

街头艺人，用小提琴拉着悠远的曲子。

一年三百六十五天，发生着数不清的琐事和要闻，密谋和公务，噩耗和喜讯。但是当这三百六十五天过去之后，能够留在人们记忆中的，也许只有那么一件两件。有的年份，甚至连一件事也没有留下，就像火车呼啸掠过的一个不起眼的小站，转瞬就消失在人们的脑后了。

那么，关于公元 1921 年，你能想起，你能记起什么呢?

一个现在的中国人，如果他对于那遥远的1921年只记得一件事，那十个人会有九个说：中国共产党成立。

1921年7月23日到8月2日，中国共产党举行了开天辟地的第一次代表大会。会议在讨论党的基本任务和原则时，发生了一些分歧和争论。但在选举中央领导人时，毛泽东等十几位代表一致推选他们心目中的杰出领袖作为中国共产党的第一任总书记，这个众望所归的人就是——陈独秀。

陈独秀（1880—1942)，本名庆同，字仲甫，安徽安庆（原怀宁）人。距他家几十里外有一座独秀山，因此，1914年他发表两篇文章时分别署名“独秀山民”和“独秀”，从此，“陈独秀”就成了尽人皆知的名字。他不满两岁时，父亲死于瘟疫。幼年的陈独秀，在严厉的祖父和要强的母亲的督导下，不仅打下了传统文化的扎实基础，而且养成了独立不屈的坚毅性格。祖父打他时，他瞪着眼睛，一声不哭，气得祖父骂道：“这个小东西，将来长大成人，必定是一个杀人不眨眼的凶恶强盗。”

陈独秀长大成人后，没有杀过人，他晚年说：“我一生最痛恨的就是杀人放火者。”但陈独秀却成为让那些杀人放火者切齿痛恨的革命党领袖。陈独秀在他们眼中，不只是凶恶强盗，简直是洪水猛兽。就是这样一个让旧世界痛恨，让新世界仰慕的人，在他40岁“不惑”的这一年，成为中国共产党的开山领袖。

然而令人惊奇的是，这位中共首任总书记，却没有参加中共一大。这在世界各国的政党史上，是绝无仅有的。陈独秀在如此重大的事情上，仍然表现出像他名字一样的卓异个性：独树一帜，一枝独秀。

1921年，是中国混乱而又痛苦的一年，也是陈独秀紧张而又充实的一年。

1921年，中国仅史书明确记载的地震就达10次。此外，水灾、旱灾、火灾、雪灾、鼠疫，此起彼伏。匪盗和兵乱蜂起，军阀混战，杀得尸横遍野。农民起义，工人罢工，日本等帝国主义国家不断侵我国土，杀我人民。天灾人祸，内忧外患，整个社会处于大动荡、大混乱之中。这个星云一般纷乱扰攘的民族迫切需要一个强有力的精神核心，把这团星云凝聚成一个巨大而有序的天体，运转在自由选定的轨道上。

然而在车如流水马如龙的世界第六大城市上海，许多醉生梦死的人们还在过着颓废而麻木的日子。中国的灾难仿佛离这个中国的第一大都市很远。

1921 年 7 月 1 日，上海夏令配克影戏园首映了中国第一部长故事片——《阎瑞生》，影片讲述赌输的阎瑞生将身携财宝的妓女王莲英骗至郊外，夺财害命，后来被捕伏法的故事。这个故事本是一件真实的新闻，影片风靡上海，轰动一时。市民们把这种悲惨的社会现象当作茶余饭后的谈资，没有人想到，一群南腔北调之人正要会聚到上海，立志彻底改变中国社会的一切黑暗。

就在这一年炎热的夏天，本该去上海参加中共一大的陈独秀，正在炎热的广州，满腔热忱地大办教育。热火朝天的局面刚刚打开，陈独秀想要趁热打铁，不愿为开会而离开。他指派陈公博和包惠僧携带他的意见去上海出席。陈独秀是个喜欢实干的人，年轻时办过被誉为"《苏报》第二"的《安徽俗话报》，参加过志在推翻满清王朝的暗杀团，创建过比同盟会还要早的岳王会。特别是在五四新文化运动中，创办《新青年》，出任北京大学文科学长，发动文学革命，可谓是身经百战，功勋累累。当一大结束后，包惠僧告诉他当选了总书记时，陈独秀笑道："谁当都一样。"

当然，作为辛亥革命的老将，作为五四运动的总司令，作为中国的第一批马克思主义者，作为中国最早的共产主义小组的开创人，对于当选总书记，陈独秀应该是有"舍我其谁也"的绝对自信的。

1920 年的 12 月 29 日，离 1921 年只有几十个小时的时候，陈独秀到达广州。应广东省省长兼粤军总司令陈炯明的热诚邀请，陈独秀出任广东教育委员会的委员长。陈独秀行前向陈炯明提出了三个先决条件：一、教育独立，不受行政干涉；二、以广东全省收入的十分之一拨作教育经费；三、行政措施与教育所提倡的学说保持一致。

到达广州后，陈独秀住在距江边不远的泰康路附近的回龙里九曲巷11号，门口贴了一张纸，上书三个大字：看云楼。

不过陈独秀很少有时间看云，倒是广州的各界名流云集上门来看他。广州的青年听说陈独秀驾临，都想一睹这位五四主帅的风采。各校的校长纷纷拜访，陈独秀来者不拒，请者不辞，连日发表文章，四处演讲，广州掀起了一场“陈旋风”。

陈独秀办事雷厉风行，决心按照马克思主义的教育观，在广东进行一场彻底的教育改革。

他创办了“宣讲员养成所”，培养具有共产主义理论知识的人才，为广东的革命运动培养了一批宝贵的干部。

他提倡男女同校，为女子求学大开方便之门。

他创立了“注音字母教导团”，规范国语教学，在广东地区大力普及国语。

他开办工人夜校，向工人讲授国文、算术、历史、地理，还有阶级斗争、群众运动等。

他还开办了俄语学校，引导学生研究马克思主义和十月革命。

陈独秀的到来，极大地推进了广东的革命形势。广东的无政府主义势力本来比较强大，1921年3月，陈独秀重建了广州共产主义小组，把拒不改变立场的无政府主义者清除出去，由陈独秀自己和谭平山、谭植棠、陈公博等人负责。陈独秀原是北大的文科学长，另外几人都是北大毕业，包惠僧笑着说：“广州小组成了北大派了。”

陈独秀在广州各界的演讲，广泛地涉及教育改革，军队改革，青年运动，工人运动，妇女解放，文化建设，人生追求，以及社会主义与无政府主义等。此时的陈独秀，已经是一个坚定的马克思主义者，他的演讲，如雷电，如狂飙，不仅传播了马克思主义的理论，而且深深触动了广州的顽固保守势力。于是，一场对陈独秀的围攻开始了。

那时仇恨陈独秀的人首先给陈独秀加上了一个吓人的罪名，说他“废德仇孝”。广州城谣言四起，纷纷传说陈独秀把“万恶淫为首，百行孝为先”改成了“万恶孝为首，百行淫为先”。接下去又污蔑陈独秀主张“讨父”和“共产公妻”。一时间，人身攻击，人格侮辱，纷至沓来。守旧势力嚣张地叫喊：“我们要把陈独秀赶出广东。”他们还把陈独秀的名字改为“陈独兽”或“陈毒蝎”。

一天，陈炯明在宴会上半真半假地问陈独秀：“外间说你组织什么‘讨父团’，真有此事吗？”

陈独秀大声答道：“我的儿子有资格组织这一团体，我连参加的资格也没有，因为我自己便是一个从小就没有父亲的孩子。”

陈独秀对父母是十分孝顺的，对子女则要求严格。他的长子陈延年、次子陈乔年，离开家乡到陈独秀所在的上海后，陈独秀每月给兄弟俩的钱只够维持他们的最低生活。兄弟俩白天做工，晚上自学，在艰苦的环境中磨炼出了豪迈的气概和过人的胆略，后来都成为中国共产党杰出的人物。陈延年于1927年7月的一个深夜，被国民党在上海龙华监狱用乱刀砍死，年仅29岁。不到一年，1928年的6月，陈乔年也在这里受尽酷刑后，被国民党杀害，年仅26岁。

陈独秀虽然受到顽固势力的大肆攻击，但他凛然不为所动。一面回击，一面继续进行教育改革。陈炯明也表示继续支持陈独秀。但作为全国思想界火车头的陈独秀，却不是广州一地所能久留的。

陈独秀到广州，同时也把《新青年》的编辑部带到了“看云楼”。创刊于1915年的《新青年》，是中国20世纪最著名、最重要的一份杂志。陈独秀、胡适、李大钊、鲁迅等新文化运动的先驱，就是以《新青年》为主阵地，掀起一场改造中华民族命运的文化革新运动的。然而到了1921年，《新青年》内部出现了较大的分歧，胡适不满《新青年》越来越鲜明的共产主义色彩，要求陈独秀改变宗旨，否则就停办，或者另办一个哲学文学刊物。陈独秀当然既不会改变宗旨，也不会放弃《新青年》不办。于是，他同意胡适等人另外去办刊物。从此，陈独秀与胡适等实用主义者在思想上分道扬镳，《新青年》成为更加激进的共产主义刊物。

1921年的上半年，陈独秀还三战区声白，用共产主义理论驳倒了无政府主义的宣传。

1921年1月19日，陈独秀在广州公立法政学校作了《社会主义批评》的演讲，指出无政府主义要求离开制度和法律的人人绝对自由的幻想是“走不通的路”，“非致撞得头破额裂不可”。这篇演讲词见报后，立即遭到中国无政府主义的代表人物区声白的反对。区声白三次致信陈独秀辩论，陈独秀三次回信批驳。这六封信以《讨论无政府主义》的总标题，一并刊登在《新青年》第9卷第4号上。陈独秀指出，“绝对自由”，实际是极端的个人主义，它将使中国一事无成，最后仍然是一盘散沙。

好像是为了庆祝这次论战的胜利，就在1921年8月1日，《新青年》刊登这次论战的同一天，在嘉兴南湖的那只画舫上，陈独秀被推选为中国共产党中央局书记。这只画舫，几十年后，成为中国比挪亚方舟还要尊贵的圣物。

同在8月1日这一天，一份鸳鸯蝴蝶派的小报《晶报》上发表了一篇小说——《一个被强盗捉去的新文化运动者底成绩》，嘲笑新文化运动者手无缚鸡之力，只会打电报、发传单，根本没有实际改造社会的能力。这些鸳鸯蝴蝶派的才子们不知道，新文化运动者中最激进的一部分已经凝聚成一个钢铁般的组织，不但要去捉强盗，将来，连他们这些鸳鸯蝴蝶的风花雪月之事，也要管一管了。

刚刚成立的中国共产党，千头万绪，需要它的总书记回去主持。陈独秀遂以胃病为由，向陈炯明辞职。正在前线作战的陈炯明真诚挽留，回电说陈独秀“贞固有为，风深倚重”，表示“一切障碍，我当能为委员长扫除之”。陈独秀只好请假回到上海，到10月底，才正式辞去广东教育委员会委员长之职。

7、8、9几个月，正是中国的多事季节。内蒙地震，绥远地震，青海地震，四川地震；长江溃堤，黄河决口。人畜死伤无数，哀鸿遍野。8月5日，就连上海也出现罕见的风雨大潮，潮水溢出马路，天津路、浙江路一带水深二尺，浦东一带水深三尺。7月28日，湘鄂大战爆发，举国震动。8月10日，湘直大战又开始，吴佩孚两次密令决堤，水淹湘军，结果成千上万的百姓被淹死，灾区纵横数百里。面对连树皮都已吃尽的灾民，中国政府无能为力，美国总统哈定呼吁美国人民救济中国灾民，但那也只是一句空话。中国，迫切等待着一群英雄的降临。

就在这个季节，回到上海的陈独秀，兴致勃勃地投入总书记的角色，开始了繁忙的工作。不料，共产国际的代表马林，不把他这位中央局书记放在眼里，以钦差大臣的姿态，事事都要干预中国共产党。陈独秀大发雷霆，他以中国共产党人特有的傲骨说："摆什么资格，不要国际帮助，我们也可以独立干革命。"他拒绝与马林会晤，还打算要求共产国际撤换马林的职务。就在双方僵持不下之际，一个突发事件改变了局面。

1921年10月4日下午，法租界巡捕房在一户打麻将的人家抓到了"王坦甫"等5个涉嫌出版《新青年》的人。巡捕房见没有抓到陈独秀，就又留下了几个便衣，抓到了后续前来的上海法院院长褚辅成和《觉悟》的主编邵力子。褚辅成一见到那个"王坦甫"，张口便说："仲甫，怎么回事，到你家就被带到这儿来了？"巡捕房的头头一听，喜出望外，原来这个自称"王坦甫"的人，就是陈独秀。

陈独秀一生五次被捕，这是第三次。

陈独秀第一次被捕，是在1913年夏天的"二次革命"中。逮捕他的龚振鹏已经出了枪决他的布告。经过社会名流的火速营救，陈独秀幸免于难。

陈独秀第二次被捕，是在五四运动中的1919年6月11日。陈独秀在北京的新世界游乐场亲自散发《北京市民宣告》的传单，被早有准备的北洋政府的军警捕获，关押了将近100天，经过李大钊、孙中山以及各方舆论的呼吁营救，被保释出狱。

这第三次被捕，陈独秀估计如果在家中搜到马林的信，起码要判刑七八年。他自己对坐牢是不在乎的，他早在五四时就写过一篇著名的文章：《研究室与监狱》。文章说："世界文明发源地有二：一是科学研究室，一是监狱。我们青年要立志出了研究室就入监狱，出了监狱就入研究室，这才是人生最高尚优美的生活。从这两处发生的文明，才是有生命有价值的文明。”

陈独秀作了最坏的打算。他嘱咐一同被捕的包惠僧说：“惠僧，你是没有事的，顶多我坐牢。你出去后，还是早一点回武汉工作。”

10月5日，法租界会审公堂指控“陈独秀编辑过激书籍，有过激行为，被侦处查实，已搜出此类书籍甚多，因此有害租界治安”。

陈独秀见事情不太严重，首先为一同被捕的其他4人开脱，说他们都是来打牌的客人，“有事我负责，和客人无关”。马林为陈独秀请来了律师，要求延期审讯，取保候审。

10月6日，上海《申报》刊登了陈独秀被捕的消息。胡适得知后，请蔡元培与法国使馆联系设法营救陈独秀。胡适用安徽话骂道：“法国人真不要脸！”

中国共产党内部，张太雷和李达商量后，请孙中山出面。孙中山致电法租界领事，请他们释放陈独秀。10月19日，法租界会审公堂再审陈独秀等人，问陈独秀：“报纸讲你在广东主张公妻，你是否有此主张？”陈独秀气愤地答道：“这是绝对造谣。”

7天后，10月26日，陈独秀被宣布释放，罚款100元。李达、张太雷、张国焘和一些刚从莫斯科回来的青年团员雇了一辆汽车，开到会审公堂，陈独秀上车时，几位青年团员用俄语唱起了《国际歌》。

这次有惊无险的被捕，使陈独秀与马林的关系得到了缓和。陈独秀感谢马林的积极援救，表示愿意多听共产国际的意见。马林充分领教了陈独秀的刚毅倔强之后，也放下了架子，说：“中国的事主要是中国党中央负责领导，我只和最高负责人保持联系，提供一些政策上的建议。”

后来，陈独秀于1922年8月第四次被捕，情况与第三次大体相似，仍是法租界会审公堂罚款后又将他释放。他们不知道陈独秀已经刚刚在中共二大上又当选为中国共产党最高领导人。

1932年10月，已经被开除党籍的陈独秀第五次被捕。这一次抓他的是国民党政府。尽管社会各界想方设法努力营救，尽管陈独秀与江西的朱毛红军毫无关系，尽管陈独秀已经是一个被中共开除的与中共中央唱反调的托派，尽管有章士钊大律师为他进行了极其出色的辩护，但国民党出于对一切共产党人的仇恨和恐惧，仍然判处陈独秀有期徒刑13年。陈独秀在法庭上慷慨陈词，痛斥国民党的“刺刀政治”，公开宣布要推翻国民党政府，实行无产阶级专政。有人把陈独秀的法庭斗争比做是中国的季米特洛夫。

“七七事变”后，陈独秀被减刑释放，在四川江津度过了晚年最后的岁月。他在穷困潦倒中，没有向国民党权贵低头，不接受别人的施舍，只依靠自己的书生文字来维持生活，把他孤傲狂狷的伟岸人格，保持到了生命的终点。

而在激流澎湃的1921年，身为中国共产党总书记的陈独秀，也仍然是书生本色。他没有故作深沉的官架子，像个小伙子一样，与人辩论动不动就面红耳赤，敲桌子打板凳，不讲究什么“领袖风度”。

1921年陈独秀写的最后一篇文章，是《〈西游记〉新叙》。陈独秀从白话文学发展史的角度，指出《西游记》和《水浒传》、《金瓶梅》具有同样的价值。陈独秀的学问是十分渊博的。他是文字学专家，在汉语词义研究、古音学研究和汉字改革方面取得了很高的成就。陈独秀又是杰出的文章家和书法家。也许，专心从事学术，他会成为一代学术大师。但是中国的1921年，呼唤着一支强有力的先锋队，来拯救这片四分五裂、多灾多难的山河。迎着这个呼唤，走来了骨头和鲁迅一样硬的陈独秀。他把一批散布在神州各地的文化先驱集合起来，攥成了一只高高举起的拳头。从这一年开始，中国人看见了曙光。

沈从文的自卑情结

沈从文一直声称自己是个乡下人，其实他很早就不是一个乡下人了。他不但一步步变成了城里的人，而且是城里人崇拜的大作家，后来又成了大学者，是个知识的富翁。可是直到离开这个世界，他仍然坚持称自己为乡下人，坚持要把自己1923年来到北京之前的那段生活跟以后的生活联系起来，仿佛这是他值得向所有的城里人炫耀的财富。这又是出于怎样的心理动因呢？他笔下的都市世界与湘西世界，对于他自己，又具有怎样的定义呢？这都是饶有兴味的问题。

让我们从沈从文作品中去寻求答案，先看看他笔下的“都市世界”。——沈从文写的都市，实际并没有构成一个世界，这一点无论和茅盾，还是老舍都不能相比，但是他有自己的特点，就是从不写地位比自己低下或与自己相当的人，他专门写那些地位比他高的人。他主要写教授、大学生、绅士、小职员这四种基本人物。这几类人物都是沈从文精神上的直接压迫者。教授代表着文化的制高点，是学问的顶峰，也正是沈从文潜意识中梦寐以求的目标。然而在沈从文与教授之间，却高耸着文化的阶梯，把他们隔为极弱与极强的两端。弱者希望自己变成强者，往往会对强者产生一种挑战的情绪，他把自己的自卑心理转化成为一个超越的欲望。沈从文正是要在精神形象上把教授压下去。《八骏图》发表后，教授们大怒，甚至有的对号入座声称侮辱了自己，这正合沈从文的心意。当然沈从文决不是那种用笔墨泄私愤的人。他的《八骏图》里写的那些教授都是用甲乙丙丁作代号的，而且教授们的行径与他们的专业也没什么逻辑联系。沈从文不是在攻击哪一个、哪几个教授，而是在攻击全体的教授，攻击压在他头上的巨大的、沉重的文化金字塔。虽然沈从文后来自己也成了教授，但他最忌讳把自己与别的教授画等号。他仍然坚持说自己是乡下人，实际上是说自己这个教授比其他教授代表了更多的文化背景，具有更强的奋斗能力。他要超越到所有的教授之上，因为他当年被以教授为顶尖的文化金字塔压在最底层。沈从文也在对教授的痛快嘲弄中获得了精神上的超越。他曾经感叹过:“多少文章就是多少委屈”[①]。移情是沈从文创作的重要源泉，由移情而获得的精神超越又不断鞭策沈从文在自己的现实生活中取得同样的成就。这二者是相互促进的。

对大学生的态度，沈从文就不像对教授那么动感情了。试看《来客》一篇，沈从文十分冷静地写了一个慕名来访的大学生的无礼、无知、无能。沈从文对教授的攻击是从私生活的角度，因为在学问上，他毕竟承认教授是富有者。可是对大学生，他就不必了。这些大学生，他早就看透了，而且态度也是十分鄙夷，“看看那些大学生，走路昂昂作态，仿佛家养的公鸡”[②]。他虽然不是大学生出身，但他在北大等校到处听课，接

① 《虎雏》。

② 《虎雏》。

受的教育是与大学生一样的。他在入京前，读过不少古籍、字画，知识面相当广泛。完全有理由认为他的学识是在一般大学生之上的。可是他自认为满腹诗书，考燕大国文系的时候，竟然得了个零分。这不能不说是他一生的奇耻大辱。好像一个乡下佬来到城里被扒光了衣服一样。如果说沈从文真的看不起城里人，他不会放下小康日子不过，跑到人生地不熟的北京来挨饿受冻。来了，也不应该去考什么大学。既然来了，又考了，就说明他有一种要变成城里人的愿望，而且要变成城里的上等人，可是，他没能成为一个大学生，通往上等人的一条最稳妥的坦途堵死了，生活逼得他不得不去走另一条艰苦卓绝的路。这就使他对大学生产生了一种双重态度。一是从心里看不起，不值一提；二是胸中总有块垒，想起来牙根发痒，所以还是要提。因而在《八骏图》里，沈从文与教授的地位是平等的，有时甚至是卑下的。从叙事学的角度讲，好像在背后指指戳戳。而在《来客》里，他对大学生的态度是居高临下，装做不动声色，其实是猫玩老鼠一般，拿那个大学生当猴子耍，让大学生表演出种种丑态。他仿佛指着镜子说：看，你们城里人相互之间彬彬有礼，温良恭谦，可一旦在我这个乡下人面前便露出马脚，实际是无礼无知又无能的。如果说从《八骏图》里我们感到作者是暗自得意地笑，那么在《来客》中就会感到作者完全可以理直气壮地开怀大笑。

沈从文写绅士和小职员，类似他写教授和大学生。绅士就类似教授，也是金字塔尖上的阶层，也是被公认为有教养，有风度，而且有权、有钱。沈从文对他们似乎更加不恭，在《绅士的太太》、《王谢子弟》诸篇中，他简直像一个钻进绅士家里的孙悟空，不时掀起闺房的门帘，或者舔破卧室的窗纸、专门向人展示那些夫妻相瞒各会情人，姨太太与少爷私通的糜烂场景。沈从文讽刺绅士倒没有引起什么波澜，因为教授、大学生、小职员都站在绅士对立面，在这一点上跟沈从文是取同一立场的。而且沈从文也并不想当那样的绅士，去做“社会支柱”，他也知道自己当不上。他讽刺绅士和讽刺教授，目的在于攻击城市文化的最精华部分。这两座大山打倒了，沈从文就可以满怀优越感走在城市的大马路上了。

小职员是大学生的延伸。大学教育使这些人成为无能无知的“废物”，他们成了小职员后，也就不求上进，满足于平庸的生活，为小小的得失而作寒作热。如《烟斗》中的王同志，本来要被提升，他自认为要被降职，于是便疑心同事们的恭维都是幸灾乐祸，言行举止大失常态。及至水落石出，他又恢复了往日卑俗的心态，以至于叼着新买的烟斗得意扬扬地矜于人前了。面对这些小职员，沈从文似乎用不着自卑。但即便是这些小职员，他们也自以为有教养、有文化，是住在城里的文明人，“对人生对社会有他的稳健正确信仰”，他的幸福是可以向乡下佬骄傲的，而且他们又代表了广大市民阶层的稳定心态，是城市文化的基本负担者。因此，对小职员的讽刺，与对其他几类人物的讽刺一道，构成了对整个城市文化的批判。

这种批判与老舍对市民文化的批判相比，显然不够深刻，因为它不是从文化本身的角度，不是设身处地给文化以历史的、实事求是的开掘。它是从人性的角度，用了一把沈从文自己从乡下带来的尺子进行衡量和批判的。既然从人性角度，就必然涉及生命力的强与弱、道德观念的美与丑，这里面就与创作主体有着更贴近的联系。

用人性的标准来否定一种文化，在现实中是不可能的，在文学上则反映出一种心理态势的夸张。这种夸张表现在沈从文身上，就正是由自卑向超越艰难迈进的一种努力。

下面再看看他笔下的湘西世界。

这里不再是漫画，而是一卷卷的山水长轴，是细腻的风光和工笔，这是一个理想的世界。虽然经常透露出哀婉的情调，但这哀婉却更加肯定了他的理想。之所以哀婉，是因为现实中的湘西已经变了，已经不是沈从文极力讴歌的天堂了。沈从文说自己是乡下人，指的是他所描写的湘西世界的那种乡下人，是《边城》为代表的世界里的乡下人。可是这个世界在现实中已然不复存在，就是说沈从文的乡下人身份丧失了现实基础。当沈从文自觉不自觉地意识（或感觉）到他的湘西文化在城市文化面前打了败仗，他的潜在的自卑感又不知不觉加深了一层。要除掉这层心灵的绷带，光靠给城市画漫画不行，必须正面树立起湘西世界的形象。

他首先写自然天性战胜现代文明。《雨后》写两个青年男女在山上野合。男主人公四狗目不识丁，他的一切行动全靠本能驱使。他不会说三道四，只有行动。“四狗不认字”，然而本能使他觉得周围的一切“全是诗的”。而女主人公是读书人，“她从书上知道的事，全不是四狗从实际所能了解的”。在形而上的层次，她与四狗是有天壤之别的。可是在这种时候，她的文化一点儿用也没有。四狗让她念诗，她找不出合适的诗来，心中觉得什么诗也比不上四狗唱的粗鄙的情歌。后来勉强念了一句“落花人独立，微雨燕双飞”，四狗说好，并不是懂得诗好，而是认为念诗的人跟眼前的景好。所以女子想：四狗幸好不识字，否则像她一样被文明捆着手脚，两人就不会追求自然之乐了。在全篇中，四狗始终是主动的，女子是被动的。四狗后来很潇洒地离去了，而这个女子躺在那里一直处于陶醉之中，她被彻底征服了。如果认同这篇小说的倾向性，就不难得出结论：读书人不如白丁，靠知识不如靠天性，一切知识在最美好最需要的时候都是废物。能把一件事照本宣科地说出来，“难道算聪明么”？还有《夫妇》中那个仗义解难的城里人黄先生，在送走那对因野合而遭难的青年夫妇后，嗅着那把“曾经在年轻妇人头上留过很稀奇过去的花束，不可理解的心也为一种暧昧欲望轻轻摇动着”。这被摇动的，显然是他那颗“城里人”的心。

与写自然战胜文明相联系的，沈从文大力描绘湘西世界的人情美，这与城市文化的人性丑形成了鲜明的对照。一面是真挚、朴实，一面是虚伪和尔虞我诈。这方面的例子俯拾皆是，已有许多人做过很详缜的论述。我只想提一下《萧萧》的一个情节。萧萧怀孕，本是一件丑事，可是对这件事的处理上，就显现出人性的善良之美。萧萧没有被沉潭，而且由于生了儿子，便被名正言顺地留在家里。事是丑事，但是并不竭力隐瞒，大家都知道了，从感情上也觉不出有什么大不了的罪过。而且特地点明：“照习惯，沉潭多是读过‘子曰’的族长爱面子才作出的蠢事”，萧萧家没有这样的族长，也就是说没有“文明”的束缚，这才保全了前述的人的善良本性。这很可以与《绅士的太太》比较一下。《绅士的太太》里乱伦、私通之类的丑事迭出，但这些丑事是秘密的。虽然并不会面临沉潭那么严重的处罚，但大家仍拼命遮掩，甚至以此相要挟，从而干出更丑的事来。作家的感情是如此的爱憎分明!

沈从文进而追求十全十美的“湘西世界”,不惜进行种种造神的努力。他写的龙朱，“这个人，美丽强壮像狮子，温和谦顺如小羊。是人中模型。是权威、是力、是光”①。他写的花帕族女人,“精致如玉,聪明若冰雪,温柔如棉絮”②。他写的理想婚姻“大妹,近来就是这样,同一个年轻、彪壮、有钱、聪明、温柔、会体贴她的大王生活着，相互在华贵的生活中，光荣的生活中，过着恋人的生活，一切如春天”。③凡是造神，都是自卑感达到一定程度的产物。正是沈从文在现实中感到种种难以承受的精神压力，才一定要在作品中塑造出完美无瑕的男子、女子和美轮美奂的爱情、人情。有了这样一个至神至仙的世界，“过去的担心，疑虑，眼泪，都找到比损失更多许多倍数的代价了”④。这一点,用不着什么专门的理论阐释,已经是各派心理学家公认的常理了。

综合这两个世界，可以看出沈从文背着许多自卑的包袱。这里有教育自卑、出身自卑、地位自卑等等，总的来说，是一种文化——性格自卑。

这就需要看一下沈从文本人的情况了。

沈从文在《从文自传·我的家庭》中描述过他最早的记忆。那是祖母死时，她被“包裹得紧紧的”，“被谁抱着在一个白色人堆里转动，随后还被搁到一个桌子上去”。阿德勒在《自卑与超越》中论述人的早期记忆时指出：“第一件记忆表现出个人的基本人生观；他的态度的雏形。……大部分的人都会从他们的最初记忆中，坦然无隐地透露出他们

① 《龙朱》。

② 《神巫之爱》。

③ 《在另一个国度里》。

④ 《在另一个国度里》。

生活的目的，他们和别人的关系，以及他们对环境的看法。”他还特别指出：“至于记忆的正确与否，倒是没有什么多大关系的。他们最大的价值在于他们代表了个人的判断。”因为“人的想象力决不会编造出超出于他的生活风格所能指命的东西”[①]。而且“各种记忆中最富有启发性的，是他开始述说其故事的方式”。在沈从文关于最初记忆的叙述中，我们应当注意“包裹”、“白色”、“搁到”这样的感觉型用词。这种叙述方式说明，沈从文对这个世界的最初感觉就是拘束和冷落。受到包裹般的拘束，所以他天性就追求自由，喜欢脱掉鞋子走路。受到搁置般的冷落，所以他渴求引起人们的注意。我们还可以发现，沈从文一开始就对这个世界采取了冷静的体察态度。

沈从文家里兄弟姐妹很多。他很小的时候，父母当然和喜欢一切幼儿一样喜欢他，希望他长大了做个将军。“健全肥壮”的他一度成了家里的中心人物。可一场大病使他从此瘦弱下来，将军梦便转移到弟弟身上。而且他在私塾总是逃学，在家长、亲友的眼中，渐渐成为不受重视、反受歧视的坏孩子。可越是这样，从文便越淘气，而且在受惩罚中得到快意。这正是典型的自卑补偿心理。就像罪犯被安置了正常工作后还要犯罪，唤起别人对自己存在的注意，已成为他人生的最大价值。如果肯定童年的生活态度为人的一生的生活风格奠定了原型，也许有一点夸张。但有一点是无疑的，这时的沈从文，已经有一种失宠后的自卑感了。阿德勒认为，有两种孩子最容易成为问题儿童，一种是受宠的，一种是受歧视的。沈从文正好是从前一种落入后一种的。于是在他的意识深处，就不免会产生这样的思想，即：我现在是卑下的，但我原来曾是优越的，这就说明我并非天生卑下，我可以通过自己的努力重新获得优越。阿德勒说：“一个小孩在不断的努力中，可能会变得极富斗争精神，而且在长大成人以后也是一个斗争性很强的人，他总是在奋斗着，并怀着一个坚定的想法——他不应该是笨拙的，有缺陷的。这样一个人所背的包袱

① 阿德勒：《生活的科学》。

总比他人更为沉重。”[1]所以后来沈从文总是不安于已有的地位，不安于已有的作品，他勤奋并且多产。他直觉地感到世界上有一种事情等待他去做，有一个声音在召唤他。他在湘西的部队里几经变换环境，最后终于认定那个召唤他的地方在北京，在那个天下大乱、乱世出英雄的地方。在湘西，他干得再好，前途已像百米终点一样看得很清楚了。那条庸俗的仕途是不能使沈从文满足的。于是，他前往北京。

沈从文离湘赴京前在保靖照了张相。看那神情，毫无一点矫饰，淳朴、自然，但却不野蛮、粗犷，实在是一个清秀文弱的内向的青年。但那刚毅的嘴角，不动一点声色的面容，又分明表示出他的外柔内刚。他那一双黑白分明的大眼睛毫不留情地盯住这世界，简直要把这世界看穿、看透。一种倔强的、包含了忍耐与抗争的气质从相片上直扑出来。这时的沈从文，性格已经定型了。

论述到这里，有一个问题是绕不开的。沈从文似乎总说他在湘西很好，他说假如没去北京，“假如命运不给我一些折磨，允许我那么把岁月送走，我想象这时节我应当在那地方做了一个小绅士，我的太太一定是个略有财产商人的女儿，我一定做了两任知事，还一定做了四个以上孩子的父亲……我的生活是应当在那么一个公式里发展的”。[2]阿德勒发现，自卑的人最爱说“假如我如何如何的话，我就会怎样怎样”。看到沈从文对城市表现出那么大的兴趣，付出了那么多的精力，这使我怀疑沈从文在湘西是不是活得如鱼得水，是不是像他作品里的人物那样潇洒。在我看来，沈从文自称是乡下人，可他不是一个真正的乡下人。即便他未到北京之时，在湘西，他与周围的人和事存在着许多不协调。他所描写的湘西人身上的优点，比如勇敢、直率、自然任性，这些恰恰是沈从文本人所缺乏的。他周围的那些士兵，打架、杀人是家常便饭，而沈从文是自叹弗如的。他讲述一个二十五岁的朋友，却已经赏玩了四十名左

① 阿德勒：《生活的科学》。
② 沈从文：《从文自传》。

右的青年黄花女时，笔调充满了钦羡之情，而他本人在爱情上却极其软弱。他在《虎雏》中感慨道："我自己失败，我明白是我的性格所形成。我有一个诗人的气质，却是一个军人的派头，所以到军队人家嫌我懦弱，好胡思乱想，想那些远处，打算那些空事情，分析那些同我在一处的人的性情、同他身份不合。到读书人里头，人家又嫌我粗率，做事马虎，行为简单得怕人，与他们身份仍然不合。"

沈从文从小就爱空想，尽管他明白"一个人越善于空想，也就越近于无用"。他自己没能进入大学之门，他便想培养一个是行伍出身的"沈从文第二"去大学毕业，这就是虎雏。他"在那个小兵身上做了二十年梦"，并且寄托了种种造神的理想。沈从文的两个儿子就分别叫做龙朱和虎雏，这同样是对自我延续的寄托吧？

所以，沈从文应当属于在城里和乡下之间的一种人。在乡下，他承认自己"是最无用的一种型，可是同你们大都市里长大的读书人比较起来，你们已经就觉得我太粗糙了"。

那么回过头来再看在湘西的实际处境，别人多是外向的，他是内向的。他胸怀大志，可是湘西那里不是他鲲鹏展翅的天地。他在部队里久久升不了官，将军梦早已破灭。沈从文后来最大混了个文书，全靠他写得一笔好字。他只有这唯一的优越处受人赏识。所以他拼命练字，把薪水都买了新字帖，在屋里贴上"胜过钟王，压倒曾李"的自勉铭，可见他的超越欲望有多么强烈；另一面却也显示出他是怎样地被自卑情结所困扰。

于是，这个自负的青年满怀希望奔赴北京。然而一下火车，都市的气势就给予他巨大的震慑。当时的火车站前的两座遮天蔽日的大前门，以巍峨崇高的形象直压上他的心坎，自卑意识一下子被诱发出来了，他觉得自己很有文化，可是在北京这座古都里，文化到处都是。他住的琉璃厂、前门大街一带，简直就是个活的中国文化博物馆。那些当年价值上百两黄金的古玩宝贝，如今几块钱就能买到。文化贬值到这种程度，沈从文肚里那点"子曰诗云"算得了什么，在老北京，整个生活都是艺术味儿的，玩古董字画的人满街都是。一般的市民不是会唱上几段西皮二黄，就是会玩风筝，放鸽子，人人都有股子文化味儿。一方面是文化的泛滥、趋俗，一方面是贬值。大学教授联合罢教才发下来九折薪水。所以沈从文在文化上毫无优势可言。他的处境很像动画片《米老鼠和唐老鸭》中那头盲目进城、被城里人视而不见、践踏而过的狮子。考燕大得了零分，连两元入学费也退了回来。精神的窘迫之外，他没有固定的经济来源，经常到同乡、朋友处吃蹭饭，人生最低需求层次的窘迫是最难忍受的。沈从文天性讲究尊严，“人虽是个动物，……但是人究竟和别的动物不同，还需要活得尊贵！”[1]可这时候一切人的尊严都被压抑了，而他又是觉得自己本来应该拥有这份尊严的。这就产生了两种情绪：一个是深深的自卑，另一个是愤懑、不服气。阿德勒说人在自卑情结中有两条路，一条是自甘沦落，消沉下去。另一条是正视现实，与社会合作，向社会伸出求援的手，进行顽强奋斗。沈从文选择了后者。他给当时名满天下的大作家郁达夫写了一封信，这就成了他命运的一个转机。从此之后，他笔不停耕地写作，成了像老舍所说的“写家”。他出了七十多个集子，完全靠一支笔来建立和巩固自己的名利地位。他从不悲观，他说“要知天道酬勤”。他不信命运，他信时间。然而那种自卑的境地在他的心里烙下了永不消失的印记，使他永远不能安于现状，永远企求超越，一定要达到第一流的地位。这就是自卑情结的补偿。沈从文总是把自我形象放在一个卑下的地位上。他写到自己的爱情，那完全是一种奴性的爱。把爱人想象得天神一般，而自己是个乞求顾怜的奴仆；可这种爱却又是他所看不起的。他在写别人的爱时，全力赞美那些大胆的、勇敢的以至粗野的爱。他在一切方面都自卑而且敏感，甚至连自己有一点少数民族的血统也不放过，所以有时故意站在少数民族立场来攻击汉人，如《龙朱》中说：“女人们对于恋爱不能发狂……近于中国汉人，也很明显了。”当他攻击一事时，就使自己脱离了那件事，好像已经站在那

① 沈从文：《黑魔》。

件事的对立面，这样便获得了一次超越。沈从文就是这样，在自卑情结的刺激下，怀着对自己文化处境“不平则鸣”般的愤怒，一步步地走上了超越者的阶梯，它的副产品就是给新文学带来了两个相映成趣的新鲜世界。

以上从作品到创作主体的评析，无非只是想说这么几句话。第一，沈从文有自卑情结，而且很典型。第二，通过这个角度来看他的作品，不敢说很有“意义”，但起码是很有“意思”。第三，心理学的方法比起社会学的方法当然要视野狭窄，难免有捉襟见肘的“唯心”论断。但这对于沈从文这样的关心个体生命远过于社会意义的作家来说，也许更能找出他的世界性。

本文发表于《中国现代文学研究》

从《雷雨》的演出史看《雷雨》

一部文学作品的效果才是它的存在。

——列奥·洛文达尔

《雷雨》在中国大地上一亮相，就有如惊雷瀑布，转瞬之间便征服了观众的心。《雷雨》以它杰出的构造和雄强的艺术魅力，不仅一再显示了自身的存在，更重要的是显示了中国话剧的存在。从哲学角度来讲，“存在”是一个过程，是一种飞逝，是一条历史的射线。《雷雨》就在这条历史的单行道上奔跑了半个多世纪。有多少人演过它，有多少人看过它，已然无法做出准确的统计。但是，它的效果存在着。考察这效果，能够使我们洞悉《雷雨》在这半个多世纪里是怎样存在的。从《雷雨》的怎样存在也许还会使我们稍稍体会到一点这半个多世纪是怎样存在的。

所谓文学作品的效果，即是指它的接受史。作为一部话剧，它的接受史毫无疑问要以它的演出史为主。根据接受美学的观点，纯粹的案头剧本，已经丧失了戏剧的体裁意义，只能看做是一种“戏剧体”的小说。离开了导演和演员，离开了舞台和观众，戏剧就没有存在的价值和意义了。这种观点尽管还可商榷，但是，研究一部话剧的接受史，无疑应该把导演、演员、观众作为主要的接受客体。至于评论家，则应该视为观众中的一部分、具有一定权威性见解的一部分。曾在《雷雨》中扮演过周冲的董行佶说:“我认为作家的理解,代替不了演员的理解。”[1]其实作家、演员、观众的理解都是不可相互替代的，一部剧作就是在交叉勾连的理解框架上建立起自己的接受史大厦的。在这个接受过程中，演出者成了关键部分。他们一方面直接面对作者、面对剧本原作,对剧本进行“原始接受”；另一方面又直接面对观众，把“原始接受”之后的理解加以再创作，把这再创作的成品呈现给观众。因此可以说，一部话剧的接受史是以它的演出作为里程标记的。

《雷雨》首次登台，是1935年4月，距离它发表在《文学季刊》一卷三期上的1934年7月，已然过了大半年。当时，日本有两位关注中国文坛的青年学者武田泰淳和竹内好，他们读过剧本后深为感动，便去找到中国留日学生杜宣。在讨论中一致认为《雷雨》“是戏剧创作上的巨大收获”，决定把它搬上舞台。于是，1935年4月27日、28日、29日，《雷雨》以中华话剧同好会的名义，在东京神田一桥讲堂首次与世人见面，导演是吴天、刘汝醴、杜宣。

《雷雨》首演的具体情况，我们所知甚少。但1935年2月号的《杂文》在刊登了曹禺《〈雷雨〉的写作》时有一段编者按很值得注意：“就这回在东京演出情形上看，观众的印象却似乎完全与作者的本意相距太远了。我们从演出上所感受到的，是对于现实的一个极好的暴露，对于

① 《一场春梦》,《〈雷雨〉的舞台艺术》。

没落者一个极好的讽刺。”

作者的本意与观众的印象不一致，这本是寻常之事。但如果“相距太远”，那就必有不寻常之理了。那么，在追踪《雷雨》演出史的第一个驿站，我们不妨先探究一下作者的本意大略是什么。

曹禺本人多次阐述、回答过创作《雷雨》的意图。在不同的时代、不同的场合，他的话是不尽一致的，甚至有时还出现矛盾。我认为最有说服力的、最能保证学术研究科学性的材料应当是作者在当时的解释。

在《雷雨》首演前，吴天、杜宣等人致信曹禺，说由于剧本太长，“把序幕和尾声不得已删去了，真是不得已的事情”。曹禺的回信就是那篇登在《杂文》上的《〈雷雨〉的写作》。在这里，曹禺第一次说明了他写的是什么：

> 我写的是一首诗，一首叙事诗，……这诗不一定是美丽的，但是必须给读诗的一个不断的新的感觉。这固然有些实际的东西在内（如罢工……等），但决非一个社会问题剧。……在许多幻想不能叫实际的观众接受的时候，……我的方法乃不能不推溯这件事，推，推到非常辽远的时候，叫观众如听神话似的，听故事似的，来看我这个剧，所以我不得已用了《序幕》和《尾声》。

在此，曹禺十分明确地表示了他写的不是一个社会问题剧，不是陈望道在《文学小辞典》中定义为“以社会上种种问题为题材的戏剧”[①]的那种问题剧。曹禺强调他写的是诗，他要叫观众接受诗的幻想，为此便需要一定的审美距离，所以才用了序幕和尾声，说“不得已”等于说是“必须”，非用不可。

可是，在《雷雨》的第一次演出中，序幕和尾声就被删掉了。从那以后，它们就成了不准出生的婴儿，没有一个剧团把它们搬上舞台，甚至在后

① 《觉悟》1921 年。

来出版的剧本中都不存在了，直到最近的《曹禺文集》才按原来的面貌收进了它们。曹禺对一首一尾的被割弃，在1936年的《雷雨》序中表示了更大的遗憾和惋惜。

> 《雷雨》有许多令人疑惑的地方，但最显明的莫如首尾的《序幕》与《尾声》。聪明的批评者多置之不提，这样便省略了多少引不到归结的争执。……在此我只想提出《序幕》和《尾声》的用意，简单地说，是想送看戏的人们回家，带着一种哀静的心情。低着头，沉思地，念着这些在情感，在梦想，在计算里煎熬着的人们。荡漾在他们的心里应该是水似的悲哀，流不尽的；而不是惶惑的，恐怖的，回念着《雷雨》像一场噩梦，死亡，惨痛如一支钳子似的夹住人的心灵，喘不出一口气来。《雷雨》……有些太紧张……以第四幕为最。我不愿这样戛然而止，我要流荡在人们中间还有诗样的情怀。《序幕》与《尾声》在这种用意下，仿佛有希腊悲剧 Chorus 一部分的功能，导引观众的情绪入于更宽阔的沉思的海。

可以看出，曹禺是多么深情地眷恋着他那流产的序幕和尾声。他强调序幕和尾声的净化功能，这明显是受朱光潜美学思想的影响，企望由欣赏的距离带来心灵的净化。砍掉头尾等于砍掉了曹禺的美学风格。他对导演们武断地掐头去尾表示了不满，并希望能按原来的样子演出《雷雨》。其次，曹禺希望造成的美学效果是“哀静”，不使观众单独去恨某一个人物。所以，对待周朴园的态度也是衡量演出效果与作者原意差距的重要标志之一。序幕与尾声的存留，是关系到是否体现作者原意，关系到《雷雨》根本性质的问题，而决不是演出时间长短的技术性问题。正像曹禺在《日出》的跋中再次埋怨的那样，删去序幕和尾声就仿佛删去了《日出》的第三幕，全剧的性质顿时变化。曹禺说如果要删《日出》的话，他宁肯“砍掉其余的三幕”，也要保存他最贴心的第三幕。其实，对于《雷雨》的一序一尾，他的心情又何尝不如此呢？可以说，经过导演们买椟还珠式地删去序幕和尾声之后所演出的《雷雨》，已经完全是另外一部《雷雨》了。

首先，戏剧的结构发生了根本变化。原来的结构是回顾式、宝盒式或者简单说是天方夜谭式。四幕主戏盛放在头尾之间，故事的结局已定，只是要人们回顾一下梦境。就好像《枕中记》里主人公在小客栈入睡又在小客栈醒来，虽然故事的主干是回顾他荣华富贵的梦境，但戏剧的主题是超越这个子结构、落实在母结构上的。《雷雨》删去了序幕和尾声也就是删去了母结构，类似于叙事学上把第三人称转变成第一人称。

其次，戏剧的美学效果发生了根本变化。删去头尾后，故事与观众的距离消失了。观众一开幕便置身于周公馆，四幕主戏直接呈现于观众面前，情感的雷电径直倾泻在观众的心头，没有巴赫的吟唱，只有贝多芬的怒吼，使人忘了这是演戏，忘记了生者死者都并不在此，强迫观众身临其境，去认同台上的角色，与剧中人一块痛苦、挣扎、恐怖，净化变成了征服。

最后，由于结构和美学效果的变化，作者的原意就根本无法实现了。曹禺的原意是要写叙事诗，写蘩漪的魔力、周冲的憧憬、侍萍的绝望、朴园的忏悔，可观众只看到了叙事，没有诗；曹禺的原意是要给人以辽远的幻想，故事发生在十年以前的又三十年前，可观众偏偏捉住了实际的社会问题而连哭带骂；曹禺的原意是要表现整个宇宙的“残酷”，所有的人都逃不脱罪恶的深渊，观众却说“雷雨”象征了资产阶级的崩溃……[①]

我们不必把作者的原意探究得过于条分缕析，反正它是出自一股原始的艺术冲动，要表现一种隐秘的、复杂的人类对宇宙的情感。重要的不在于这情感究竟如何定义，而是这情感一开始就遭到了误解并从此慢慢枯萎。

这样的误解并不是演出者有意要跟作者作对，也不会仅仅是由于剧

① 白宁：《〈雷雨〉在东京公演》，《杂文》创刊号，1935年5月15日。

本太长，而是演出者面对剧本所作出的一种本能的选择的结果。从《雷雨》以后的演出实践来看，演出者和观众都接受了这样的选择。

所以,读《雷雨》剧本与看《雷雨》演出有时会得出完全不同的结论。李广田读过《雷雨》后觉得其中的人物“简直没有办法来判决他们的是非，当然这里并不是没有是非的存在，不过我们是被另一种东西给破除了是非观念，于是不论他们是犯罪的，是无罪的，都赢到我们的同情。”他并由此判断《日出》不如《雷雨》。[①]李蕤认为“在《雷雨》里,我们被作者引上一座高塔。……掩上书，适才有血有肉的人都渐小渐远地消失在我们再也望不到的远处……”[②]而郭沫若观后说:“全剧几乎都蒙罩着一片浓厚的旧式道德的氛围气，而缺乏积极性。就是最积极的一个人格如鲁大海，日后也不免要消沉下去。作者如要受人批评，最易被人注意到的怕就是这些地方吧。”[③]郭沫若从社会悲剧角度来看《雷雨》,当然是取其所好。但他指出《雷雨》日后要被人从何处批评，是相当准确和富有洞见的。这是一个善于把握时代风云的弄潮儿对《雷雨》的具有代表性的评价。

鲁迅 1936 年 4 月向埃德加·斯诺介绍中国作家时说 :“最好的戏剧家有郭沫若、田汉、洪深和一个新出现的左翼戏剧家曹禺。”鲁迅把曹禺看成“左翼”，而当时曹禺只发表了一部《雷雨》，可见鲁迅也是从社会问题的角度来看待《雷雨》的。

当时的另几位文坛魁斗如巴金、茅盾、沈从文也都是戴了社会问题的眼镜去看《雷雨》的。[④]可见,《雷雨》主题意义的社会化是整个中国社会本能选择的结果,《雷雨》命中注定就要这样被演、这样被看。这只小船一旦从曹禺手中抛入社会的激流，它怎样漂泊、怎样沉浮，就再也

---

① 1936 年 12 月 27 日《大公报》，李广田 :《我更爱〈雷雨〉》。

② 1936 年 12 月 27 日《大公报》，李蕤 :《从〈雷雨〉到〈日出〉》。

③ 郭沫若 :《关于曹禺的〈雷雨〉》，1936 年 4 月 1 日日本东京《东流》月刊第 2 卷第 4 期。

④ 参见 1936 年 12 月 27 日《大公报》集体评《日出》的一组文章。

不能完全依据作者的什么本意，而要参考上演它的那个时空的本意了。

《雷雨》在国内的首次演出，据目前公开发表的记载，是1935年8月天津市立师范学校孤松剧团在学校大礼堂进行的。1935年8月31日，天津《大公报》发表刘西渭的《雷雨》。这篇学术价值较高的文章虽主要是根据剧本写的，但从中也可看出一点对这次演出的评价。刘西渭首先就指出："在中国，几乎一切是反常的。举个眼前的例，剧本便要先发表，而后——还不见得有人上演。万一上演，十九把好剧本演个稀糟。《雷雨》便是这样一个例。"刘文第一次提出了《雷雨》的"命运"问题，并领会到作者让周朴园活下来是因为"从一个哲学观点来看，活着的人并不是快乐的人；越清醒，越痛苦，倒是死了的人，疯了的人，比较无忧无虑，了却此生债务。"刘西渭深刻体会到了作者的原意是对周朴园有相当的同情，但他同时指出"观众却没有十分亲切地感到"。可见，孤松剧团的演出效果是使观众并不同情周朴园这个活着的清醒者，是使观众产生比较明显的爱憎的。演出次日，《大公报》发表的冯俶《〈雷雨〉的预演》（下）认为："这剧本不单是告诉你一个家庭的故事，它潜在的有一个问题，'婚姻制度'的问题，婚姻如何才能成一个健全的形式？"《大公报》随后发表的白梅《〈雷雨〉批判》认为剧作"对于社会婚姻和伦理制度都表示着不满，而实行反抗。"这些评论充分说明了《雷雨》是以社会问题剧的面目出现在中国舞台上的。

这一时期，上海复旦剧社也演出了《雷雨》。一系列学生剧团的演出，逐渐扩大了《雷雨》的影响。这些演出的水平虽然有限，但为以后高质量的职业演出做了有益的铺垫。

第一个上演《雷雨》的职业剧团是中国旅行剧团。"中旅"成立于1933年11月的上海，后来成为全国一流水平的职业话剧团，这与《雷雨》一剧是有着密切关系的。是"中旅"首排并且首演《雷雨》的，"中旅"把《雷雨》带遍大江南北，从30年代一直演到解放初，到处受宠，使《雷雨》名扬四海。同时，《雷雨》也培养和锻炼了一大批中旅的艺术家，像唐槐秋、唐若青、陶金、赵慧深、章曼萍……《雷雨》成了中旅上座率最高、历演不衰的看家戏。中旅的演出，代表了三、四十年代《雷雨》演出的权威水平，中旅的《雷雨》成为以后全国各剧团演出的蓝本，所以，中旅在《雷雨》演出史上占有十分重要的地位。考察中旅的演出就可以起到纲举目张的作用。

1935年春，中旅征得在清华大学的曹禺的同意，首排《雷雨》。可刚排完第一幕，就下来了禁演令，罪名是“乱伦”。三次请求公演，均被北平当局驳回。据陶金的回忆：“国民党说我们这出戏有伤风化，儿子跟后娘偷情不会有好影响，少爷和丫头恋爱同样很糟，于是这出戏被认为是有害的。一个星期后，警察抓走了八个演员，我是其中之一。我们被戴上手铐脚镣，并遭到拷打，他们逼着我们跪下，打我们，要我们承认是共产党。”[①]从这段话可以看出，国民党当局说他们“有伤风化”不过是个借口，怀疑他们有共产党思想才是真的。否则当时有那么多“有伤风化”的剧在上演，何以偏偏要拷打他们。可见，国民党当局作为一个特殊的接受群体，他们也认为《雷雨》首先是一个社会问题剧。后来，抗战期间，国民党中央宣传部向各地下达的文件上说：“曹禺所著《雷雨》剧本，不独思想上背乎时代精神，而情节上尤有碍于社会风化。此种悲剧，自非我抗战时期所需要，即应暂禁上演。”[②]这里明显是假装强调情节的毛病，实际上害怕他们所认为的“思想”。统治阶级的看法，尤其是他们的压制必然从反面激励人们更着重从社会问题角度来演这个剧、来看这个剧。时代一步步把《雷雨》造成了一部真正的社会剧。也许这正符合了戏剧的生存法则。

1935年10月13日，中旅第三次赴天津期间在天津新新影戏院公演了《雷雨》，这是职业剧团第一次上演此剧。观众反应热烈，演员们则觉得借此发泄了郁积在心中的苦闷。[③]

---

① 引自乌韦·克劳特：《戏剧家曹禺》，《人物》1981年第4期。

② 转自田本相：《曹禺传》，第295页。

③ 参见洪忠煌：《中国旅行剧团史话》，《中国话剧史料集》第一辑，第153页。

1936年 2月 5日，中旅第四次赴天津的次日，再次公演《雷雨》。《雷雨》在天津的成功给中旅带来巨大声誉，连同其他几出拿手戏，使中旅一跃独执全国话剧界的牛耳，从一个四处流浪、朝不保夕的艺术家团体，变成了一个到处受欢迎、受赞誉的红剧团。

1936年 5月，中旅在上海公演《雷雨》，全城轰动，连演了三个月，场场客满，正如茅盾赠曹禺诗中所说“当年海上惊雷雨”。[①]观众连夜排队，甚至有人从外地赶来观看。曹聚仁在《文坛五十年续编·戏剧的新阶段》中说《雷雨》与“各阶层小市民发生关联，从老妪到少女，都在替这群不幸的孩子们流泪”。这里所说的“这群不幸的孩子们”显然是不包括周朴园的，可见《雷雨》在观众中的效果还是使人为死者而痛心疾首，而不是“哀静”。

1936年5、6月份，中旅曾从上海去南京演过《雷雨》，演出的样式与同期在上海应是相同的。当时田汉在《暴风雨中的南京艺坛一瞥》中对《雷雨》提出了批评。他首先认为《雷雨》提出了许多社会问题，如大家庭的罪恶问题，青年男女的性道德问题，劳资纠纷问题等，然后指责作者把这些问题归于“不可抗拒的命运”，而不归于人物性格和时代背景。田汉主张应把《雷雨》修改成社会悲剧，他指责中旅的演出是“无批判的演出”。当时与田汉意见不同的是石三友的《关于〈雷雨〉的杂感》，他同意田汉说的《雷雨》的“积极精神不够”，但强调《雷雨》已完全尽了暴露的能事。实际上二人都是认为《雷雨》是“暴露文学”。另外则还有人痛斥《雷雨》的怨毒与不平，认为煽动性太厉害了。[②]

在中旅离开南京后，曹禺、马彦祥、戴涯等人发起的中国戏剧学会也于1936年秋公演了《雷雨》，曹禺亲自扮演周朴园。从现在的剧照上看，是有着一双明亮而又咄咄逼人的大眼睛，一副精明刚毅又十分内向的表情，薄而轻的眼镜，浓而黑的胡须，脸上同时写着软弱和坚强……

① 《人民日报》1979年1月28日。

② 石三友：《金陵野史》，江苏人民出版社。

大概曹禺自己最能体会这个爱不得、恨不得的周朴园了。

1936年10月，中旅赴汉口演出《雷雨》。到1939年底，中旅共赴汉口三次，使《雷雨》在武汉产生了巨大影响，以至于武汉沦陷后，一批汉奸文人组织的武汉青年剧团也把《雷雨》列为重要剧目。比如1942年 4月，"中日文化协会"第一次代表大会在武汉召开，该团专场演出了《雷雨》，招待大会的代表。[①]这个剧团的宗旨是"以艺术的手段，来促进和平建国运动及建设东亚之新秩序"。该团多次获得"宣扬和平"、"和运先导"的奖旗。它把《雷雨》列为重要剧目，起码说明日伪统治当局并未像国民党当局那样害怕《雷雨》。

抗战期间，中旅多次演出《雷雨》，主要是作为一种老字号的保留剧目，由于是在日伪统治环境下演出，并无什么新意。

抗战结束后，1947年的春节，中旅在南京飞龙阁上演过一段时间的《雷雨》。直到1949年9月，北平解放后，唐槐秋召集部分故人，来到北平，以中旅名义在长安大戏院公演《雷雨》，这是全国解放前最后一次演出。

总结中旅的演出，有如下几个特点：

一、结构上没有序幕和尾声。这一点从历次演出的演员表上很容易得到证明。中旅之前的演出都是这样，中旅的做法更成为一种蓝本。

二、在人物与情节的关系上，更重视情节。这是剧团的商业性质所决定。特别是后来，演员的表演已经程式化，全靠技巧而缺乏激情了。这使观众关注"事"更甚于关注"人"。[②]

三、在人物形象塑造上，既有道德评价，也有社会评价。所以，遭到了批评界的两面夹击。有的攻击它有伤风化，有的则批评它社会意义不够明显。在周朴园的形象上，是以否定为主调，同时含有一定的同情。蘩漪和周萍的形象则以同情为主。[③]

---

① 谈雯：《武汉话剧史话》.《中国话剧史料集》第一辑，第240页。

② 见黄芝冈：《从〈雷雨〉到〈日出〉》，《曹禺研究专集》，第555页。

③ 参见洪忠煌：《中国旅行剧团史话》。

这些特点使《雷雨》以社会问题剧的面貌在观众中留下了难以磨灭的印痕。批评界自从周扬的《论〈雷雨〉和〈日出〉》问世以后,认为《雷雨》是反封建的杰作就几乎成了不刊之论。

《雷雨》之所以被画成了这副脸谱，除去社会文化心理这只看不见的铁手外，当然也有它自身的潜在的转化机制。吕荧在 1944 年《曹禺的道路》一文中作过颇为详细的分析，他说 :“由于人物的真实，由于观众的虚渺,悲剧《雷雨》不是作为神秘剧,而是作为社会剧被欢迎了。”吕荧比较清醒地意识到作者的原意并不是“暴露大家庭的罪恶”，而是要显示宇宙主宰的“残忍”。不过吕荧认为剧作可取之处仍在于它社会意义的一面，认为此乃曹禺“向现实踏出的最初的一步”。曹聚仁认为“曹禺在雷雨中的人类，都是有血有肉的活生生的人”，比如“周朴园的专横，蘩漪的苦痛，周萍的软弱，周冲的天真，鲁贵的卑鄙，鲁大海的刚强，鲁妈的悲惨经历，作者都通过了精炼的带动作性的对话，有很细腻真实的描写。观众由爱与死的纠葛中，自然也可以体会到他们的社会性质”。所以，“在演出上，观众却不感觉《雷雨》的神秘，而是把它当作社会剧来欢迎了的”。①

确实，《雷雨》在主观创作意图上虽然是要写诗，但一旦进入具体的创作过程，曹禺就不可能摆脱他作为一个“社会人”所具有的种种现实情感和价值判断。曹禺在寂寞的童年里饱看了封建大家庭的罪恶，所以当他动笔来写“宇宙”的罪恶的时候，就不自觉地把抽象的观念外化为具有社会意义的艺术符号体系了。这个体系正是《雷雨》能够被当做社会问题剧来看待的内在原因。

除了中旅，还有许许多多剧团上演过《雷雨》，其中值得注意的是，1942 年初,焦菊隐在桂林为国防艺术社导演了《雷雨》。焦氏认为《雷雨》“从外形上讲，编剧技巧，全属于假古典主义”，而从内容上讲，则“发现它是属于自然主义，尤其是左拉创始的生物体系的自然主义的产品”。

① 曹聚仁 :《文坛五十年续编》，香港新文化出版社，第 290 页。

焦氏即是“站在自然主义的立场来排《雷雨》的”。他自称是“为了反封建的目的而上演《雷雨》”。他对于全剧的理解和介绍重在两点，一是“要强调社会的遗传性”，企图阐明“封建家庭之应当立予摧毁”，所以，他“不特别加强周朴园的悔悟”，并且“把周萍排成颓废的人物，因为若不那样会使他们得到观众的同情的”。二是尽量减少宿命的色彩，“把宿命的归纳变成封建家庭崩溃的必然性之显示”。可以看出，焦菊隐的导演观是带有明显的社会学气息的，实际上已经举起了反封建的大旗。不过，焦菊隐导演的这次《雷雨》，演出上失败了。[1]原因可能是他一心要赶上时代，而此时却未免太超前了。因为反封建并不是1942年的中国的主导时代精神。他的设想在建国以后得到了实现。

国统区演出的《雷雨》基本惟中旅马首是瞻。解放区《雷雨》上演得相对较少，如西北战地服务团、延安青年艺术剧院都在1941年演过《雷雨》。可是在强调文艺大众化的浪潮中，上演中外名剧被认为是脱离大众。[2]《雷雨》显然是不适合解放区的一般观众的。《雷雨》的黄金时代是30年代。到了40年代，无论在解放区、国统区抑或沦陷区，由于它与被人们指定的反封建的意义与时代精神有所脱节，时代要求的是反帝、救亡和民族的独立、解放。所以，它自然就不大卖座了。

解放前上演的《雷雨》，基本上是依照文化生活出版社1936年的版本。当时曹禺毫不掩饰他的“原意”，并且他的“原意”也不难为评论家们所了解，但正如杨晦在《曹禺论》中指出的：“我们所要求的，正跟曹禺的‘用意’相反。我们不要‘一种哀静的心情’，不要什么‘欣赏的距离’。我们所要求的，是对于现实的认识与了解，是要作者指示给我们：这个悲剧的问题在哪里，这个悲剧在我们现实生活里的意义和影响，并且希望得到作者的指示，我们要怎样才能解决这个悲剧的问题。”杨晦的观点如此鲜明有力，这是一个巨大群体的声音在轰响。看来《雷

① 焦菊隐：《关于〈雷雨〉》，《焦菊隐文集》第二卷。

② 参见胡可：《关于解放区的话剧》，《中国话剧史料集》第一辑。

雨》命中注定要被当做社会问题剧来看待、来要求，因为它毕竟诞生在这样一个充满种种社会问题、充满种种现实苦难的国度。无论是人民、政府还是艺术界，都没有雅兴去听它那神圣的巴赫音乐。《雷雨》成功了，但它是作为一部社会剧成功的。说不上这是它的幸还是不幸。

《雷雨》的演出史，以中华人民共和国成立为界碑，分成了鲜明的两个阶段。

《雷雨》在建国后的演出有两点需要把握：

一、演出的范围大大扩展了，演出者以北京人民艺术剧院和上海的几个剧团为主。北京人艺1954年、1959年、1976年、1989年四次排演《雷雨》，《雷雨》成为北京人艺的骨干剧目之一。这与建国前中旅与《雷雨》的关系十分酷似。

二、演出不像建国前那样具有连续性。50年代中期，50年代末至60年代初期，70年代末至80年代初期及最近80年代末的演出，每次都展现出新的风貌。在整个"文革"期间及其前后，《雷雨》则从舞台上消失了十几年。

下面以北京人艺的演出为主纲，粗略描述一下建国后一些较为重要的《雷雨》演出。

第一次是1954年2月19日，上海电影制片厂演员剧团在大众剧院上演的，赵丹导演，基本上沿袭中旅的风格。这是建国后《雷雨》演出的开端，又是建国前《雷雨》演出模式的最后告别。

1953年，全国第二次"文代会"后，北京人艺决定选排一个五四以来的优秀剧目。经过讨论决定首先排演《雷雨》，导演夏淳。从那以后，北京人艺演出的《雷雨》，都是夏淳导演，这使得北京人艺的《雷雨》具有了演出风格上的连续性。夏淳还曾于1988年2月赴新加坡为新加坡实践话剧团担任了《雷雨》导演。[①]夏淳接受导演任务后面临的第一个

① 北京人艺1989年《雷雨》演出戏单。

问题是，当时戏剧界公认中旅的演出是最标准的楷模，而夏淳“不想落入前人窠臼，而且认为现在再演《雷雨》一定不能停留在 30 年代的水平上”。[①]当时的时代要求也不允许重复中旅的娱乐性为主的演出样式。

夏淳根据自己的生活经历认为蘩漪“实在是并没有病的，她也不疯，她不应该是病态的”。周朴园则“虽然去德国留过学，现在是煤矿的董事长，可是他无论如何不是洋场中人，他不是洋奴思想很重的人”。夏淳“甚至觉得他是熟读了《曾文正公家书》，并以之来教诲子孙，且立为庭训以正家风的人”。[②]

夏淳还认为：“《雷雨》不是一个以阶级斗争为题材的剧本。但是，它鲜明地刻画出以鲁大海为代表的中国工人阶级和以周朴园为代表的民族资产阶级之间的矛盾。阶级斗争虽然或隐或现地影响着剧中的每一个人物，但是从全剧看，它只能处在时代背景的位置上，不能成为贯穿全剧的动作线。”[③]

应该说，夏淳的这一认识是符合剧本实际的，这是一种很自觉的现实主义态度。但正像焦菊隐所说：“导演没有自己，他生在哪一个时代、哪一个环境，他就得顺着那一个时代、那一个环境的要求，给那一时代、那一环境一个满足，一个预示。”[④]

夏淳没能摆脱这个规律。在 1954 年排戏之初，他们就想在阶级斗争上做文章，突出了反抗与觉悟，并把人物分成左中右三派。假如第一次就这样演出，那么以后真是不可想象。须知，这是建国后第一次正式排演五四以来的重要剧目，这不是一般的艺术演出，而是政治演出。所以，《雷雨》是要听号令的。就在《雷雨》刚开始排演不久，周恩来就十分关心。他说，你们怎么理解这个戏的主题呢？要知道这个戏的主题是反封建。

周恩来高屋建瓴的一句话为《雷雨》定下了调子。周的话与建国前

① 夏淳：《生活为我释疑》，《〈雷雨〉的舞台艺术》。
② 夏淳：《生活为我释疑》，《〈雷雨〉的舞台艺术》。
③ 夏淳：《生活为我释疑》，《〈雷雨〉的舞台艺术》。
④ 焦菊隐：《关于〈雷雨〉》，《焦菊隐文集》第二卷。

周扬的评价连成一体，决定了《雷雨》在人们心目中的价值和意义。周扬的那篇文章也是这次排演的主要参考资料之一。

早年领导过工运的彭真也通过分析鲁大海所处的时代，指出“他们进行的还是经济斗争”。这就更加否定了剧组的“阶级斗争”说。在排演中，人艺总导演焦菊隐几次亲临指导，他指出“朴园这个人的感情是有冲突的”，鼓励演员“大胆地演一个资本家的感情”，他要求戏里最主要的东西是“生命，新鲜的、活泼的生命”。[①]这与他1941年导演《雷雨》时的思想是一脉相承的，都是为了突出封建制度对生命的残杀。

于是，《雷雨》便以“反封建”的面目出现在新中国的舞台上。由于当时左的干扰并不明显，而主要是剧组成员的“庸人自扰”，所以，经过主题思想的确定，加上剧组演员“生活的基础比较扎实，同时在导、表演方面坚持不违背生活的真实，不违背人的自身的逻辑”，[②]这次演出获得了圆满成功。它比中旅的演出突出了主题，从重情节转向了重人物，是严格的现实主义之作。

北京人艺以后几年都是本着这次排练演出的。

1959年，北京人艺第二次排演《雷雨》，这次所排的《雷雨》一直演到 60年代初。与上一次相比，《雷雨》发生了较大的变化。郑榕（饰周朴园）在《我认识周朴园的过程》中回忆道：“由于‘左’倾思想的影响，阶级斗争的弦越绷越紧，只想加强表现阶级本质，别的方面全不顾了。”例如周朴园和鲁侍萍相认的一段台词是这样处理的：

“谁指使你来的？”（要怒目相对，似乎要追出其幕后的指使人。）

“我看过去的事不必再提了吧。”（要面孔冰冷，唯恐对方藕断丝连。）

“好，好，好，那么，你现在要什么？”（已经一刀两断，泾渭分明，视同路人了！）

周朴园与鲁大海见面一段的处理，“更是作为两个敌对阶级的代表

① 焦菊隐：《看〈雷雨〉二幕连排后的谈话》（一），《焦菊隐文集》第三卷。

② 夏淳：《生活为我释疑》，《〈雷雨〉的舞台艺术》。

人物在进行一场你死我活的斗争，丝毫也不能有什么父子之情”，周朴园的形象“剩下来的只不过是一具‘虚伪’加‘残暴’的躯壳而已”。[①]

扮演鲁大海的李翔60年代初应上海《文汇报》之约，以《深题浅探》为题写过一篇表演札记，他认为：“作为当时罢工工人代表的鲁大海，不仅要在一定程度上反映我国工人阶级的某些素质；也要展现其在一定历史条件下和个人经历所形成的时代特征及个性特点。”[②]这段话说明在当时的演出的指导思想上，鲁大海是被当做一个时代的工人阶级典型来处理的。

这样的处理自有其时代的缘由。

1958年3月8日，《雷雨》在苏联莫斯科中央运输剧院上演。导演阿·柯索夫在致曹禺的信中提出了五点看法，认为剧本的思想是“在资本主义社会里，社会不平等的现象产生了人类关系的悲剧，并且成为青年一代在道德上走上绝路，以致遭到毁灭的原因”。他认为剧本反映的是“对贫困阶级猖獗地剥削和压迫的时期”，《雷雨》象征着“中国剥削阶级不可避免的毁灭”，鲁大海的行动“反映出一切革命的，进步的事物，它起而代替着正在瓦解，正在毁灭的周朴园的家庭”。对这四点看法，曹禺表示完全同意，只在第五点上，曹禺认为周朴园“是一个当时社会上所谓最正直的上层人物，而他自己一点也不知道他内心中是这样可怕的，伪善的”。[③]

1959年 6月，曹禺再一次修改《雷雨》，[④]突出了鲁大海的反抗性。例如第三幕中鲁大海要去拉车一段，增加了这样的台词：“我们要闹出个名堂来。妈，不要看他们这么霸道。周家这种人的江山是坐不稳的。”第四幕中周朴园叫人去追鲁大海时说的“我丢了一个儿子，不能再丢第二个了”则被删掉了。

这次修改过的本子由上海人民艺术剧院于1959年 8月中旬公演，

---

① 见《〈雷雨〉的舞台艺术》，第242、243页。

② 李翔：《浅探而已》，《〈雷雨〉的舞台艺术》。

③ 《关于〈雷雨〉在苏联上演的通信》，《曹禺论创作》。

④ 曹禺曾于1951年对《雷雨》大量修改，但并未上演过这个修改本。

导演吴仞之。吴仞之把《雷雨》的主题思想“归结为资产阶级与劳动人民的道德观念的矛盾冲突”。他认为“《雷雨》描写的不是家庭悲剧，因为蘩漪不能放在主线上，也不能让人同情”。这次演出，引起了一场“不大不小的争鸣”。[①]因为导演立志要“解决同情谁、憎恨谁的问题”，“把鲁家四人都理解成为被迫害，引起人们同情的人物”，所以鲁贵被解释成一个“本质上是好的”、“值得同情的人物”，周萍被解释成“十足的资本家阔少”[②]，而蘩漪则被“处理得像一个善于寻衅的‘活鬼’”，“一个十分自私、阴毒的女人”。[③]这样的处理在学术界遇到了本能的反弹。不过，在当时的形势下，还是有许多人表示了支持和妥协。有的学者称赞曹禺的修改使“鲁大海和侍萍对周朴园的仇恨愈来愈深，斗争还将继续发展”。[④]

曹禺对《雷雨》的几番修改，正应了他自己后来所说：“一个作家总逃不脱时代精神的影响，或者是反映了时代精神，或者是反对时代精神。”曹禺认为“跟着时代前进的就是进步的”。[⑤]这一次京沪两地风格相近的演出使《雷雨》又一次小心翼翼地做了时代的“宠儿”。

历史到了“文革”，《雷雨》再也睡不住宠儿的摇篮了。曹禺被打成牛鬼蛇神，《雷雨》自然成了他最大的罪状。吴祖光保存下来一份1968年北京师范学院革命委员会《文艺革命》编辑部编辑的“打倒反动作家曹禺”专号。目录中有两篇专批《雷雨》的：

响的什么雷？下的什么雨？

——批判反动剧本《雷雨》……红卫江

中国赫鲁晓夫与《雷雨》……多奇志

在另一篇《打倒反动作家曹禺》的文章中，《雷雨》被痛斥为“极

---

① 丁小平：《第九个角色》，《曹剧研究集刊》，南开大学出版社。

② 《写在〈雷雨〉演出之前》，参见潘克明《曹禺研究五十年》。

③ 《写在〈雷雨〉演出之前》，参见潘克明《曹禺研究五十年》。

④ 陈瘦竹、沈蔚德：《论〈雷雨〉和〈日出〉的结构艺术》，《文学评论》1960年第5期。

⑤ 《简谈〈雷雨〉》，《收获》1979年第2期。

力宣扬阶级调和、阶级投降，鼓吹资产阶级人性论，大肆诬蔑中国共产党领导的工人运动”。①

看来，如果硬说《雷雨》表现了阶级斗争，连那些帮派文艺路线的执行者们都是不予承认的。给《雷雨》扣上一顶顶政治帽子尽管荒唐可笑，但一语道破《雷雨》表现的是“人性”，还是很有眼力的！美国接受美学大师R.C.霍拉勃说：“一方面文学可以满足特定社会集团的心理需要，另一方面它却危及社会秩序。”②也许，一部作品到了真正为社会所不容的时候，才会显露出它最本质的锋芒，也就是它的生命所在。拥有这一生命，《雷雨》虽然从剧坛上消失了十几年，但它不会死去。

粉碎“四人帮”后，随着思想解放的浪潮，现代文学研究界和戏剧界涌起了一股“曹禺热”。上海戏剧学院推出了朱端钧导演的《雷雨》。朱端钧认为：“《雷雨》是批判现实主义的作品，反映了阶级斗争，写了工人运动，写了劳工与资产者之间的矛盾冲突。”他“力求将命运悲剧与社会悲剧统一起来”。朱端钧导演的《雷雨》无论在上海公演还是在中央电视台转播，都引起了不同的反响和争论。③这次演出既带着“文革”前的旧模式，又含着一点突破的努力，可以视做《雷雨》演出史新阶段即将到来的一个信号。

1979年2月，北京人艺第三次排演了《雷雨》。导演夏淳说：“从整体的处理上看自然一如既往，但……我们力求在以下两个问题上有更明确、更深刻的体现：一、还剧本以本来面目（主要指时代气息、对人物的解释和某几段戏的处理）；二、更鲜明、更准确地掌握和表现戏的主题。”④这两点中后者是关键。

夏淳又一次抓住了反封建这个主题，不过这一次他把反封建具体到

---

① 见田本相：《曹禺传》第三十章。

② 《接受美学与接受理论》，辽宁人民出版社，第327、328页。

③ 丁小平：《第九个角色》，南开大学出版社《曹剧研究集刊》。

④ 夏淳：《生活为我释疑》，《〈雷雨〉的舞台艺术》。

了反家长制上。这既有夏淳本人的深切体会，也与当时的时代精神不谋而合。

夏淳认为："我们说《雷雨》是一部伟大的现实主义作品，就是因为它通过一个家庭概括了旧中国的一个社会、一个时代。……家长制这个东西直到今天，还相当顽固地影响着我们的家庭、社会，甚至国家。《雷雨》的现实性和深刻性就在这里。"①

抓住了这个主题，戏中的关键人物自然是周朴园了。夏淳强调他"一家之长"的身份，确定他为"一个出生于封建大家族的资产阶级，是一个封建主义的卫道者，是一个封建家长专制的典型"。②

在指导思想上突出反对家长制的同时，在具体演出中，仍然坚持了人艺的现实主义传统。如扮演周朴园的郑榕在第一幕中把出场前的心理准备设计为"回家团聚"，而不是"耍威风"。在与周萍、周冲的关系上，强调了父爱的一面，在与侍萍相认时，强调了真诚的一面。其他角色也从各自的角度力图表现出这一反封建的主题。如饰演周萍的苏民认为周萍是一种20年代的"徬徨型的、苦闷的、软弱的青年"，"当初他对蘩漪的同情，不但是真的，而且在他特有的那种感情冲动之下，当时的反封建思想还可能表现得十分激烈"，周萍一方面是个具有"民主思想倾向的知识分子"；另一方面又具有自私、怯懦、不负责任的特性，从这复杂的两重性中，刻画出封建专制制度的吃人本质。③

1979年与1954年两次排演的共同点是强化反封建的主题。1954年着重于社会学意义上的以至阶级对立意义上的反封建，所以排演初期在阶级斗争上大做文章，并且影响到后来终于出笼了以阶级斗争方式处理的《雷雨》。1979年的排演一方面把反封建具体到批判家长制上；另一方面有意无意冲淡了阶级对立意味，强调人物性格之间的对立。由于北京人艺良好的艺术传统，演员们读过原始剧本，参阅了以前历次演出的

① 夏淳：《生活为我释疑》，《〈雷雨〉的舞台艺术》。
② 夏淳：《生活为我释疑》，《〈雷雨〉的舞台艺术》。
③ 苏民：《周萍的"如实我说"》，《〈雷雨〉的舞台艺术》。

资料，结合自身的生活体验，并做了大量的案头工作和小品，所以不论主题如何变换，基本上都能做到真实细腻，有血有肉，保证了现实主义的风格和数百场演出的成功。

夏淳执导的《雷雨》,形成了鲜明的"人艺风格"。如果说解放前的《雷雨》演出是中旅的一统天下，那么解放后的几十年间则是北京人艺独步一时。

然而 1982 年，《雷雨》演出史上出现了一个"异端"。这一年，天津人艺话剧团第四次公演《雷雨》，导演丁小平。

丁小平深入研究了曹禺的《雷雨 · 序》、《日出 · 跋》等资料后，认为《雷雨》的统帅应该是第九个角色,即"雷雨"。"我将第九个角色——号称'雷雨'的好汉确定为全剧的演出形象，借它来显示宇宙里斗争的残忍与冷酷，借它来象征破坏旧世界的威慑力量。"[①]

丁小平在承认《雷雨》是现实主义的基础上，着重强调剧本的表现主义、象征主义色彩。他大胆突破传统《雷雨》演法的束缚，果敢运用了现代派戏剧的手法、技巧。在舞台布置上采用斜平台与框架结构，用空黑的背景来象征宇宙像一口残酷的井。在演出中安排了三个梦：鲁妈逝去的梦，四凤的噩梦，蘩漪的破碎的梦。并且，为了造成曹禺所期望的"欣赏距离"，在首尾安排了"空镜头"来代替序幕和尾声，用沉寂郁闷的空场开头，以雷雨交加中消失所有布景结尾。"是想送看戏的人们回家，带着一种哀静的心情……"[②]

丁小平是罕见的力图最大限度贴近作者原意的导演。曹禺在《雷雨》序中谈到序幕和尾声的存留与否时说"能与不能总要看有否一位了解的导演精巧地搬到台上"，"这个问题需要一个好的导演用番功夫来解决"。丁小平的现代派技巧充分体现了他用心的精巧，他确实下了一番细致的功夫来烧出《雷雨》的真味儿。然而这次创新的演出并没有获得一致好评。看来《雷雨》注定要背叛主人的原意，真的不是人力所能挽回的。

---

① 丁小平：《第九个角色》，《曹剧研究集刊》，南开大学出版社。

② 丁小平：《第九个角色》，《曹剧研究集刊》，南开大学出版社。

《雷雨》从国内演到国外，早已数不清演过多少场。1989年10月至11月，为纪念《雷雨》发表55周年，北京人艺第四度排演《雷雨》，导演仍是夏淳。他出人意料地更新了全班人马，起用大批年轻演员，并且在整个演出面貌上，都让观众感到焕然一新。

周朴园历来都是身穿长袍马褂上台，以显示他浓重的封建色彩，连1984年上影摄制的影片中也是如此。而这次由顾威扮演的周朴园却西装革履。导演显然有意强调他留学德国的经历，有意强调他西化的一面，强调他本身内部与封建色彩对立的一面。他的性格，在阴冷的基调上融入"温情脉脉"的色素。周朴园从未这么富于人情味儿，这么不使人切齿痛恨，从未让人非但不把罪恶归于其一身，反而却对他产生一丝怜悯以至同情。

蘩漪的形象更强调了她的抑郁和苦闷，而少了些阴鸷和乖戾，这样做的效果是"减弱着观众对蘩漪的厌恶感，使人们在同情之中，不由得增添了一丝爱怜。"①

夏淳充分调动多年导演《雷雨》的艺术积淀，参照了各种学术的、非学术的见解，反复琢磨剧本，深思熟虑以后，产生了崭新的独特的诠释。

这次演出更体现出角色之间的共性而不是外在的命运对立，强调出各个角色共同的痛苦、共同的良心和共同的劣根性。淡化了人物的社会身份和道德评价，更加深掘到内心底层，表现出他们灵魂上的自我搏斗。夏淳说他"力图将人物之间感情最真实和最本质的一面再现出来，使这出戏更具震撼力"。②他的努力观众普遍感觉到了。这次的《雷雨》虽没有运用什么新式技巧，但以饱经沧桑的体会，用非常精辟的现实主义达到了现代主义尚未达到的效果。除了没有序幕尾声外，在很大程度上与作者的原意有所契合。阶级斗争的气味自是一洗无余，社会悲剧的意味也不是那么绝对和肯定。它基本做到了让人们在一个更其广阔的背景上去思考"谁之罪？"

① 田珍颖：《重排〈雷雨〉有新意》，《北京晚报》1989年11月10日。

② 《北京人艺再演名剧〈雷雨〉》。

当然，这次演出也必有时代氛围的光与影，但这就需要历史再前行一段里程，才能回头看清了。

《雷雨》的经久不衰，证明了它是一部伟大的戏剧。焦菊隐说："每个伟大的剧本都有它的超时间性与超空间性，同时，很矛盾地，它又有它的时间性与空间性。"[①]《雷雨》就正是这样一部同时具有时空性和超时空性的"伟大剧本"。曹禺创作时，"并没有想到要上演"，而"是在写一首诗"，他是从超时空的角度来写的，所以并不关心时代特色、社会环境、阶级成分，甚至细节上还有差错。他写的是宇宙间的残酷，是整个人间的苦难，这有助于《雷雨》具有永远挖掘不尽的潜力，有助于《雷雨》可以跨越时空，历久弥新。但另一方面，当实际演出时，又必然会体现出它具体的时空性。焦菊隐说："在时间与空间变易的时候，上演早一时代的剧本，必然发现它的不现实性。……但导演能给剧本一个时代的新生命是现在新剧坛公认的权利。"[②]《雷雨》每一次重新粉墨登场，都被导演演员赋予了新的生命，它都按照那个时代的要求，在作者的原意和剧本框架上有所增减和误读。正是有了时空性，才有了各个时代对《雷雨》的不同解释。海德格尔在《存在与时间》中写道："我们之所以将某事解释为某事，其解释基点建立在先有（Vorhade）、先见（Vorsicht）与先概念（Vorgriff）之上，解释绝不是一种对显现于我们面前事物的、没有先决因素的领悟。"[③]所谓先决因素，就是社会接受群体对作品的过滤。越是伟大的作品，社会就越要芟除其危害部分，夸大其有益部分。国民党禁演《雷雨》，"文革"期间批判《雷雨》就证明了这一点。

本文以上沿着《雷雨》的演出史架设了十几处观测点。归纳起来可以看出，严格按照曹禺原意演出的根本没有。在东京首演之前，曾经试图按照原作排演过。从演员表可以看出是排过序幕和尾声的。这是唯一

① 焦菊隐：《关于〈雷雨〉》，《焦菊隐文集》第二卷。

② 焦菊隐：《关于〈雷雨〉》，《焦菊隐文集》第二卷。

③ 参见《存在与时间》，三联书店，第184页。

的一次。另一次企图实现作者原意的是 1982 年天津人艺丁小平导演的《雷雨》。可惜，这样的尝试，在中国社会里并不受欢迎。

第二种不被欢迎的处理方式即是把《雷雨》当作阶级斗争的活教材。譬如 1959 年京沪两地的演出以及粉碎“四人帮”后上海戏剧学院的演出。这说明过于违背作品的本意也是不得人心的。

除去这两种不受欢迎的处理方式外，《雷雨》受欢迎的处理方式主要有两种。一种是解放前中旅的“唯艺术”型。它重视情节上的扣人心弦和戏剧冲突的悲剧效果，重视演员个人技能的发挥，也兼顾作品的思想内容，所以，它征服并造就了整整一代中国的话剧观众。西北战地服务团的一次演出，农民冒雪来看。[①]其实《雷雨》的思想内涵农民何曾关心，他们要看的还是“戏”，是情节。

另一种大受欢迎的方式是建国后以北京人艺为代表的“反封建”型。它以 1954 年首演和 1979 年重演形成两次高潮。应该注意到，在这两个时期，《雷雨》都是作为第一个传统经典话剧被上演的。上演它起到了“用典”的效果，而它所担负的意识形态任务都是反封建、解放思想。由此可见反封建是我国社会的一项多么漫长而艰巨的事业。

较具独特意味儿的是 1989 年北京人艺第四次排演的《雷雨》。这次成功的演出在《雷雨》演出史上的地位须由后人来界定了，但它肯定也是时代发展的产物。这又一次证明了接受美学大师姚斯的论断：“艺术作品的本质建立在其历史性上，亦即建立在从它不断与大众对话产生的效果上；艺术与社会之间的关系只能在问题与答案的辩证关系上加以把握。”[②]

《雷雨》与我们社会的辩证关系已然有了一个相当丰富的历史，这个历史还会开动着自己的铺路机，继续延伸下去。

（本文发表于《史学作家》）

---

① 田本相、张靖：《曹禺年谱》，第 58 页。

② 姚斯：《审美经验小辩》，转引自《接受美学与接受理论》，第 355 页。

《青楼文化》序：青衫磊落险峰行

纵使晴明无雨色，入云深处亦沾衣。

——张旭《山中留客》

青楼也是一种文化？青楼亦有文化乎？

提笔伊始，便觉出面前是座险峰。仿佛面对的不是青楼，而是青锋宝剑。白话小说中不是常有一句口头禅吗？“二八佳人体似酥，腰间仗剑斩愚夫。”尽管那些小说把二八佳人描绘得妖媚艳冶，但结论却往往是告诫读者离那些佳人远点。一般的佳人都要远离，何况青楼中不一般的佳人呢？中国有个十分英明的传统，即把一切倒霉之事都推到女人身上：褒姒灭夏，妲己亡商，夫差因西施而丧国，董卓由貂蝉而送命，至于杨贵妃，更是毁了唐明皇李三儿的铁桶江山，所谓红颜祸水是也。那么青楼则正是红颜的展销会，祸水的拍卖厅，罪莫大焉，岂能为之树碑立传，旌表其所谓文化乎？

其实，描写青楼人物，表现青楼生活之作，历来史不绝书。或则怀着深深的人道主义精神，呼喊着那些被侮辱与被损害的灵魂的不幸；或则抱着搜奇猎艳的闲适态度，欣赏着青楼中五花八门的西洋景。但真正能够平心静气地面对青楼世界，把它置于整个中国文化的宏大系统中进行观察探究，却是很晚才出现的。这一是出于人们对青楼的心理恐惧，二是出于人们对青楼的心理蔑视，以至于忽略了青楼蕴含着巨大文化意义的可能，或者仅仅视之为文化边缘地带的残花败柳。殊不知，文化是无所不在的，而且，“道之所在，每况愈下”。像青楼这等似乎最为人们不齿的“下九流”社会场所，恰恰汇聚了社会文化五光十色的各个侧面。孟子曰：“食色，性也。”即便把“色”仅仅视为人的一种精神生活，它也是与“食”平起平坐的人类的头等大事，上至王公贵族，下至布衣黔首，谁能与“色”绝缘？围绕一个“色”字，人类演出了多少感天动地、鬼泣神惊的悲剧、喜剧、悲喜剧！文化的金字塔至少有一半奠基于这块不朽的基石。因此，完全有理由说，青楼与“色”的关系有多深，青楼与文化的关系就有多深。研究中国文化而企图绕开青楼，或者谈论青楼而不涉及文化，就如同入庙而不访僧，登舟而不问水，至少可说是三分迂阔也。金庸《鹿鼎记》中有个出身扬州妓院的无赖小儿——韦小宝，在他眼中看来，天下无往而非妓院，就连到了皇宫内禁，他也感叹：好大一座院子，不知得有多少姑娘！韦小宝看似无知的胡说八道，不是恰恰道破了事物的本质，说穿了皇宫内院其实就是一座最特殊、最高级的青楼妓院吗？如果说在某种程度上，皇宫是中国文化的一种浓缩，那么青楼中所浓缩的中国文化肯定有过之而无不及。从文化积淀的浓度上讲，李师师的意义未必逊于宋徽宗赵佶，陈圆圆的作用恐怕也不亚于闯王李自成和平西王吴三桂。认识到这一点，才能理解本书在“青楼”卧榻之侧，纵容“文化”酣眠的意旨，才能以一颗平常心来看待青楼文化。不论“眼中有妓，心中无妓”也好，“眼中无妓，心中有妓”也罢，总之，青楼是文化，青楼有文化确乎是毋庸置疑的。

问题是需要怀着什么样的心态去攀登这座险峰，解析这种文化。

既然视之为一种文化，那么理所当然应该以一种“文化”态度待之。青楼中无疑有悲剧，也许青楼本身就是人类文明的一大悲剧，这很容易引起“座中泣下谁最多，江州司马青衫湿”的同情。同情是天经地义的，没有同情的文字只能算作纸上的蛆虫。但只有同情又是远远不够的，放纵同情则更有碍于深入了解同情的对象本身。相对于“同情”这个充满感性的词，似乎“关怀”一词更加妥切，它在不排斥感性的前提下，灌注了更多的理性。关怀中不乏同情，但更包含着一种超越。有了这种超越，那同情便是一种有距离的同情，不至于以泪眼模糊始，以楚囚对泣终。青楼并不等同于妓院，它不是妓院的雅称或代名词，它在时间和空间上都已远离了今日的现代化工业社会，青楼中的那些女子也十分不同于今天的种种“野鸡”和“小蜜”。所以，笔者也好，读者也罢，都大可不必仿效传统文人“流泪眼观流泪眼，断肠人对断肠人”的姿态。如果一味地同情起来，那除了“执手相看泪眼，竟无语凝噎”以外，还能有什么其他可观之处呢？因此，需要在同情的泪眼之外，加上冷静的意志和克制的力量，这便是关怀。《世说新语》和《晋书》中都载有“新亭对泣”的故事。东晋一些由北方过江的士大夫们，经常在郊区的新亭饮宴。一次饮宴时，某士大夫叹息说:风景还是这样，可是国家的河山却变样了！在座很多人听了都不禁流下泪来。只有大将军王导不以为然地说：“当共戮力王室，克复神州，何至作楚囚相对！”这里，某士大夫的态度虽也感人，但毕竟还只停留于“同情”——见景伤心的同情，而王导却是一种关怀——把同情揣在心底，更重视某种奋发有为的超越气魄。钉上十字架的耶稣，走下山顶的查拉斯图特拉，鼓盆而歌的庄子，肩住黑暗闸门的鲁迅，具有的都是一种伟大的关怀。具备一点包含彼岸追求的关怀，才好面对渊深丰厚又扑朔迷离的文化问题，尤其是容易使人“误入藕花深处”的青楼文化问题，并且在具体操作时，既能做到“冷眼向洋”，又能兼及“热风吹雨”。对于一个普通的知识分子来讲，不能妄比伟人们的高风，只可说是“青衫磊落”，尽量抖去杂念，追求某种不即不离的境界，也就问心无怨了。

当然，绝不能以“关怀”为借口，变成一副冷血心肠，白刀子进去，出来的还是白刀子，把青楼当成一块可荤可素的冻豆腐。解析文化不是肢解文化，考察青楼不是爆破青楼，标榜绝对的超然物外不是虚伪便是愚昧。这一点无需多讲，其中的道理是浅显易知的。

所以，关怀的态度便是文化态度。

那么，青楼文化中有哪些问题需要关怀呢？

一是青楼自身，二是青楼与社会，三是青楼与历史。

关于青楼自身，可以采用透视的方法，穿过缕缕表层的烟雾，揭开色彩斑斓的面纱，力图审清青楼的文化本质。具体言之，包括实际中的青楼是什么样的？人们心目中的青楼是什么样的？青楼的美妙诱人之处在哪里？青楼的丑恶可憎之处在哪里？青楼的文化规范是什么？等等。这样，便把青楼的全貌如同旋转沙盘一般缓缓呈现在读者眼前。

关于青楼与社会，可以采用聚焦的方法，着重考察几个重点问题，力图通过一串特写镜头，较为详细地描绘出青楼中社会文化的投影，从而以点带面，反映青楼与社会文化方方面面千丝万缕的勾连。具体言之，青楼中有没有爱情？青楼与爱情有什么联系？青楼与家庭有什么功能上的关联？青楼与知识分子的关系如何？青楼中的妓女是最出色的女子还是相反？她们的心态、她们的才华、她们的命运如何？这样，青楼在社会系统中的文化坐标便基本上得到了确定，青楼文化特色中最精华的部分也就昭然若揭了。

关于青楼与历史，可以采用品评的方法，从几个比较零散但又能够相互耦合的角度，对青楼文化进行评点和追思，力图穿越深邃的时空隧道，将破碎的青楼文化残片重新拼接，复原出青楼文化的历史意义。具体言之，青楼的存在和发展是否具有悲剧性？如果有，这是一种什么悲剧？青楼的悲剧是否具有崇高性？除了儿女柔情，青楼有没有英雄侠骨？青楼的历史发展脉络说明了什么？青楼走向没落以至成为一种历史陈迹，是不是文明发展的一种必然？青楼的千秋功罪，如何评说？青楼还会再崛起么？这样，就完成了对青楼文化由远及近，再由近及远的一个考察过程，既入山中，又处局外，虽无轻车肥马，但险峰渐成熟路，本书的初衷也就达到了。

作为追求雅俗共赏的非学术性读物，当然必须最大限度地减少那些考证、摘引、勘误、补遗、纠谬等等令人生厌的内容，尽量直接切入对象。但这种套路本身也是一“险”。因为本书的对象实在并非“一壶浊酒喜相逢”就能抵掌而谈、放胆而论，它实在是一门地地道道的“学问”。要做到兼具知识性、娱乐性、趣味性，通俗明了，且具有较高品位，实在不能不有捉襟见肘之忧。故此，本书采用一种“混合”文体，将材料与见解杂糅一处，集描述、分析、评论、调侃于一炉，在保持严肃关怀的前提下，注意深入浅出的可读性。这需要付出的代价是，许多问题可能无法进行纵深开掘，甚至只如蜻蜓点水，一掠而过。材料使用也可能详略失衡，趣味性的标准也许会淘汰掉更有价值的力证。由于对材料的加工欠细，出现前后龃龉或叠床架屋之病也未可知。个人见解与未加注明的他人见解泥沙俱下，其中难免存在误读和曲解，更不论平庸之见与荒谬之说了。这些都需要先请读者和本书所借鉴的著作的作者予以包涵。好在这只是一本非专业性读物，不存在留名传世以及争夺观点发明权等麻烦。倘若有益于读者一二，纵蒙人云亦云或信口开河之诮，又何足道哉！

要交代和表白的似乎就是这些，但心头仍有两支旋律交织起伏，令人不知确定哪一支作为本书的基本笔调。一支是：

银烛秋光冷画屏，轻罗小扇扑流萤。
天阶夜色凉如水，卧看牵牛织女星。

——杜牧《七夕》

另一支是：

寥落古行宫，宫花寂寞红。

白头宫女在，闲坐说玄宗。

——元稹《行宫》

前者清纯思无邪，后者凄楚有叹惋。一个率直任性，无忧无虑地卧看；一个饱经沧桑，有滋有味地闲说。到底应该如何面对历史，面对曾经繁盛一时的存在，是抛却一切成见和思虑，单刀直入，童言无忌？还是有所担当，在对象中深深地印入自我？或是故作不知愁滋味，却道天凉好个秋？也许这永远无法在理论上归于一统。那么只好在实际演奏中一面调整、一面认可、一面欣赏这组并不一定和谐的和弦了。看来，说是“青衫磊落”，恐怕只是一种表态，这次险峰之行究竟得失多少，成败几何，必须行过之后再说了。

让我们边走边唱。

《青楼文化》后记

初秋的未名湖畔，时热时凉，忽晴忽雨。

窗外除了唧唧复唧唧的虫唱，还有舞场上一浪浪涌来的劲曲。如果说虫唱使人牵挂着古代，牵挂着传统，牵挂着历史，那么舞曲则使人意识到现代，意识到眼前，意识到自身。

就是在这样的一个深夜里，匆匆写完了这本小册子的草稿。投笔聊舒倦眼，霎时竟忘了所写的内容，乃脱口吟出毛泽东《贺新郎 · 读史》中的警句："一篇读罢头飞雪，但记得斑斑点点，几行陈迹。"

回头翻看着自己拙笨的字迹，虽有一种收工后的舒畅，但对收成却并不怎么满意。

作为一本非学术性的"科普"读物，基本上还可以交差。无论从知识的介绍上还是涉及的问题上，自以为点与面的结合处理得还算妥切。但是总觉挖掘尚浅，平面罗列有余而纵深开拓不足。材料准备也很不充分，使这支笔难以做到游刃有余。这些都是由于未曾对青楼文化进行过长期细致的专门研究而导致的必然结果，于是也就决定了本书只能是“急就章”。

写作过程中，有意贯穿了一条文化批判意识的副线，想借对古代青楼文化的叙述鞭挞今日之世风堕落、道德沦丧的现象。心中也知此举无用，但仍压不住一吐为快之念，故而有时难免言过其实，未曾考虑投鼠忌器，也就不惜殃及池鱼。

搁笔之后，才意识到，自己对青楼文化的了解甚为肤浅。许多与青楼文化关系密切的问题，由于信心不足，本书都回避了。例如男妓问题，就是其一。中国的男妓历史悠久，早在春秋战国，就有“分桃之爱”、“龙阳之好”，后世更有“断袖之癖”，狎娈之风。而中国的男妓与西方的同性恋是有很大不同的。清朝的青楼中，专门设有“相公窑子”，就是男妓院。一般的男妓接待的客人也是男性，另外还有一些男妓充当豪门女性的面首，例如唐朝的武则天、太平公主、韦后、上官婉儿，都广置面首，不亚于男性君王的三宫六院。汉代的赵飞燕则每天要弄来十多名男子通奸，无怪后人有“脏唐烂汉”之说。

性病问题也是与青楼文化有关的。有文章说现代的性病是明清之际由外国人首先传入中国的青楼的。这是一个科学性很强的问题，虽然在今天仍很重要，但既然谈不好，也就不如不谈。

生育问题、房中术问题、太监问题，都与青楼文化有着比较紧密的联系，由于与上述同样的原因，只好置之不论。

因此，只能说，本书仅仅是了解青楼文化的开始。读者欲作深一步探索，可去选读较为专门的著作，例如本书的参考书目所列的即可。

本书序中曾表明过一种“关怀”的态度。这种关怀使写作不能处于真正的心平气和状态。尽管掺入了许多调侃，保持了许多超然，但面对青楼这一人世间最为悲剧的客体，哪一个主体能做到“心静自然凉”呢？恩格斯指出过，卖淫制度使不幸的妇女处于双重的矛盾地位，她们既是被害者，又是堕落者。我们很同情她们的被害，但又不能不恨她们的堕落。本书在记述古代青楼时，也许同情相对多些，那是因为当代的妓女和准妓女们实在自甘堕落的太多了。曾听老同学说，从前班上的某某女生如今以出入高级宾馆为生。闻此言后，再不参加那个班集体的聚会，宁愿保持从前留在脑海中的纯真印象。又曾向一位专傍各路大款的"校花"请教过为生之道，她说："我就是好吃懒做，他们愿意伺候我，愿意给我钱，不要白不要，我又没损失什么！"这话令人想起陈白露。但翻开《日出》，陈白露却有这样一段话：

> 我没故意害过人，我没有把人家吃的饭硬抢到自己的碗里，我同他们一样爱钱，想法子弄钱，但我弄来的钱是我牺牲我最宝贵的东西换来的。我没有费着脑子骗过人，我没有用着方法抢过人，我的生活是别人甘心愿意来维持，因为我牺牲过自己。我对男人尽过女子最可怜的义务，我享着女人应该享的权利！

陈白露的灵魂还没有完全染黑，她还有着清醒的价值观、是非观。而今日在电视广告里长大的女孩子们，什么叫价值，什么叫是非，有人能给她们讲明白吗？她们能信吗？她们即使信了，又有什么用呢？我们不能指责电视广告是"诲淫"，但在一个充满金钱、商品的社会里，唤醒少数的女孩子，使她们处于矛盾痛苦之中，究竟利弊如何呢？也许在道德之舟下沉之际，能救出几个算几个，用以作为道德复兴的基础。但谁又能保证这种"拯救"不会被看做自以为是、多管闲事呢？谁又能保证这种唤醒和拯救不是在阻挡历史的车轮滚滚向前呢？有一位善良而软弱的母亲责骂女儿竟同时与好几位"男朋友"保持同居关系，女儿反唇相讥道："你懂什么？这是一种现象！这叫情人，你懂么？时代进步了，你懂么？你年轻时没赶上，嫉妒了，是不是？现在也还来得及，懂么？"

历史是常常跟人开玩笑的，我们今天义正词严声讨的，没准儿一百年后竟能够写入宪法。米兰·昆德拉最爱引用一句西方谚语："人类一思考，上帝就发笑。”但我们不能因为害怕上帝的嘲笑就停止思考。一百年后的道德观也不应该提前成为今天的紧箍咒。只要是不利于今天人类的身心健康、生活美满、精神高尚的东西，我们该声讨的，就决不能姑息。今日卖淫嫖娼的泛滥并不可怕，有朝一日再次青楼遍地也不必莫名惊诧，值得担忧的是整个社会的女人都向妓女看齐，而妓女又“惟肉是卖”，那样的话，恐怕离末日审判也就不远了。

唯一的愿望是，本书的价值判断完全错误。那，将是人类之大幸也！

评《中国近现代通俗作家评传》

南京出版社郑重推出一套范伯群主编的《中国近现代通俗作家评传》丛书。它一方面显示了范伯群教授所挂帅的课题组十余年来攻坚不辍的可贵战果；另一方面可能预示着一个通俗文学研究的黄金时期即将到来。新时期现当代文学研究，在一定意义上可以说是一种“重写文学史”的工作。中国现代文学30年，由一部革命文学史、无产阶级文学史，被改写成一部启蒙文学史、“改造民族灵魂”的文学史。然而，正像有人不无戏谑地讥其为“翻烙饼”一样，这种改写的意义主要表现在原有系统内部中心子系统与边缘子系统的“位移”。整个系统的“法人地位”并未动摇，所争不过是对“五四”遗产的嫡亲继承权与阐释权。所有重新发掘和大肆夸张渲染的文学史实，都在“当代性”的点金术下变成一种功利性极强的“力证”。于是出现了钱钟书神话、沈从文神话、丁玲神话……这样的文学史，尽管自有其时代价值，但与人们经常提及的“二十世纪”概念却相去甚远，因为它仍然仅仅是一部“新文学”史。

在“二十世纪中国文学”这座缓缓漂移的冰山上，新文学尽管灿烂耀眼，但它所占毕竟只是冰山的尖顶。周作人在《中国新文学的源流》中讲：“只是山顶上的一部分是不够用的。”尖顶下泡在亿万大众汪洋大海之中的冰山主体并非是什么“纯文学”，而是一向被“纯文学”忽而贬视欺凌、忽而狎弄利用的“通俗文学”。这样讲，不是说通俗文学价值高于新文学，不是要再翻一次通俗文学的“烙饼”，而是说，撇开通俗文学，现代文学至少是不完整的，是偏瘫的。如果从20世纪中国文学发展的实情来考察，本人斗胆发一句狂言：通俗化是20世纪中国文学的主旋律。

范伯群教授很早就敏锐地意识到这一点，他一直以一种朴拙的态度坚持为通俗文学争得一席之地，终于，像他在这套丛书总序中所言：

> 近现代文学史研究者正在形成一种共识：应该将近现代通俗文学摄入我们的研究视野。纯文学和通俗文学是文学的双翼，今后撰写的文学史应是双翼齐飞的文学史。

从已经面世的第一辑十二册中可以看到，这套丛书贯穿着范伯群的“双翼观”。十二册共集四十六位通俗作家的评传及其代表作，在每篇评传中，作者都自觉以新文学为参照系，力求写出传主与新文学的对立、区别以及千丝万缕的联系。如“挑开宫闱绘春色的画师”张恂子，其创作心态既不同于新文学作家的为人生、为艺术，也不同于袁寒云等通俗作家的“有闲”和“玩”，而是很简单的出于不安定生活所迫的“为钱”。“40年代方型刊物代表作家”王小逸的《石榴红》，代表了通俗文学界的讽刺倾向，隐隐与张天翼的《华威先生》形成一比，并且在技巧上已接受并且掌握了“人生或一断面”的小说观念。“现代通俗文学幽默大师”

程瞻庐，不但是鸳蝴派作家中“自觉于写作技巧的难得的一个”，而且他的《月下葡萄》等作品中有一部分完全是新文学的风格。“维扬社会小说泰斗”李涵秋，曾“享受海内第一流大小说家之嘉谥”，新文学界对旧小说排斥最力的胡适也称其《广陵潮》“含有讽刺的作用”，作为“社会问题的小说”，“还可读”。

应该说，“双翼观”在理论上是自成一家的，它为当前的通俗文学研究确定了一个可进可退的稳妥视角，以一种不卑不亢的姿态默默地构筑自己的主阵地。以“双翼观”为指导思想推出的这套丛书因此而显得分量足、气度雅、前景大。各评传均不局限于泛泛的评介，而是尽力抓住传主的最大特征，纵深开掘，锚定其在通俗小说谱系中的坐标点，努力于风格化、个性化。史料的运用既专且博，使人感到“田野操作”般的艰辛与扎实。这样，在站稳自身脚跟的基础上适当与新文学进行对比评说，便有理有据有节，体现出成熟而自信的学术风范。

但是，倘若再深思考一步，不惮于偏离“稳妥”和“成熟”，那么，“双翼观”还是颇有值得推敲之处的。

“双翼观”的进步性在于，“过去将近现代文学史上的通俗文学重要流派——鸳鸯蝴蝶——《礼拜六》派视为一股逆流，是‘左’的思想在文学史研究中的一种表现”。如今不但为鸳蝴派平反昭雪，而且能使之与堂堂五四新文学望衡对宇。也许这就令“双翼观”自身感到一种满足。可是，纯文学与通俗文学难道真是“左膀＋右臂”的双翼关系吗？与其说文学是在“双翼齐飞”中航进，倒不如改“双翼”为“双腿”，左右腿轮番前引与支撑，才使文学得以前行。这并非是个比喻贴切度的问题，而是关涉到通俗文学的整体观念。“双翼观”在策略上是稳健的，在学理上却缺乏自己这一“翼”的独门套路。这套丛书在为各通俗作家作传时，实际上采用的文学标准仍然是新文学那一“翼”的。与新文学观念或技巧相近、相似的，评价便高些，反之则低。这种惟新文学马首是瞻的心态，或许是现阶段还很难超越的，况且大家都是从新文学研究营垒中来的。但应该意识到其中的逻辑误区。正像有人所指出的：“通俗文学决不是非通俗文学的通俗版或普及本，因此决非从非通俗文学的理论武库随便捡起一两件大刀长矛，就可以驾轻就熟地抡圆了侃的。”[1]如果说在古代，通俗文学与非通俗文学先天在文类上就决定了雅俗高下，再臭的文言小说也自觉比《红楼梦》这样的白话小说有资格进入大雅之堂，那么到了现代，雅与俗的分野已经不是同一文类金字塔体制中的，而是不同的美学风格意义上的。新文学与通俗文学之别，实际上已是新旧之别、中西之别、传统与现代之别，各有各的刀尺圭臬，不能在学术上进行“跨元判断”。否则，若以通俗文学的美学标准衡量，新文学的价值岂不要大打折扣？

所以，“双翼观”理论尚需进一步斟酌完善。目前的这一“翼”，实际只是三轮摩托车没有发动机的“跨斗”那一端。新文学研究可以根本无视通俗文学之存在，那么通俗文学研究为何一定要跟新文学排什么转折亲呢？正是由于对通俗文学根本价值缺乏坚信，所以该丛书的作者群大谈通俗文学的社会学价值、民俗学价值、文化学价值，以至谈到经济学、地域史、租界史等角度，唯独谈到文学艺术本身的“含金量”时含糊其辞。这恐怕是大力反“左”之后对“左”仍心有余悸也未可知。其实，作品的艺术价值与文类是无关的。通俗文学有大量的粗制滥造及诲淫诲盗之作，新文学、纯文学又何尝没有？“严肃文学”未必“严肃”，纯文学往往十分“不纯”。即以被某些学者捧上天的沈从文而论，他的大部分小说都是平均水平以下的，约有五分之一的作品不过是中学生作文水准。如果以“纯技术”角度来讲，写新文学作品好比“画鬼”，谁都能写，谁都敢写。而写通俗文学好比“画虎”，没有一定的文学素养是写不出来的。正如许多骗子诗人都会写“朦胧诗”，却不写七律，但他们却一口咬定“朦胧诗”高雅，是纯文学，而七律则是陈腐的旧文学、俗文学。

谈到通俗文学与新文学的关系，许多学者不免都有一块心病，以为

① 易中天：《市场的文学》，《通俗文学评论》1994年第2期。

“通俗小说大体上都是这样”，比纯文学“慢了半个节拍”，是不断学习纯文学，亦步亦趋地向前的。[①]文学史告诉我们，事实要复杂得多。在更多的情况下，不是纯文学带动俗文学，而是俗文学带动纯文学发展的。即以20世纪而言，五四新文学的最大特色固然是域外因素，但其情节模式和故事母题往往就来自于鸳鸯蝴蝶派。茅盾第一篇小说《幻灭》的主人公在爱情乏味后前去参加南昌起义，正是鸳蝴派典型的“爱情破灭——参加革命——战死武昌城下”的模式。这个模式在30年代的“革命加恋爱”的普罗小说中被发挥到泛滥的程度。多角恋爱、城乡文明冲突等也是新文学最爱借用的旧派拿手节目。至于写“人生或一断面”的小说结构方式和使用白话等，也均非新文学的专利，通俗小说早已实验了多年。通俗文学的商业化倾向固然使其有模式化的一面。但另一面它又具有游戏性，游戏便促使它进行形式上的种种探索和创新，这些都是今日的学者们所根本忽视的。

说到五四新文学的先锋姿态，其实也只不过持续了十几年。从30年代以后，新文学渐渐中止了它的探索性，反过头来，开始在通俗文学的“镜像”中深省自身的荒谬。这种深省是否合理我们不作评论，但毕竟到了40年代，出现了雅俗合流的复杂文化景观，通俗小说水平大长，而新文学却停留在30年代的“现实主义”模式上。此后的几十年内，在“为中国老百姓所喜闻乐见”的总体原则下，中国文学全面通俗化，造成了当代文学的主旋律和人类文化史上的奇观。而这并非是通俗文学的幸事。80年代的先锋文学持续的时间还不如五四时期长，就迅速被淹没在90年代商业大潮的滔天巨浪中了。

所以，不研究、不强调通俗文学的艺术价值，就无以深入研讨整个20世纪中国文学的价值，最后也必然危及通俗文学研究自身存在的合理性。

以上的借题发挥，完全是由于这套评传丛书以其丰厚充实给本文提

① 参见陈平原：《小说史：理论与实践》，北京大学出版社1993年版。

供了一个较高的出发点。实际上，“双翼观”如果能够真的成为当今学界的共识，我们就已该焚香谢天了。傲慢与偏见，从来是学术界的不治之症。从这个角度看，范伯群教授等不但值得尊敬，也是值得佩服的。据说他们跑遍了京津沪苏鲁浙等地的图书馆，光目录卡就做了上万张，真是下了“千淘万漉”的功夫。但是用严格的不恭维的态度说，还不能认为已经做到了“吹尽狂沙”。

从书的选、编、校、点，都颇见功力。也许是材料搜罗困难所致，各评传的篇幅相差略大，长者数万字，短者仅数千，有的评多传少。至于评传的精彩程度，除范伯群教授等宝刀娴熟外，陈子平、刘祥安等少年老成，微言谈中，亦鞭辟入里。相信在即将到来的通俗文学研究的兴盛时期，他们能够更上层楼，吹尽恒河沙，淘出足赤金。

萨特评传

萨特死了，但萨特的精神未死。萨特首先是一位哲学家，因为他曾写过《存在与虚无》、《存在主义是一种人道主义》、《辩证理性批判》等哲学著作，是存在主义哲学的主要代表。萨特又是一位文学家，这有《恶心》、《苍蝇》、《自由之路》等20世纪文学代表作为证，其作品中所显现出的思想和艺术价值，使他足以称得上是20世纪文学史上的一颗耀眼的明星。萨特还是一位文学批评家，《波德莱尔》、《圣·谢奈》和《福楼拜》都充分说明了他在20世纪文学批评史上占有一席之地。可贵的是，萨特不仅仅是一介书生，他还是一位战士。他当过记者，干过通讯员，做过演说家，主编过杂志。他用笔作武器，写出了许多政论、随笔等文章，抨击不平，针砭时弊。他时时关注着人类的命运。

萨特对思想的探索、寻觅，对政治的追逐、苦恋，都围绕着一个中心议题——具体的而不是抽象的人。当尼采喊出“上帝死了”的时候，西方震惊了，世界震惊了。人人为了伊甸园的丧失而彷徨、苦闷、焦虑、不安，萨特也不例外。萨特正是从此入手，展开了他对于人的命运的思考。无论是萨特的哲学，还是他的文学、美学，都可说是一种人学。理解萨特，我们认为必须从此入门，才能对之作出公允、客观而不是偏执、主观的评价。

“设法理解萨特，而不是把他捧上天或将他谴责一通”①，是我们这篇评传的出发点和原则。依此原则，我们将从其哲学、文学和政治活动的整体出发，按照他已经呈现给我们的，把握他的美学思想，确立他在当代美学思想史上的地位。

一、悟出荒诞

1905年6月21日，在法国巴黎，一个看上去与别的婴儿并无不同的小孩悄悄地降临到人间。他就是死后被称为“当今时代最伟大的哲学家”、“一代知识分子的伟大榜样”的让-保尔·萨特（Jean-Paul Sartre，1905—1980）。

回忆起自己的家庭，萨特经常说那是一个小资产者家庭，可也有人说应该属于大资产阶级。萨特的父亲让-巴蒂斯特·萨特毕业于理工学校，是法国海军军官。由于驻印度支那时染上了阿米拉巴热病，于1906年9月17日诀别了刚刚一岁多点的小萨特和他的母亲安娜-玛丽·施维泽。身无分文的孤儿寡母只好回到巴黎西郊的默东，当时62岁的外祖父老施维泽收留了女儿和外孙子。这位学识渊博的语言教师在67岁退休后，迁居巴黎。萨特的童年就是在外祖父的家中度过的。

老施维泽曾获哲学博士学位，在语言学方面是“直接教学法”的先

① ［法］洛朗·加涅宾著，顾嘉琛译：《认识萨特》，三联书店1983年版，第7页。

驱，退休后还创办了一所专教外国人法语的“活的语言学院”。他把讲课、阅读和写作视为一种娱乐，而非仅仅是谋生手段。这种把劳动与金钱分开的意识深深影响了萨特，使他对个人自由与社会约束之间的关系形成了一种独特的意念，这种意念因阅读而增强了。

“整个说来，萨特厌恶他的童年（表面幸福的童年），是他的童年造成萨特之为萨特。”[①]萨特3岁时，右眼因角膜翳引起斜视，而后失明，5岁便戴上了眼镜。但他天资聪颖，4岁时就能囫囵吞枣地阅读马洛的《流浪儿》、福楼拜的《包法利夫人》以及高乃依、拉伯雷、伏尔泰、莫泊桑等人的作品。他因孱弱和丑陋，很少有小朋友与他嬉戏。但他在书中发现了一个新天地，他把这些大作家当做自己最初的朋友。萨特后来回忆道：“当我还不认识字时，就已经对这些竖着的石块怀着崇敬的心情：直立的或倾斜的，像一块块砖那样紧紧排列在书柜架上，或是堂堂正正的像史前的粗石柱子那样间隔着，我们家庭的兴旺就依赖这些书。”[②]萨特是在书中长大成人的，书在他的童年时期就起了相当重要的作用。正是通过书，他接触到了世界，也正是在书中他认识到了人。

书使萨特获得生命，写作则使萨特意识到自己的生命的存在。从七八岁时起，他就模仿着编写故事，作品被家人互相传阅。他被家人视为神童。这使萨特逐渐产生了强烈的自尊和自信，他渴望成名和做一番事业。这使他日后一方面成为一个勤奋的思想家、政治活动家；另一方面也是一个爱慕虚荣、故弄玄虚的庸人。

1915年，10岁的萨特就读于亨利四世中学六年级。没过两年，母亲改嫁给一位叫约瑟夫·曼西的工程师。这位工程师后来成为拉罗舍尔船舶修造厂的经理。萨特感到母亲的改嫁是对自己的背叛，情绪波动很大。因此，在情感上与继父格格不入。继父要他成为一名从事数理科学

---

① [法]安德烈·莫洛亚：《从纪德到萨特》转引自《萨特研究》，柳鸣九选编，中国社会科学出版社1981年版，第307页。

② 〔法〕萨特：《词语》，转引自〔法〕洛郎·加涅宾：《认识萨特》，三联书店1988年版，第22页。

的教师，他就存心作对，“正是为了跟他顶牛，我才决定搞哲学”。

萨特12岁时在拉罗舍尔上中学，他每天和隔壁三个姓马莎多的巴西小姑娘一起乘电车去上学。一天，他在她们门口蹓跶，等她们出来，一个思想突然冒出来，并脱口而出地说：“上帝并不存在！”当然，他此前一定思考过这个问题，另外，他想到了“上帝并不存在”，也并不说明他此时有了多么深刻的思想。对此的唯一合理解释应该是：它仅是一种感受。是他处在逆境中的生活，使他获得了这样一种感受。如果说上帝就是秩序、理性的话，那么，我们就可以说，萨特此时已感受到了孤独，感受到了自己存在的偶然性。

萨特在拉罗舍尔度过了三四年，他把在此度过的时光称为一生中最坏的。当然，拉罗舍尔也给了他另一面的东西。从某种意义上讲，拉罗舍尔对他大有裨益。他说，是在那个时期我“增长了阅历，虽是间接地，却也具体地懂得什么是阶级斗争”。[①]正是从此时起，他十分厌恶有钱人，总想拿他们开心。这种经历，也许与他后来那种强烈的叛逆性格的形成不无关系。

1920年，父母怕萨特学坏，把他送回巴黎亨利四世中学。在此，他与从前的好友保尔·尼赞久别重逢，萨特后来回忆说：“他跟我一样，也是斜白眼，不同的是，我朝外白，他朝里白，看来更逗。”[②]从这种戏谑的语言中，我们不难推想，萨特当时所以和保尔·尼赞交好，很大一部分原因应归于萨特的变态心理。萨特因残疾而产生一些不平衡的心态，当遇到保尔·尼赞竟与他一样时，那些不平衡的心态才得以平衡。转学巴黎后，萨特沉浸于俄国文学家陀思妥耶夫斯基和托尔斯泰的作品，当时的保尔·尼赞神往于当代诸家。两人在文学上互通有无，相互促进。在思想上，保尔·尼赞倾向于共产主义，后来加入法国共产党，萨特则倾向于改良主义，后来努力于拯救自我。

① 《萨特研究》，407页。
② 《萨特研究》，407页。

1922年的暑假，通过了中学会考的萨特与外祖父同游阿尔萨斯。他在这年夏天写的小说次年被一家杂志刊登，成为他最早发表的作品。1923年，他阅读了哲学家柏格森的《给意识的直接材料》，对哲学发生兴趣，感到"哲学真了不起，可以教人认识真理！"[①]于是，他开始阅读叔本华、尼采、霍夫斯塔尔等人的著作，并像《恶心》中那位自修者那样，分门别类记下自己对艺术和美学的随感。可以看出，萨特对哲学的探索一开始就没有忽略美学和艺术。

1924年6月，萨特以第七名的成绩考入巴黎高等师范学校。这是柏格森、丹纳、罗曼·罗兰的母校。同学中的保尔·尼赞、雷蒙·阿隆、梅劳-庞蒂等，后来都成为法兰西思想界的风云人物，也是萨特终生的朋友和对手。

四年的大学生活，是自由而愉快的。大学期间的萨特阅读了笛卡儿、斯宾诺莎和卢梭等人的著作，接触到了马克思，也接触到了弗洛伊德。萨特学业优良，哲学最为出色。对想象问题颇感兴趣，他的论文《心理生活中的想象》曾被评为优等。但使他意料不到的是，由于别出心裁，他在1928年的哲学教师的学衔会考中竟会名落孙山。萨特吸取教训，在翌年再度会考中一举夺魁，并结识了名列第二的西蒙娜－德·波伏瓦。波伏瓦小萨特3岁，后来成为萨特志同道合但未正式结婚的终身伴侣。

在经过一年半的服役之后，1931年春，萨特拿着品行端正的评语，被委任为勒阿弗尔中学的哲学教员。据萨特后来回忆，他真正写东西，是在勒阿弗尔开始的。由于雷蒙·阿隆第一次以生动形象的方式向他介绍了胡塞尔的现象学，他的哲学思想开始进入了一个重要的发展时期。在此以前，萨特一直幻想能够找到一种哲学，使人类能够按照所直接感受到的客体来描述它们。胡塞尔的现象学为他展示了一个光明的前景，于是他决定去柏林，到胡塞尔的身边去。法兰西学院批准了他的公费留

① 《萨特研究》，第408页。

学申请,1933年秋天,这个激动得脸色发白的小伙子步入了哲学王国——德意志。

萨特在作研究生的一年时间里，研究了克尔凯郭尔、海德格尔、胡塞尔、黑格尔的著作。结合作研究生以前对叔本华、尼采、笛卡儿等人的研究，再通过上述诸人的现象学——存在主义的学说，萨特找到了从人的内部世界，即从人的意识出发去研究世界的方法。人所生活的世界正是由于人的存在才具有意义和价值，因而人的主观意识的存在是一切存在的根本。萨特的哲学观点一天天成熟了。由此出发，他开始了震撼着20世纪的哲学——文学创作活动。他的美学思想就在这种哲学和文学的双重哺育下吐芽开花了。

30岁以前的萨特，虽然没有什么惊人的成就，但他那奇异的经历却造就了后来举世轰动的萨特。萨特之为萨特的一切条件都已完备，所缺者只是时间和机遇。健康的原因，家庭的因素，读过的书籍，结识的朋友，等等，使得萨特在童年、青年时期没有意识到现实的美好、完满，而是悟出了现实的荒诞、丑恶。上帝并不存在，这个在他很小时就形成的观念，渐渐地在他的心底扎下根蒂，成为支持他一生的思想和行动的意念。上帝死了，人开始陷入绝望的境地。如何使人摆脱窘境呢？萨特苦苦思索着。

二、拯救自我

从1936年到1939年，萨特发表了大量的哲学——文学著作，他的学术生涯正式开始。他的学术生涯既已开始，就犹如长江大河一样一泻而不可收拾。萨特的思考是从个别的、实存的人开始，对人及人所处的境况的探讨，既使他写出了不朽的哲学著作，也使他当文学家的欲望得到了满足。

1938年，萨特的第一本小说《恶心》发表，获得普遍好评。翌年又出版了他的短篇小说集《墙》。他的这些文学作品很完整地表现了他的基本哲学态度。

大约在与他发表上述文学作品的同时，萨特还发表了几本哲学论著。《想象》、《论自我的超越》出版于1936年，《情绪理论初探》、《意向性：胡塞尔现象学的一个基本概念》出版于1939年，用他从胡塞尔那里学来自己又加以发挥的存在主义现象学方法来论述想象、情绪和自我。在其中的《论自我的超越》里，萨特表明了他同胡塞尔的方法有分歧，并且扼要地提出了后来在《存在与虚无》中长篇大论地加以发挥的那种理论。萨特的观点早在第二次世界大战前就完全形成了。

从1936年萨特发表第一本著作《想象》开始，到第二次世界大战以前，萨特在哲学——文学领域获得了丰硕的成果，这可说是他整个一生创作的第一个高峰期。突出反映了他这一时期哲学——文学成就的是《恶心》和《论自我的超越》。

我们的探讨不是从对《恶心》所具有的哲学思想和文学价值的分析开始，而是从对《恶心》所反映出的美学思想的分析开始。

《恶心》中有些什么美学思想呢？我们还得参照《论自我的超越》。要了解萨特的哲学思想，就不能不读他的文学作品；要读懂萨特的文学作品，又必须参照他的哲学著作。研究萨特的美学思想也应如此。

对比一下萨特的《恶心》和《论自我的超越》，我们感到二者所要说明的问题是一致的。二者都要说明在既没有上帝，又没有一种先天的原则的帮助下的个体的人的问题。人被无缘无故地抛进了世界，人陷入困境，于是人烦恼、绝望、焦虑、不安，这些情绪的出现就标志着人已经意识到了自由。人意识到自由，就要进行自我选择、自我设计。人与石头不同，石头是充实的、完整的，石头只能是石头，它不可能是树木、山谷。人总是要成为，总是要是其所不是。人要成为他不是的那种人。

《恶心》对小说主人公洛根丁的一系列的恶心感受作了细致的描绘。石块令人恶心，老栗树根令人恶心，恶心无处不在。恶心是什么？“‘恶心’并不在我身上，我觉得它在那边，在墙上，在吊带上，在我身边的一切事物上。它和咖啡馆已经合成一体，我是在它的里面。"[①]恶心如何产生？人们之所以会感到恶心，是因为人们意识到了自己没有生存的理由，意识到了荒诞。

《恶心》揭示了存在，存在纯粹是偶然的，如果我们跟存在不保持一定的距离，不从意义上超越它，便会被吞没。《恶心》对生活的荒诞和丑恶的揭示，在萨特当时所处的历史环境和时代中，带有极强的现实性，具有进步意义。

《恶心》还揭示了在苦恼中我们有选择的自由，我们由于苦恼才意识到自己的力量，才能够把事物变成我们创造未来的工具，赋予事物以一种意义。个体的人必须在荒诞和丑恶的生活中作出自由选择。人既已被判决为自由，那么人就应该行使自由，而不应该逃避自由。意识到自己自由却又逃避自由，就是自欺。要想不自欺，路只有一条，那就是自我选择。人正是通过自我选择才得到拯救。

《恶心》中所谈的生活的荒诞和丑恶，所谈的自由及自由选择，都不和美学直接相关，但它们对进行美学研究很有启发。第一，《恶心》把荒诞、丑恶引入文学中，可起到开拓美学研究领域的作用。既然美学可研究优美、壮美，那么为什么就不能对丑恶、荒诞作些研究呢？丑恶、荒诞引入到美学中，就可深化对美学基本理论的探讨。第二，《恶心》中所涉及的自由思想对美学研究很有启发。应该注意一点，萨特此时所谈的自由概念还非常抽象，仅限用于个体，因而它的美学内涵还未能充分显露。

以上我们从现实的角度谈了《恶心》与美学相关的一些问题。现在我们从想象的角度再讲一讲《恶心》和美学相关的问题。想象问题是萨特早期研究的一个重点。人们应该记得，1935 年 2 月，萨特为了对想象作进一步的研究，他让别人给自己注射麦斯卡林。结果便产生一种伴随着幻觉的忧郁症，这种幻觉在数月中一直缠绕着，以至于他觉得自己疯了。人们也应该记得他的第一本著作就叫《想象》。萨特对想象问题和想象物

① [法] 萨特：《恶心》，转引自《萨特研究》，第 155 页。

的世界是不陌生的。我们不妨可以说《恶心》就是洛根丁做的一场古怪的梦，现实和想象仿佛像两个幽灵似的纠缠了萨特一生。

洛根丁为了躲避研究历史时产生的恶心感，他来到了咖啡馆，但是恶心如影随形，随即在咖啡馆中又抓住了他。他感到疲劳、软弱，于是他请求侍女玛德兰纳放一放《在这些日子里》那张唱片。唱机转动了，音乐声弥漫在洛根丁的心中，弥漫在整个咖啡馆里。随着音乐的进行，洛根丁的躯体发生了变化，他的躯体不再疲软，变得坚硬起来。“恶心”溜了，走得无影无踪。现实世界是荒诞的、丑陋的，于是他感到恶心，想象世界（审美的世界）是非现实的，美好的，于是他的恶心随即消除。从现实的态度移到想象的态度，实际上就是一种否定，否定现实世界，肯定未来世界。从此我们不难发现，萨特对想象世界问题的重视，是与他思想根底中那种深沉的理想主义密切相连的。萨特在《恶心》的最后让洛根丁放弃研究历史，让他写小说，这个态度是乐观的，也许他正想借此来拯救他的洛根丁。洛根丁不应该在现实世界中毁灭，而应该为未来世界献身。

纵观萨特的早期著作，我们觉得他关注的重点问题是想象问题和自我问题，对这两个问题的探讨他是围绕着拯救自我这个宗旨进行的。萨特此时所谈的自我，还是一个抽象的自我、封闭的自我。自我是一个个体，他与自己生活在其中的社会之间没有什么联系。

既然拯救自我是萨特早期创作与研究的宗旨，那么我们也就必须在这个宗旨的指导下去研究他的美学思想。我们发现了他的若干生活的荒诞和丑恶的观点和个体必须自由选择的观点与美学密切相关。

三、介入他人

1939 年，德国法西斯入侵波兰，于是萨特手持应征入伍令，前去南锡兵营报到。“我突然明白，自己是一个社会动物：从原先所在的地方，在亲友熟人之间，给强行拉走，火车把我载到我并不想去的地方，周围的伙伴并不比我更想去，也跟我一样在纳闷怎么会落到这步田地；我在营房里团团转，不知道该做什么，不时与他们交臂而过。……在这以前，我以为自己是至高无上的，只有等到我通过应征令遇到对我自身的自由的否定，我才意识到世界的重量以及我与所有别的人和所有别的人与我的联系的重量。”[①]萨特后来回忆说。正是从这一天起，萨特的生活发生了巨大的根本性的变化，他的创作和研究也随之发生了变化。

1940年6月21日，是萨特的 35岁生日，就是在这一天，马其诺防线被德军攻破，萨特稀里糊涂地当了俘虏。而他的好友保尔·尼赞则在此前数天阵亡了。过了10个月的战俘生活，萨特诡称自己是文职人员，凭借视力欠佳，侥幸获释。他一回到巴黎就立刻投身到抵抗运动的洪流中。他与梅劳－庞蒂、波伏瓦等一起组织了一个“社会主义和自由”的团体。后来因种种原因使得这个团体流产之后，他又加入了全国作家委员会，这是全国阵线的一个外围组织，并为法国共产党领导的地下刊物《法兰西文学报》撰稿。二次大战以后，面对经济萧条、社会动荡的现实，萨特与梅劳－庞蒂和雷蒙·阿隆等人又共同创办《现代》杂志，试图用存在主义观点研究社会、政治和文学。

第二次世界大战期间，萨特反抗法西斯占领最有力的武器就是写作。他还在集中营里的时候，就曾编写排演了一出《巴理奥纳或雷神之子》，隐含进行抵抗的意义，号召教徒和非教徒团结起来。1943年他出版了《苍蝇》和《存在与虚无》。《存在与虚无》是对他早期思想的一个系统完整的整理，虽然其中谈论的是存在（自在的存在、自为的存在），自由选择等问题，但可以明显地看出，这部著作中有抵抗运动的痕迹。至于《苍蝇》，则和他翌年出版的《间隔》一起，以一种象征、暗示的手法，对抵抗运动进行支持。《苍蝇》和《存在与虚无》给萨特带来了极大的声誉。在第二次世界大战期间及战后的一段时间里，萨特的创作和研究处于巅峰时期，他给别人的影响也最大。他发表的重要剧本还有《死无葬身之

① 《萨特研究》，第91页。

地》、《毕恭毕敬的妓女》、《肮脏的手》等；他出版了文学批评著作《波德莱尔》、小说《自由之路》三部曲；此外，还出版了许多文集，如《境况种种》、《犹太问题随想录》等。

在此值得强调的是，正是在萨特创作和研究的最高峰期间他写出了存在主义美学的重要代表作《什么是文学》，这本书出版于1947年，与他前一年出版的哲学著作《存在主义是一种人道主义》遥相呼应。《存在主义是一种人道主义》是一本简明通俗的哲学著作，它以最通俗明晰的语言解释了存在主义的含义及存在主义哲学的目的。在这本书中，萨特对自我、他人都重新予以确定。萨特写道，"存在主义的第一个效果就是它使每个人成为自己现实的主人，把每个人的存在的全部责任完全放在他自己的肩上。但当我们说人是对自己负责的时候，我们并不是说人只对他的个体负责，而是说他对全人类负责。"[①]《存在主义是一种人道主义》是《什么是文学》的哲学基础，《什么是文学》则是《存在主义是一种人道主义》的文学理论方面的表述。

现以《什么是文学》为主纲，结合《关于想象的现象学的心理学》和一些剧本、小说，来研究萨特美学思想。

（一）他人

他人既是萨特哲学的一个基本概念，也是萨特美学的一个基本概念，它还作为文学作品的主题之一而经常出现在萨特的文学作品中。他人，在萨特的整个思想中，占有重要地位。按照我们的理解，萨特思想中的他人经历了三个发展阶段。第一阶段，自我与他人互相排斥，或他人就是冲突；第二阶段，我的确依赖于他人，他人对我的存在、对我认识我自己必不可少；第三阶段，自我介入他人，组成团体。在团体内，我所发现的不是他人、外人，而是我们。萨特的他人由于自我排斥而发展成为与自我融为一体，看起来不可理解，但这又确实是事实。对萨特的他

① 《存在主义是一种人道主义》，转引自［美］M. 怀特编著：《分析的时代》，商务印书馆1985年版，第113页。

人的理解必须与他的生活经历结合起来。萨特自己认为战前只是把自己看做一个个体，自己所做的一切都是拯救自我，还认为正是战争使他的生活发生了巨大的变化，于是他投入抵抗运动，企求着全人类的自由。但由于冷战、朝鲜战争、阿尔及利亚战争、越南战争等事件，他不得不放弃了全人类自由的理想，投入到马克思主义运动之中。萨特的个人经历最好地说明了萨特的他人的含义。

但人们为什么还会对萨特的他人产生误解和偏见呢？按照我们的见解，一方面要归咎于读者和评论家，另一方面则是萨特本人的错误。萨特有一种使自己著作“最出色”的喜好，于是他把本应该写得很紧凑、简洁的著作，写得相当冗长，这样，读者和评论家们就很难发现萨特所要揭示的内容。

读者和评论家们对萨特的他人的误解主要来源于萨特的文学作品和他的《存在与虚无》这部哲学著作。

《恶心》的故事在多方面都可说是一种悲剧性孤独的经历。主角洛根丁觉得孤独，他不同任何人交谈，不接受任何东西，也不给予任何东西。他与咖啡馆老板娘弗朗索瓦兹只是生活在一种爱的滑稽模拟中，与自修者也只是在表面上从来不是俩人。当他想到将同刚给他写过信的从前的情妇安妮见面时，十分高兴，他甚至希望能真正地重新见到她，能同她交谈。但他完全失望了，他们俩都发生了变化，没什么可说的。从这样的经历中，很容易对萨特在《恶心》中完全悲观的意图作出结论。但是，洛根丁所以感到孤独，正因为他害怕自己要面临和正视的某种责任。现在必须在孤独和清晰之间作出选择；任何逃避都是不可能的；他人不能成为一种躲避的机会。在这部小说的最后一页，当洛根丁决定离开布维尔市时，他不是隐约感到这种成为自己，接受自己，从零开始的可能性吗？小说结束语相当明显地具有积极的含义，而匆匆浏览的读者总没能理解。[①]

① 《认识萨特》，第64。

《自由之路》的第一卷《理智之年》是这样一部小说：从最阴暗的角度展现同他人的相遇，这部作品是由五次相继出现的失败的相遇构成。如果说《理智之年》是完全的失望，不应忘却这部作品是三部曲之一，第四部虽已宣布，但一直没有发表。第一部中所描写的关系是处在一种虚假和欺骗的气氛之中；最后一部谈到了自由的实际可能，应当纠正这种气氛；《延缓》和《心灵之死》虽然称不上乐观，但已经纠正了萨特思想中的表面的虚无主义，赋予介入和团结的概念以一个重要地位。这两个概念假设一种与他人相遇的无比积极的观点。[①]

《间隔》是萨特的一个著名剧本，它也是与他人相遇的某种观念的典范证明。应当注意的是《间隔》最初在《弩》杂志上发表时的题目为《他人》。《间隔》中的三个主要人物——伊奈司、埃司泰乐和加尔森被毫无道理地无目的地关在唯一的一间房里，这房间象征着永恒的地狱。不管表象如何，从这个剧中是不会得出根本的悲观的结论，如果读者还记得这样一个基本事实：剧中人物是些死人，他们并不能代表真正的关系，而是体现了一种蜕化了的相遇，以一种异常的方式象征着一些肤浅的、畏首畏尾的、从来只是些半死半活的人的极其经常的存在方式。不可否认，萨特想要指出的揭示的正是这些。[②]

《存在与虚无》对他人的问题给予了极大关注。人们一谈到萨特在《存在与虚无》中对他人问题的论述，就很自然地会想起书中的命题：爱便是冲突。这大大误解了萨特。实际上，他在《存在与虚无》中提出了他与他人相遇的十分积极的观点。这本书中对“为他的存在”的说明正是对他人问题的论述。只是因为他人遇见我，我才发现我的自由的个性，我才发现我，我才因此把握住这个基本现象：他人是我全部存在的必不可少的基础；我必须通过他人才知道我是谁，甚至才意识到我存在，我活着。[③]

---

① 《认识萨特》，第 66、67 页。
② 《认识萨特》，第 68、71 页。
③ 《认识萨特》，第 78 页。

我们使用了如此多的笔墨，无非是要辨明萨特的他人的真正意思。萨特对他人的承认、关注，不仅从哲学角度考察有很大的意义，从美学角度来看其意义也不小。承认他人，关注他人，他的美学体系因此也就是开放的。只是因为萨特对他人的关注，萨特的最基本的美学主张“介入”才得以诞生。他人在萨特美学体系中的重要性也正是由此而得到证实。

（二）介入

介入，作为萨特的基本美学主张，是他在 1947 年出版的《什么是文学》的一个最主要的提法。下面我们就来对《什么是文学》作一分析。

《什么是文学》一书既是萨特的艺术哲学理论，又是他的文学的最高创作纲领。从此，我们可以看到萨特作为美学理论家所具有的像康德、黑格尔美学论著中的那种深邃。他把常见的文艺现象阐述得透辟至极，显示了非凡的思辨力。在艺术的本质等一系列美学基本问题上，萨特一方面从他的哲学出发，坚持以个体为中心；另一方面也实事求是，严肃地对待艺术真理问题。他始终抓住根本的哲理，从作者与读者、创作与阅读、美与审美各对关系，阐明了个体人的创作活动的社会性和严肃性。萨特说：“各有各的理由：对于这个人来说，艺术是一种逃避；对于那个人来说，是一种征服手段。但是人们可以以隐居、以发疯、以死亡作为逃避方式；人们可以用武器从事征服。为什么偏偏要写作，要通过写作来达到逃避和征服的目的呢？”[①]

围绕这样一个尖锐的问题，萨特明确地以“为艺术而艺术”以及巴拿斯派的“艺术家不动感情”的形式主义美学观为对立面，完整地论述了自己的艺术既不能脱离“他人”和社会，同时也必须是为“他人”、为社会的美学观点。这当然是对 19 世纪下半叶以来泛滥极广的“为艺术而艺术”的思潮的一次强有力的清算。针对“为艺术而艺术”，萨特

① 《萨特研究》，第 2 页。

提出了艺术品就是召唤，写作就是介入和在审美命令的深处觉察道德命令等一系列深刻的命题。

萨特认为，“艺术创作的主要动机之一当然在于我们需要感到自己对于世界而言是本质性的”。[①]“我们不可能同时既揭示又生产，”[②]也就是说，我们自己创造的艺术品永远不能强迫我们自己接受它，推理下去，就等于说，艺术品永无完工之日。萨特的表述尽管相当晦涩，但只要剥去他的表述中的艰深的外壳，我们就会发现他的表述已经触及了真理的内核。萨特以他的存在主义学说建立起来的美学思想与姚斯等人创建的接受美学等流派有着呼应关系。他说：“鞋匠可以穿上他刚做得的鞋”[③]，“然而作家却不能阅读他自己写下的东西。这是因为，阅读过程是一个预测和期待的过程。……组成阅读过程的是一系列假设、一系列梦想和紧跟在梦想之后的觉醒，以及一系列希望和失望”。[④]因此，“没有为自己写作这一回事”，[⑤]“只有为了别人，才有艺术；只有通过别人，才有艺术”。[⑥]

从此出发，萨特进一步发挥他的美学观点。他说：“一句话，阅读是引导人的创作”，[⑦]“既然创造只能在阅读中得到完成，既然艺术家必须委托另一个人来完成他开始做的事情，既然他只有通过读者的意识才能体会到他对于自己的作品而言是本质性的，因此，任何文学作品都是一项召唤”。[⑧]这样一来，康德所讲的艺术品首先在事实上存在，然后它才被看到的观点就站不住脚了。按照萨特的看法，艺术品不是首先在事实上存在，而是当人们看它的时候它才存在。艺术品首先是纯粹的召唤，是纯粹的存在要求。它不是一个有明显存在和不确定的目的工具：它是作为

① 《萨特研究》，第3页。
② 《萨特研究》，第3页。
③ 《萨特研究》，第4页。
④ 《萨特研究》，第4页。
⑤ 《萨特研究》，第6页。
⑥ 《萨特研究》，第6页。
⑦ 《萨特研究》，第8页。
⑧ 《萨特研究》，第9页。

一项有待完成的任务提出来的，它一上来就处于绝对命令级别。人们完全有自由把它放在桌上不去翻开它、挂在墙上不去理睬它，但是一旦人们翻开它、理睬它，人们就要对它负有责任。可以看出，萨特的美学思想与其哲学思想密切相关。

萨特的美学思想不是冷冰冰的理论拼盘，而是充满激情的跳跃的火焰。他的美学思想是面对现实、面对人生的。他把创造和阅读、作者和读者这两端紧紧拉在一起，并且给予后者以充分重要的位置。这种观点与他哲学上的自由观（主要是在《存在主义是一种人道主义》中表述的）有着不可分割的联系。萨特首先认识到了读者的自由。他认为，读者的感情从来不受对象的控制，读者的感情是一种豪迈的感情，这种感情以自由为根源和目的。他说："作家为诉诸读者的自由而写作，他只有得到这个自由才能使他的作品存在。但是他不能局限于此，他还要求读者们把他给予他们的信任再归还给他，要求他们承认他的创造自由，要求他们通过一项对称的、方向相反的召唤来吁请他们的自由，这里确实出现了阅读过程中的另一个辩证矛盾：我们越是感到我们自己的自由，我们就越承认别人的自由，别人要求于我们越多，我们要求于他们的就越多。"[①]萨特于此处所谈的已经不仅仅局限在美学的苑囿，它一方面可以说是借题发挥，但它另一方面又处处没有离开美学的视野。我们只能承认这片美学的视野非常广阔。

萨特指出，每幅画、每本书都是对存在的总汇的一种挽回，它们都把这一总汇提供给观众自由。他如此重视阅读和接受，不是说他不重视作者和创作，如果认为萨特不重视作者和创作，那就会对他的文学理论、美学思想产生极大的误解。萨特之所以重视阅读和接受，是因为他想从另一个角度为作者和创作开辟出一条合乎他的存在主义学说的自由之路。他向作家们提出问题，不是要难倒他们，而是要提供给他们答案。他的《什么是文学》一书中画满了问号，前三章的题目就分别是《什么

① 《萨特研究》，第 13 页。

是写作？》、《为什么写作？》、《人们为谁写作？》。同时，这本书里也到处充满了他明确做出的萨特式的答案。

关于创作的本质，萨特说："写作既是揭示世界又是把世界当做提供给读者的豪情。写作是求助于别人的意识以便使自己被承认为对于存有的总汇而言是本质性的东西；写作就是通过其他人为媒介而体验这一本质性，但是，由于另一方面现实世界只是显示在行动中，由于人们只能在为了改变它而超越它的时候才感到自己置身于世界之中，小说家的天地就会缺乏厚度，如果人们不是在一个超越它的行动中去发现它的话。"①在此，萨特用他的哲学思想归结了他对文学创作的本质的认识。萨特不惜笔墨一再强调的是：世界的流动，存在的飞逝。他还强调了主体的积极性、人向外部世界的靠拢和进击。从萨特对创作的本质的探讨，我们再一次发现，萨特的美学是一种行动的美学，是一种介入的美学。它的昂扬有力与那种顾影自怜的"清静无为"的美学形成鲜明对照。萨特对于那种认为"只要认真观察现实，现实就会展现出来，因此，人们可以对现实作出公正的描绘"②的现实主义极为不满，对之进行了猛烈的抨击。萨特对现实主义的攻击并不尽然，但他的攻击本身就足以使所有的艺术工作者严肃地思考一下现实与观察、与主体的关系。萨特所主张的，从某种程度上讲，正是提醒艺术家们在观察现实的时候，不应忘记对自己的观察。

萨特的美学不是那种干干净净的"纯美学"，而是有道德历史等思想在其中占据显要位置的美学。萨特从来不主张静观，他说："作家的世界只有读者予以审查，对之表示赞赏、愤怒的时候，才能显示他的全部深度；而豪迈的爱情便是宣誓要维持现状，豪迈的愤怒是宣誓要改变现状；赞赏则是宣誓要模仿现状；虽然文学是一回事，道德是另一回事，我们还是能在审美命令的深处觉察到道德命令。"③萨特所说的这个道德

① 《萨特研究》，第 20 页。

② 《萨特研究》，第 20 页。

③ 《萨特研究》，第 21、22 页。

命令，按他的解释，其前提是作者和读者相互承认对方的自由。读者和作者互相承认对方自由的目的就在于使双方的自由得到实现。根据这样一种看法，我们就可以给作品下一个定义："在世界要求人的自由的意义上，作品以想象方式介绍世界。"[①]萨特翻来覆去地证明读者与作者的双重自由，最终推出的结论是积极的。写作的自由包含着公民的自由，人们不能为奴隶写作，萨特坚持艺术创作的偏向性和功利性。写作归根结蒂就是要维护某种倾向性，"用笔杆子来保卫它们还不够，有朝一日笔杆子被迫搁置，那个时候作家就有必要拿起武器。因此，不管你是以什么方式来到文学界的，不管你曾经宣扬过什么观点，文学会把你投入战斗；写作，这是某种要求自由的方式，一旦你开始写作，不管你愿意不愿意，你已经介入了"。[②]

介入是萨特美学思想的核心概念，不理解萨特的介入概念，就无法理解萨特的美学思想。萨特的哲学思想在后来还有发展变化，但他的美学思想在后来从总体上而言没有太大的变革。萨特所主张的介入是要介入什么呢？在前边的分析中我们已经有所提及，为了更清晰明白起见，我们对介入的含义作一简单的归纳。介入作为萨特的基本文学主张，它要求作家投入到政治和社会斗争中去。作家要揭露一切"非正义行为"和"应被取缔的弊端"，做正义的召唤。只有正义的召唤才能产生"好的小说"，而非正义的东西，如反犹太主义、法西斯主义则必然断送艺术的生命。

早在1945年，萨特在《现代》杂志的创刊号上就发表了题为《争取倾向性文学》的社论，要求文学具有倾向性，大胆地干预生活。

这说明《什么是文学》中的介入概念的提出不是一时兴发的产物，而是长期思想的结晶。正因为它是长期思考后的东西，所以它显示出了一贯性与稳定性。

① 《萨特研究》，第22页。
② 《萨特研究》，第24页。

萨特这种要求艺术家介入生活与社会之中，实现全人类自由的思想，确实是美学思想发展史上的一个传统。中国唐代大诗人白居易就曾提出过与此相类似的思想，文章合为时而著，诗歌合为事而作，文学创作的中心是社会、是政治，而不是吟花弄柳、玩风赏月。值得赞许的是，萨特主张介入，但并不停留于介入。既然文学是一种艺术样式，那它就首先应该是文学，而不单单是时代的传声筒。

萨特对文体的关注是由来已久的。据他自己声称，他的哲学著作一般是一气呵成的。所以如此，是因为在哲学上，每一句话都应该只有一个意思。而他对自己的文学作品则一改再改。“文学与比方说科学报告的区别，正在于文学不是单义的；语言艺术家有一种本事，他巧妙地遣词造句，结果他用的词的意义随着他为它们的安排的照明强度和赋予它们的分量的不同而变化，它们表示一件东西，又一件东西，还有一件东西，每一次都在不同的层次上。”①文学的语言必须一改再改，只有这样文学语言的意义才显得丰富，文学的审美特性才得以充分传达。

萨特对于文学的要求是全面的。他既强调了文学面向现实、人生的重要性，又不忽略对文体的探求。他强调了介入，但他没有陷入苍白的呼喊口号之中。他重视了文体，但他没有落入雕词琢句的窠臼之中。萨特的美学思想是深刻的、全面的。

（三）想象

想象问题，是萨特在他的第一本著作《想象》中提出来的。这本书可以说是有想象研究史的性质，而且对《关于想象的现象学的心理学》具有预备研究的性质。

萨特所研究的想象有些什么性质呢？想象有四个特征。第一个特征是想象是一种意识。想象这个词，仅是指示同意识的对象相关的东西，或者换句话说，想象是对象在意识中的表现方式，意识把那种方式给

① 《萨特研究》，第54页。

予对象。第二个特征是“准观察的现象”。在想象中，对象在侧面被给予，而且它好像是观察的对象，具有非合理的性质，不是与本质和一般法则有关的东西，在想象中观察没有给予任何新东西。它有准观察的性质。第三个特征是想象的意识把对象设定为虚无，不在乃至非存在是想象的核心本质。第四个特征是自发性。想象的意识作为想象的意识给予自身。[①]

萨特正是根据对想象的如上认识，对美和艺术等问题作了一定的探讨。想象首先是和自由联系在一起的，这一点我们在分析《恶心》的时候就已看得很清楚了。另外，我们在分析《什么是文学》的时候，也注意到了萨特对作品的定义。

实在的东西永远也不是美的，美只是适用于想象的事物的一种价值，它意味着对世界的本质结构的否定。现实是丑恶的、荒诞的，我们要摆脱它，因此，艺术就必须是超越现实、超越存在而不是反映存在的东西。在萨特那里，想象和美关系密切。

根据上述观点，萨特认为，“艺术品是一种非现实”。[②]为了论证自己的观点，萨特以查理八世的肖像画为例。在萨特看来，查理八世这一客体与画面和画布这两种客体有明显的区别。后两者是绘画的真正的客观存在。如果我们只观察画布、画框，那么审美客体查理八世就不会出现。“只有当意识经历着对世界的否定的激变过程、进入想象的境界时，这一审美客体才会出现。”[③]萨特继续分析到，这画上的查理八世肯定是和一个产生想象的意识的意向活动关联了，而这个查理八世恰恰由于被一幅画所捕捉，并因此成为一种非现实。是这种非现实构成了我们审美欣赏

---

① 参见［日］今道友信等著，崔相录、王生平译：《存在主义美学》辽宁人民出版社 1987 年版，第 208—211 页。

② ［美］M．李普曼著，邓鹏译：《当代美学》，光明日报出版社 1986 年版，第 137 页。

③ ［美］M．李普曼著，邓鹏译：《当代美学》，光明日报出版社 1986 年版，第 137 页。

的对象，是它打动了我们，是它凝聚着匠心、力量和优美等。因此，在一幅画里，审美对象是一种非现实的东西。

一位画家在创作作品的时候，他根本没有也不可能把自己头脑中的意象原封不动地搬到作品中去，他只是创造出了这意象的物质摹拟物。人们一旦接触到它，就同时了解了这一意象。但是，尽管这一意象有了外在的表现，毕竟它仍然是意象。这种意象不可能现实化，也说不上客观化。阅读与创作、读者与作者的交流只是意象的交流。根据上述见解，我们再回过来看一看萨特对现实主义的攻击，不就好理解得多了吗？

萨特对想象问题的研究与他对介入问题的研究密不可分，我们不妨这样说，介入确立了萨特艺术创作的主题，想象则为萨特的艺术作品的形式找到了根基。研究萨特美学，既不能忽视他的介入思想，也不能忽视他的想象思想。

四、活动的人

从1950年到1980年去世，萨特的政治热情越来越高，政治活动也参加得越来越多。与其说后30年的萨特是一位思想家，倒不如说是一位政治活动家。

（一）萨特的政治活动

萨特本来以为第二次世界大战的结束就意味着人类和平时代的到来，人类会联合起来追求彼此的自由。但是，冷酷的现实打破了他这种乐观主义的希望。他从现实生活中意识到自己有责任去参加一个给人类以美好希望的运动——马克思主义运动。

1．“第三条道路”

第二次世界大战以后的相当长的一段时间里，萨特在政治上既不赞同苏联，也不愿和美国一致，而是试图走介于两者之间的“第三条道路”。这使萨特受到了来自左、右两方面的攻击。梵蒂冈教廷把萨特的著作列为禁书，法国共产党则对他参与组建的“革命民主联盟”进行猛烈抨击。从 50年代开始，萨特的政治立场逐渐倾向于“东方”，但他并未放弃开辟第三条道路的努力。

1952 年，萨特积极参与营救共产党员亨利 · 马丁，并在反对冷战的斗争中，站在共产党一边。也就在这一年，萨特与另一位存在主义文学大师加缪在历史的意义、苏联的集中营以及是否存在进步的暴力等一系列问题上发生分歧，展开了激烈的论战。这表明法国存在主义者在对政治的态度上已发生严重分歧。加缪认为政治是浪费时间，萨特却进入了最政治化的时期，而且“告别了文学”。

3 年后，在关于社会、历史与个人的关系以及如何看待共产主义等问题上，萨特又和梅劳 - 庞蒂发生争论，结果两人不欢而散。梅劳 - 庞蒂辞去《现代》编委职务，萨特则进一步亲苏，甚至打算加入法国共产党。直到 1956 年 10 月，苏军的坦克隆隆碾过布达佩斯的大街，萨特才一下子改变了自己的看法。

苏军干涉匈牙利，使萨特十分气愤，他严正声明 :“我完全地、无保留地谴责苏联的入侵行为。”萨特与和平运动中的其他非共产党成员一起向苏联提出抗议，与苏联和支持苏军进入匈牙利的法国共产党反目。但他并未从此倾向西方，而是继续坚持要闯出“第三条道路”。

2. 和平的使者

萨特既厌恶别国对他国内政事务的干涉，也憎恨本国对他国内政事务的干涉。他既反对苏联干涉匈牙利，也反对法国对阿尔及利亚的殖民政策。1954 年，阿尔及利亚爆发了反对法国殖民统治，争取民族独立的战争。萨特兴奋异常，他说 :“我们唯一能够而且应当做的事——而且在今天是最重要的，——就是站在阿尔及利亚人民一边，把阿尔及利亚人和法国人从殖民主义的暴政下解脱出来。”[①]他在地下刊物上鼓励法国士兵开小差，还在反战抗议书上签名。他活动积极，以至于有谣传

① 《萨特研究》，第 419 页。

说当局要逮捕萨特。逮捕虽不是真的，但萨特受到警方多次警告、受到右翼分子的恫吓、寓所两次被炸却千真万确。萨特在阿尔及利亚问题上的立场，使他赢得了阿拉伯世界和整个第三世界的理解和崇敬。

萨特一贯坚持和平，反对侵略。当1965年越战升级的时候，萨特放弃了赴美讲学计划，坚决“不到敌人那里去”。1966年，萨特又接受罗素邀请，参加“战犯审判法庭”，调查美国侵越罪行。1967年，罗素法庭开庭，萨特任执行庭长，在第二次开庭中，他撰写结论部分，判定美国总统等人为战争罪犯。1968年，苏军入侵捷克斯洛伐克。萨特认为苏军的行为令人无法容忍，于是，他亲自到捷克斯洛伐克去，在海潮般的掌声和欢呼声里发出他那激情满怀的声音。

对和平的爱好，对侵略的反感，使萨特在政治生活中获得殊荣，他被人们称为“20世纪人类的良心”。

3．支持运动者

1968年，法国爆发了史称“五月风暴”的学生－工人运动。对此，萨特的第一冲动不是别的而是支持。他会见左翼学生领袖，并在卢森堡电台宣布：“大学生跟大学，只有一种关系，就是把大学砸了。要砸，唯一的解决办法，就是上街”[①]。萨特曾在《七十岁自画像》中认为，“五月风暴”是对他在《辩证理性批判》中提出的自由学说的某种确证。因为学生和工人们并不需要政权，他们需要的是使行使权利成为可能的那个社会结构。

“五月风暴”以后，萨特继续支持左派青年的反政府活动。他的精力主要不在于著述，而在于参加活动，忙于出席集会，发表演讲，签署宣言，出庭作证，递请愿书，会见记者，上街游行，叫卖报纸，散发传单，以及每星期一会见革命分子等。他曾因参加社会政治活动，多次受到控告。1970年，他因上街叫卖《人民事业报》，被警方拘禁质询。而在同一年，他应邀访问越南，因在罗素法庭上主持正义而受到了几乎是国家元首级

① 《萨特研究》，第424页。

的礼遇。

（二）萨特的思想活动

萨特在后30年虽然更多地投入社会政治生活之中了，但他也并未停止著述。萨特后30年的主要著作在哲学方面，1960年出版了《辩证理性批判》一书，这本书是他后 30年学术生涯中最重要的一本哲学著作；在文学批评方面，1952年出版了《圣·谢奈》，在书中把他所讲的“自由”解释得最出色。1970年以后开始出版《福楼拜》。萨特对福楼拜是熟悉的，他几乎一生都在研究福楼拜，因此，这套书在萨特的思想中占有重要地位。在文学创作方面，写过《魔鬼与上帝》、《金恩》、《涅克拉索夫》、《阿尔托纳的隐藏者》、《特洛亚妇女》等剧本，出版过自传《词语》，在社会政论方面，他的《境况种种》出齐，另外他还写过《造反有理》等书。代表他后30年思想活动成就的著作是《辩证理性批判》和《福楼拜》。

《辩证理性批判》是萨特最庞大的哲学巨著，它是萨特战后十几年思考研究的结晶。从《辩证理性批判》中，我们可以看到萨特在哲学上的新的努力，他力图将存在主义和马克思主义结合起来。萨特认为，马克思主义是当代唯一不可超越的哲学，但它在某些当代马克思主义者手中被弄成了僵死的教条，因此，需要存在主义为它输血。他把辩证唯物主义、自然辩证法从马克思主义哲学中开除出去，只保留了“历史辩证法”，或如他所说的“历史人学”、“人学辩证法”。

在《辩证理性批判》中，萨特把人创造历史的辩证过程描绘为三个阶段：构成的辩证法、反辩证法、被构成的辩证法或集团的辩证法。他认为这样就为研究个体活动找到了一种新方法。它既不仅仅以个人的绝对自由为根据，也不仅以对广义的社会经济的分析为出发点，而是起始于对具体个人的考察，并试图在这一过程中找到个人与社会之间的“中介”。萨特把个人放到具体的、历史的环境中加以考察，这样，他就为他的个人找到了一个坚实的基础。萨特的这一思想，对他的后期创作和研究影响很大。

《福楼拜》的出版，标志着萨特的美学思想已经给予社会和历史以重要地位。《福楼拜》是萨特运用马克思主义和弗洛伊德主义，分析文学史上杰出人物的一个产物。福楼拜之所以不做律师而决心当一名文学家，决不是一时的心血来潮，而是他所处的社会环境以及全部社会活动的结果。福楼拜的选择必然受到社会环境的制约。

萨特研究《福楼拜》所运用的观点，一方面表明萨特的观点有重大的飞跃；另一方面也表明他的观点有着无法克服的矛盾。

五、结束语

萨特的美学是一种亲历的美学。这种亲历美学由于产生于时代，因而当下也就产生了巨大影响。加之萨特美学出现在各种形式主义美学泛滥之际，更显得清新可人，光彩夺目。

萨特的美学大致经历了三个发展阶段，具有三个主要特征。

从萨特的童年到第二次世界大战爆发以前（1905—1939），是第一阶段。这是他的美学思想发端时期。第二次世界大战期间及战后的一段时间（1940—1949），是他的美学思想的最重要的发展时期。从 20 世纪 50 年代到 1980 年，是萨特美学思想发展的第三阶段，在这一阶段里，萨特对美学的最大贡献是把审美主体（个人）放到具体的、历史的社会环境里来考察。

萨特美学思想的三个特征是：(1) 萨特绝对是一位从自身的体验和感受出发，而不是从逻辑推理出发进行美学思考的美学家，萨特的美学研究开始于对生活的体验，对艺术作品的分析，因而富有活力，他的美学思想成为他生活时代的美学见证。我们也正应从此出发来把握他的美学思想。(2) 萨特没有论及传统美学上的一般问题，主要是就日常现实问题进行论述。这是萨特美学思想的最重要特点。(3) 萨特的美学思想总是与他的社会活动、哲学思考和文学创作相交织。他所进行的各项活动，都不是孤立的，都与其他活动互相关联，这使我们很难对其中的某一项活动作完整、系统的整理。在对萨特美学思想的研究中，就遇到了这个问题。

每一种观念，每一种思想都有其存在的时空，超越了这个时空，人们就会对它陌生起来，就会疏远它，忘记它。萨特的美学思想也逃脱不了这种命运。萨特的美学思想开始于，最后也正是失败于对人及人的境况的分析。50年代以前，世界刚经历了二次世界大战，面对战争灾难、经济萧条和社会动荡，人们需要对他们的处境加以分析。萨特的思想应运而生，人们接受了它，它成了当时最站得住脚的东西。从 60年代开始，尤其是70年代以后，整个社会发生了巨大变化，人们更多地关心在和平环境下如何全面发展自己，萨特的思想就成为明日黄花。萨特若想让自己的学说适合新的状况，就必须对新的问题作出合乎逻辑的解释。然而，一方面由于萨特本身的思想禁锢了自己的发展；另一方面也由于萨特毕竟是他那个时代的人，于是，萨特思想最终被弃。

萨特的美学思想已沉淀到历史之中，今天的人们已经很少、或不再提起它了。但是，它辉煌的过去，它伟大的价值，是永远无法抹杀的。

（本文系与王卫华合撰）

附录

“这是节日的疯狂”

——孔庆东《空山疯语》

有一次，我遇到社科院刘纳老师。她一见面就跟我说：“‘遍地余永泽，满街甫志高’，旷新年，你的名言，我家孩子都能背了。”我连忙纠正她：“那是我引用孔庆东的名言。”唯一的这么一次好好的贪污腐败的机会硬是生生被我扼杀了。孔庆东因为“北大醉侠的浪漫宣言”而闻名遐迩，并且成为了媒体“围猎”的对象。《英才》杂志的编辑听得我与孔庆东有同窗之谊，便通过我去走孔庆东的“后门”，从此每月他就成了《英才》杂志十多万少男少女读者与孔庆东之间的“胡志明小道”[①]。据说孔庆东的幽默帮他们进一步打开了杂志的市场。

我们的时代是需要幽默的，时人都把孔庆东当成了

① 越南战争期间，修筑于深山密林中的军事物资运送通道。现通常指秘密捷径。——编者注

“幽默大师”。像我这个土头土脑、营养不良的乡下人是一点也不懂得幽默的。据说不懂得幽默的男人不是可爱的男人，我只好徒唤奈何。孔庆东的文章确实能令我捧腹，尽管也许它的很多妙处我还没有理解。幽默是一种心境，是一种身份。在中国，幽默就像财富一样是很稀奇的东西，需要幽默的人只能远渡重洋到人家英国绅士那里去进口来。然而，既然今年世界的阔佬可以屈尊到上海来摆阔谱，弄弄“财富论坛”，让我们开一开“财富”的眼，所以谁也说不准，明年我们就不能够到上海搞个“幽默论坛”，来幽他一默，让大家开开荤解解馋，望梅止渴又何妨。

孔庆东的又一本书《空山疯语》出版了，然而，卷首却是当头棒喝——《我不幽默》。在幽默行情看涨的今天，孔庆东却自己出来发表了这样一篇宣言，真是大大地扫了幽默崇拜者们的兴，由此可见，老孔并不真正懂得“幽默”。

有一次，我和老孔受命作文，老孔一挥手，写出来的却是一篇不幽默的文字，学者们如临大敌，甚至于以为是大字报，老实不客气地退了回来。这篇不幽默的“大字报”后来发表在《天涯》杂志上，题为《人文学者的道义》，看官今番不妨用读大字报的眼光细细挑剔一番。也因为那一次的稿约，与老孔难兄难弟，我也获赠“左派幼稚病”的称号。我与孔庆东同出一个师门，却似乎很少相同的地方，甚至我们也很少交流。我们一南一北，赋性不同：老孔滔滔雄辩，妙语连珠；而我拙于言辞，语言无味。也许并非没有相同的地方，“千手观音的价值不在它有婀娜的千手，而在它是济世的观音”。只有在这些“豪华落尽”的深层，我才能去体会和老孔某些相同的地方。

90年代是一个忘恩负义的年代，鱼肉百姓的贪官污吏、坑蒙拐骗的黑心奸商理直气壮地看不起被侮辱被损害的工人农民，却不知道是工人农民的血汗养肥了他们；我们每一个自命为知识分子的人都可以甚至理所当然应该拿孙中山、毛泽东开涮，尽管是从孙中山到毛泽东的现代革命使我们的民族摆脱了奴役。在90年代，能够平心静气地为毛泽东说句公道话的人是不多的，而老孔恐怕是这为数不多的人中的一个。不管老孔内心里对毛泽东有多少批评和不满，但并没有墙倒众人推、落井下石般地附和着去贬损毛泽东。这不仅是一种阶级感情（老孔出生于工人阶级家庭，所以对毛泽东不像知识分子那样有着刻骨的阶级仇恨），而且更重要的是一种人格独立和思想独立的力量的支持（贬损毛是今天的时尚，而作为市民要抵抗一种时尚是不容易的）。正如孔庆东所说的，我们今天都在漫夸个性，但是这都是些流行的“个性”。老孔说：“当知识界相当多的人都在谈‘独立性’，都在号称‘独立思考’，以至‘独立’已经成为一个流行词、口头禅的时候，你有没有想过‘独立’已经异化，已经恰恰成为随俗了呢？……在现今主张独立的知识分子却在精神上极度依赖于那个主张独立的规模不小的圈子。”

孔庆东的文章最大的好处是没有一点“官方”的气味。我这里所说的是巴赫金意义上的“官方”，那种一本正经，那种假正经。在老孔的文章里流动着民间的欢乐气息。这是一个大气磅礴的生命场，一个不受拘束的灵魂。“这里没有那种光彩夺目的巡行行列，让人们一见它过来就要祈祷，就要吃惊；这里只是发出一个信号，让每个人都可以尽兴戏耍、发疯，除了打架、动刀子以外，几乎无所不可。”既然读者从老孔的文章里读出了幽默，那么老孔的文章里就有可能有着幽默，但是我领会的不是他的幽默，而是他的那种怪异而世俗的风格，他的“不正经”，他的“无法无天”的“插科打诨”。老孔的文章就像是一个快乐的节日。这是一个疯的、“革命”的节日。为什么鲁迅把自己的第一篇现代白话小说题为《狂人日记》？为什么老孔把自己的书题为《空山疯语》？巴赫金曾经说：“疯狂是对官方智慧、对官方‘真理’片面严肃性的欢快戏仿。这是节日的疯狂。”我在猜想老孔是不是也像鲁迅一样与正人君子好像有着世仇似的要撕破他们包装得很好的面子，要搅乱他们打点得很好的秩序。

旷新年

1999.12.22

孔庆东妙答听众

21日，北大才子孔庆东、余杰应广州高校之邀，南下作学术活动，并顺道来佛山会晤佛山读者，当晚的讲座之后，二人回答了听众提出的问题。下面摘录部分孔庆东博士与听众的对话。

问题一：你如何评价金庸的《鹿鼎记》中韦小宝这个人？

孔庆东：韦小宝是中国现代文学史上最光辉的形象之一，是继鲁迅的《阿Q正传》里的阿Q之后最能表现中国人的国民劣根性的又一文学形象，他们俩人身上集中了中国民族性中最基本的一些弱点。要想当官，就得学习韦小宝，行贿不能一个人去，要带一帮人；受贿100万不能独吞，要分给自己部下 50万。你们中如果有人想走仕途，《鹿鼎记》可以说是做官的启蒙读物（全场大笑）。

问题二：琼瑶和金庸都是大家喜欢的作家，你怎么评价二人？

孔庆东：琼瑶写的是现实中的生活，反映的却是虚无缥缈的东西、虚假的人性；金庸写的是历史，折射的却是现实生活、真实的人性。如果写20世纪中国文学史，排前10名，肯定有金庸。琼瑶眼里看不见流血和苦难，这样的女人做妻子很可爱，当作家就差一些（众笑）。

问题三：你如何评价贾平凹和他的小说《废都》？

孔庆东：贾平凹是我非常敬重的一个作家。《废都》说的是西安，我去过西安几次，第一次没有什么感觉，去多了，就会发现西安确实是一个废都，这种感觉来自这座城市的历史。这部作品出版于 90年代早期，真实反映了当时中国知识分子的颓废、萎靡、消沉的精神面貌。但贾平凹采取默认甚至欣赏的态度，这是其落后的一面。

问题四：你如何看待"一屋不扫何扫天下"这句话？

孔庆东：我坚决反对这种说法，这是"蒋委员长"的话。当年蒋介石斥责青年人，书都没读好，如何抗日？这是非常反动的观点，打击人的创新精神，对人的积极性具有强大的杀伤力。有些人可能扫不好自己的宿舍，但是他天生的就不是扫一间宿舍的料，他就是要扫天下。

本报记者　郑海峰

《佛山日报》1999. 12. 30

大侠孔庆东

孔庆东的装束真够随意的。浅灰色西装有点起皱，鸡心领毛衣内的白衬衣，不但没有配套的领带，扣子未扣，领子大咧咧地两边扩展，有点俺们常见的农民工的“豪迈”。大概东北人都有些共性，面色、脸型、神情，略加修饰，就跟赵本山小品中的人物似的，只少顶鸭舌帽。

孔庆东蓄有胡须，一准属于难以对付的人物，正如金庸笔下的人物，凡以妇幼僧残面貌行走江湖的，万万不可小觑，他如果束髻长衫，还不像个道人？只那须势单力弱，长度尚可，密度不足，还不能动人视听。问他是不是一种表示拒绝的态度，他未正面作答，只说，他常参加些会议，会中多是年高德劭的长者，厕身其间，极不协调，所以妄想显得老成持重。读其文想见其人，“在这种场合里，您恐怕永远不会和谐”，俺将他的一笑不语视作默认。

只消看那双眼，就可知这厮绝非善类，他那两只眼，左大右小，根本无视对称规律，且常常黑少白多，相书上说这叫阴阳眼，一以观天，一以察地，一以判人，一以断妖，乖乖龙的冬，还是小心为妙。俺尽管不住在心里提醒自己，或许是年龄相若的缘故，俺还是忍不住放肆了一把："孔老师，从作品风格上看，您跟余杰大不相同。少侠余杰年轻气盛，刀刀见血，豪气四溢。您呢，典型一个使毒高手，星宿海人物，诙谐跳脱，皮里阳秋，不知不觉中就让人中了'逍遥三笑散'，解除了敌手武装还叫人傻笑。"就这么个"逍遥三笑散"，两天的陪同，俺可领教够了他对"某些人"的顺手一针。

列位，若非天赋异禀或者已修到百毒不侵，可千万离这厮远点，包括他的文字。譬如他那流毒甚广的《北京大学 47 楼 207》，一支秃笔将枯燥乏味的大学生活，写得丰富多彩，可圈可点，他还一旁一唱三叹——没吃过猪肉还没看过猪走路？俺又不是没瞻仰过北大 47 楼 107、207，吗跟吗嘛，那猪窝状也跟其他大学没什么两样。他那么摇唇鼓舌，不知给北大做了多少广告，真教人疑心他收了北大"卢布"。这不，俺好几位小友，愣是对大学对北大充满了神往，当俺欲以过来人身份，妄图对他们"消毒"时，倒落了个"吃不着葡萄说葡萄酸"的尴尬田地。这叫何苦来！孔庆东，咱走着瞧，这辈子俺跟您纠缠个没完。那天晚上在俺们图书馆，他对金庸及其小说的分析，虽然时间颇短，不也招招凶狠？金庸的小说在佛山肯定攀升无疑，那些个尚雅的文化人可得翻白眼了，家长们，提高警惕哟，对你们那些不过青春十几二十几的小子们，可得严防死守。

不过也有让人高兴的地方与消息：《北京大学 47 楼 207》上有说他"钱钟书第二"、"真正的幽默文字"、"北大醉侠"，他只承认"饮少辄醉"的"醉侠"称号，其余一概敬谢，虽对书商广告语不以为然甚至愤愤却无可奈何。原来您也有怕的地方，真应了那句俗话，恶人自有恶人魔，嘻嘻！

杨河源